Norwegen
Nordsee
Doggerland
Dänemark
Deutschland
Niederlande
N
W
O
S
Lag 6.000 v. Chr. noch
über dem Meeresspiegel

Für D & E
Meine Helden der Zukunft

Die Hälfte dieser Geschichte ist wahr.
Die andere kann es noch werden.

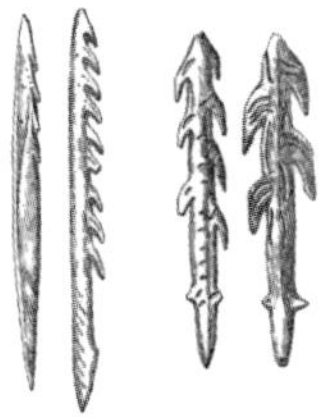

1. Auflage 2020

ISBN 978-3-7641-5197-3

Lektorat: Emily Huggins
Umschlaggestaltung und Karte: Tobias Goldschalt

Druck und Bindung: Finidr, s. r. o., Český Těšín
Gedruckt auf Papier aus geprüfter nachhaltiger Forstwirtschaft.
www.ueberreuter.de

Daniel Bleckmann

DOGGERLAND

Die versunkene Welt

ueberreuter

Alif

Das Wasser steigt und frisst meine Heimat. Langsam, aber unaufhörlich. Die Zeichen dafür sind untrüglich. Wo ich vor einigen Läufen des Himmelsauges noch trockenen Fußes über die Bohlenwege lief, schmatzen die morschen Hölzer nun in der Salzlake. Sogar die Küstenschreier beklagen sich, denn in den überfluteten Knieblatt-Wiesen können sie zwischen den Halmen keine Nester mehr bauen. Die Regenmonde sind da, viel früher als noch zur letzten Flusswanderung der Glanzschuppen. Und während das Warmland Speermaß um Speermaß im Meer versinkt, bricht auf den Windebenen die Erde auf und darbt unter der Trockenheit.

Die Alten sprechen vom immer gleichen Lauf des Lebens, so wie auch die Schwärme der Graufaucher im Jungmond wiederkehren. Sehen sie den Wandel nicht oder wenden sie ihre müden Augen mit Absicht ab?

Heute bin ich weiter gewandert als sonst. Allein. Ohne meinen Bruder, dessen Arme ihn manchmal quälen und der deshalb in unserem Dorf geblieben ist.

Ein Schrei, aus Richtung des Strandes, lässt mich hochschnellen. Er hat nach Furcht und Wut zugleich geklungen. Das war kein Mensch.

Eilig pirsche ich durch das dichte Sandrohr. Geduckt, die Waffe wippt gegen meinen Hinterkopf. Vater sieht es nicht gerne, wenn ich sie schon jetzt gebrauche. Aber irgendwann werde ich an seine Stelle treten. Also muss ich hier draußen meine Stärke mehren.

Wieder ein Schrei. Dieses Mal wütender. Da unten müssen auch Männer sein. Wildbeuter. Ihre Rufe mischen sich in die brüllende Wut des … Kann das sein? So weit im Warmland?

Ich spähe über das Sandrohr der Düne. Da sehe ich ihn.

Ein Koloss.

Kraftvolle Muskeln arbeiten unter seinem zotteligen Fell, die langen Waffen leuchten blutrot im Licht des erwachenden Himmelsauges und gegen seine baumgleichen Beine branden die Wellen. Die Männer, ich zähle so viele, wie ich Finger habe, sind vorsichtig. Ein falscher Schritt und es ist vorbei. Noch steht der Kampf auf spitzem Stein.

Die Speere der Wildbeuter drängen das große Tier tiefer in die Brandung. Neidvoll muss ich anerkennen, dass sie ihr Handwerk verstehen.

Im Schutz der Düne krieche ich näher heran, verenge die Augen zu Schlitzen. Jetzt erkenne ich den schwarzen Haarschopf: Erutt, Sileggs Sohn, ist unter den Wildbeutern. Meine Fingernägel graben sich in die Handflächen. Erutt, verflucht, jetzt schon?

Das Tier erhebt sich auf seine Hinterbeine und stößt jenen Ruf durch seine schlangenhafte Nase, der unser Land seit der Geburt der Sterne erbeben lässt. Ihr guten Geister, es ist ein Bulle.

Ein Kribbeln läuft über meinen Nacken. Ich fühle, wie mir das Blut ins Gesicht schießt. Zu gerne würde ich jetzt auch da unten sein. Ich beiße die Zähne aufeinander und dresche meine Fäuste in den scharfkörnigen Sand. Ich will endlich auch Maa-Mutts jagen.

Leya

Der Bär sieht traurig aus. Wie er mit seinem Jungen auf der winzigen Eisscholle hockt, seinen Blick direkt in die Kamera gerichtet, als würde er dem Fotografen zurufen: »Mensch, jetzt mach doch mal was!«

Doch scheinbar wirkt dieses Foto nur auf mich so. Seit drei Stunden stehe ich bereits vor dem Supermarkt, schwitze die Flyer voll und kratze mir mit den Sohlen meiner Chucks über die Mückenstiche an den Beinen. Meine Mutter sitzt hinter meinem Stand und tippt auf ihrem Handy herum. Dabei wollte sie doch die *Rettet-Eisbären*-Armbänder und Halsketten sortieren. Der Letzte, der sich die angesehen hat – war das gestern oder vorgestern? –, hat alles durcheinandergebracht.

Ich trete vom glühend heißen Parkplatz unter das Vordach des Supermarktes und starre durch das Fenster auf die Obst- und Gemüsetheke. Ich sehe in Plastik eingeschweißte Gurken, geschnittene Ananas in Plastikbechern und ein riesiges Regal mit Smoothiefläschchen. Auch aus Plastik.

Ich schließe die Augen. Das wird echt schwer. Als ich sie wieder öffne, sehe ich mein Spiegelbild im Supermarktfenster. Zu viele Pickel (schon wieder), zu fett an den Hüften (immer noch) und dann diese Segelohren. Einzig die blau gefärbte Haarsträhne in meinem brünetten Pony gefällt mir.

Mein Blick fällt auf meine Mutter. Schlank und Haare wie Seide. Jeder Blinde erkennt, dass wir nicht miteinander verwandt sein können. Dabei sind die Lala-Ohren, wie mein Zwillingsbruder sie immer nennt, noch nicht einmal das Hässlichste an mir. Der Gipfel der Uglyness sind meine Finger. Ich weiß, kaum jemand beschwert sich über seine Finger. Die meisten Menschen achten nicht mal auf ihre Flossen. Aber genau dieses Wort trifft es ziemlich genau. Meine Finger sind nicht normal. Denn ich wurde tatsächlich mit so was wie »Flossen« geboren.

Wenn 99 Komma irgendwas Prozent der Menschen sich das kleine Stückchen Haut zwischen ihren Fingern anschauen (das bisschen Haut, das sich strafft, sobald man die Finger spreizt) und sich dann vorstellen, dieser Hautlappen reicht bis zum Gelenk zwischen dem zweiten und dritten Fingerglied, dann haben sie ungefähr eine Ahnung von dem, wie meine »Schwimmhäute« aussehen. Mein rechter Mittelfinger ist so mit seinem Nachbarn, dem Ringfinger, verwachsen, dass ich beide nur knapp einen Zentimeter auseinanderspreizen kann. Das ist seit meiner Geburt so. Ein seltener Gendefekt namens Kutane Syndaktylie, etwas, das nur einer von 10 000 hat. Volltreffer, ha, ha. Der amerikanische Schauspieler Ashton Kutcher, der aus »Two and a Half Men«, hat zum Beispiel ebenfalls diese Mutation. Irgendwie tröstlich, dass so was auch nicht vor Promis haltmacht.

Aber ich bin kein Promi. Nicht mal die Tochter eines Promis. Ich bin die Tochter von irgendwem, der abgehauen ist. Die Frau, die gerade hinter meinem Stand hockt und wieder mal auf ihr Handy schaut, anstatt mich beim Sammeln von Spenden für Eisbären-Patenschaften zu unterstützen, die nenne ich zwar

Mama (und ich liebe sie), aber in Wahrheit ist Irene Finsmann nur meine Adoptivmutter.

»Echt schlimm mit den Eisbären, oder?«

Ich drehe mich um und kämme mir die schwitzigen Haare über die Ohren. Gewohnheit. Der Junge ist in meinem Alter. Ich mustere ihn. Turnschuhe, Jeans mit Löchern und ein Hollister-Pulli, na ja. Aber er sieht irgendwie nett aus.

»Ja, bald wird es keine mehr geben«, höre ich mich sagen und entrolle den Stapel mit den Flyern. »Willst du einen mitnehmen?« Meine Mutter sieht kurz von ihrem Handy auf, als wäre es ein epochales Ereignis, dass endlich mal wieder jemand an meinem Stand stehen geblieben ist.

Wortlos greift der Junge nach dem Flyer. Seine Hand zuckt zurück, als er meine Finger bemerkt.

»Ist nicht ansteckend«, will ich am liebsten rufen, da hat er mir den Flyer über die Eisbären-Patenschaft bereits abgenommen.

»Echt schlimm«, murmelt er wieder. »Voll schlimm.« Er schnaubt zweimal durch die Nase. Klingt irgendwie komisch.

Ich will etwas sagen, meine einstudierte Rede vorbringen, da bemerke ich das Schmunzeln um seine Mundwinkel.

»Klimawandel, das geht uns alle an, da muss man echt was tun.« Er sieht kurz auf, sein Blick fällt auf meine Mutter. »Du bist oft hier, oder?«

»Ja, jeden Nachmittag, direkt nach der Schule.« Wieso fragt er mich das? Mein Bauch beginnt zu grummeln.

Er nickt und vertieft sich wieder in den Flyer. Ich habe nicht das Gefühl, dass er wirklich liest.

Da klingelt das Handy meiner Mama.

»Dr. Finsmann hier«, meldet sie sich, nachdem der Klingelton den halben Parkplatz beschallt hat. »Hi Vince … oh, Sie sind in Deutschland?! … Ja, das ist richtig … ich … Was? Warten Sie … im Ernst? Können Sie mir ein Foto … ach so, Sekunde, ich schau mal nach.« Sie nimmt das Handy vom Ohr, blickt auf das Display (deshalb telefonieren die Kids meiner Generation nie am Ohr) und schreit auf. »Das ist … Wahnsinn. Ja, das könnte tatsächlich aus … ja, Doggerland … späte Epoche, vor dem Untergang … Natürlich, ich bin schon unterwegs.«

Meine Mutter springt auf, läuft um den Stand herum und nimmt dabei den halben Tisch mit. »Leychen, ich muss los.« Sie streicht mir die blaue Haarsträhne aus der Stirn und drückt mir einen nassen Kuss auf. »Das Institut – Eric ist auch schon da – oh mein Gott, dieser Fund ist revolutionär. Es wird sicher spät. Im Kühlschrank … ach, du kannst das alleine. Und bleib vom Zimmer deines Bruders fern. Hab dich lieb!«

Ich blicke ihr nach, wie sie vom Parkplatz rauscht.

»Nice Mum«, sagt der Junge. Ich hatte ihn fast vergessen. »Echt nice.«

Ich verziehe meinen Mund. Ich kenne diesen Blick von Jungs.

»Willst du ein Armband kaufen? Die schmalen kosten 2 €. Alles Geld geht an den Zoo. Die wollen nach der Vergrößerung des Eisbärengeheges auch die Notfall-Station in Alaska renovieren. Dorthin werden die kranken und schwachen Tiere gebracht.« Uff, das waren viele Worte.

Der Junge verzieht den Mund zu einem Grinsen. »Sag mal, kannst du mit diesen Pfoten eigentlich bis zu den Eisbären paddeln, um sie direkt zu retten?« Damit zerknüllt er den Flyer. »Fang!«

Der Papierball prallt an meiner Stirn ab. Hinter dem halb

durchsichtigen Häuschen mit den Einkaufswagen gackern mehrere Stimmen los. Also doch. Hat mich mein Gefühl nicht getäuscht.

»Yo, Flossi, pass auf, dass dich auf dem Nachhauseweg kein Bär frisst.«

»Und sauf nicht ab, Mutant.«

Zwei Jungen und der, der den Köder gespielt hat, schwingen sich auf ihre Fahrräder und sausen lachend davon. Einer tritt noch gegen den Karton, der aus dem überquellenden Mülleimer neben dem Eingang zum Supermarkt ragt. Die Pappe fliegt auf die Straße. Ein fetter SUV walzt den Müll achtlos platt. Da habe ich bereits damit begonnen, meinen Stand einzupacken.

Lex

Zwölf Schuss. Muss vorsichtig sein. Hier kann man nicht looten, hier gibt's kaum Ammo-Kisten. Erst nach links. Zu viel Gestrüpp, kein Durchkommen. Also nach rechts, am Fluss lang. Krasser Sound. Man hört jeden Schritt im Uferschlamm schmatzen. Besser, ich renne. Sonst locke ich diese Viecher wieder an und muss meine ganze Munition verballern.

Ah, 'ne freie Fläche im Wald. Guter Platz für 'ne Rast. Aber kein Feuer für ein Respawn. Könnte daher auch ein Hinterhalt sein. Umschauen … drehen … drehen. Nichts, nur wieder diese albernen blauen Blumen. Echt, da haben die Macher schlampig programmiert, einfach nur Copy & Paste bei der Map. Diese riesigen Baumfarne sind o. k., aber diese blauen Blumen, die gehen gar nicht. Die sind überall. Und wenn man in so eine Wiese reinrennt, färben sich sogar die Schuhe blau.

Shit, war das ein Brüllen? Yeah, da kommen sie. Doch 'n Hinterhalt.

Ich drehe mich in einem Halbkreis von links nach rechts, während meine AX212 die Angreifer ummäht. Jeder Schuss sitzt. Die Detonationen der Explosivgeschosse sorgen für ordentlich Collateral Damage in der Botanik. Üble Monster, diese Säbelzahnkatzen. Sie bleiben so lange in Deckung, bis sie auf 1–2 Schritt an mir dran sind. Dann springen sie, die Krallen vorgestreckt, das

Maul mit den langen, weißen Eckzähnen weit aufgerissen. Als ich noch ein Noob bei *EgoBlastIV-Mesolithic* war, habe ich mir bei dem Brüllen fast in die Hose gemacht und bin jedes Mal abgekackt, wenn die Biester im Rudel angegriffen haben. Aber diese Zeit ist vorbei. Jetzt bin ich ein Pro mit geilen Skills: Stufe 58 Hunter, Schnelligkeit auf 87%, Konstitution 83%. Die AX212-Blasterarmbrust liegt auf 4 von 5 Punkten und macht ordentlich Damage. »Hey Babes, hier ist LexTheM@x!«

Erst die Lichtung clearen, dann die Überreste looten. Ich brauche die Zähne, um meine Armpanzerung upzugraden.

Die beiden übrigen Pfeile gelten dem BOSS, einer Riesenkatze, die sich für gewöhnlich als Letzte in den Kampf wirft. Ich ziele, atme aus, mein linker Mittelfinger legt sich auf L1 des Controllers, mit dem rechten Daumen am Stick lasse ich das Fadenkreuz über die dunkle Stelle im Dickicht schweben, wo ich den Angreifer vermute. Ich warte, meine Handflächen schwitzen vom Zocken.

OMG!, die riesige Katze fliegt in Slowmo heran, glänzt silbern im Mondlicht – derbe Grafik. Ich drücke zwei Mal ab, die Pfeile finden ihr Ziel. Krasser Headshot. Sie prallt gegen einen Baumstamm, jault noch einmal auf, Blätter regnen herab. Gotcha!

Mit diesem Sternenregen-Sound erscheint oben links auf dem Screen der Hinweis, dass ich eine Trophäe erhalten habe. Endlich. Nun habe ich genug prähistorische Tiere für *True Monsterhunter* gekillt. Ob das reicht? Ich switche ins Menü und checke meinen Creditstand. 12 189. Passt!

Die NERF-Armbrust kostet 12 000 Credits. Leider kann ich nur die Variante mit 20 und nicht die ultrarare mit 40 Pfeilen kaufen, aber ich will nicht mehr warten. Sonst schnappt mir jemand dieses limitierte Epic weg. Ich save die Nachbildung der AX412-Armbrust in den Warenkorb, gebe die Adresse meiner Eltern ein und will schon auf Checkout klicken, als mir einfällt, dass ich diesen Gain noch der Welt zeigen muss.

Ich checke meine Haare (das Gel hält), hocke mich vor den Fernseher und pose mit ausgestreckten Fingern vor meiner neuen Trophäe. Jetzt noch den Anti-Pickel-Filter auf das Foto, eine kurze Beschreibung, ein paar Hashtags. Fertig!

Ich starre auf mein Handy und warte. Nach wenigen Sekunden kommt der erste Like, wie immer von EmLY08.

Leya

Ein Video für YouTube zu schneiden ist nicht einfach. Wenn dein dämlicher Zwillingsbruder im Zimmer nebenan allerdings auf voller Lautstärke (und ohne Kopfhörer) sein stumpfsinniges Ballerspiel zockt und dich nur eine dünne Wand von ihm trennt, dann ist das fast unmöglich.

Seit einer Woche sitze ich an »Das große Sterben – Diese Tiere gibt's nicht mehr«. Ich kann mich einfach nicht entscheiden, welche der vielen Arten, die in den letzten hundert Jahren von der Bildfläche verschwunden sind, ich auswählen soll. Den Chinesischen Flussdelfin und das Westafrikanische Spitzmaulnashorn muss ich erwähnen, den Tasmanischen Tiger auch. Aber wer kennt schon den Kleinen Kaninchennasenbeutler oder die Weihnachtsinsel-Zwergfledermaus?

»Jetzt mach den Mist leiser, Lex!«, brülle ich.

Es kommt nicht die gewünschte Antwort. Stattdessen ruft Mama zum Abendbrot.

»Der Test wird noch mal wiederholt, aber die erste C14-Untersuchung hat ergeben, dass die Knochenharpune über 8000 Jahre alt ist.« Papa ist ganz aus dem Häuschen. Er hat noch nichts vom Abendbrot angerührt, dabei gibt es heute Flussbarsch mit Salzkartoffeln, sein Lieblingsgericht. »Und das bedeutet, dass unser

Forscherteam die Ausdehnung von Doggerland unterschätzt hat. Die Harpune wurde von Fischern unweit der Stadt Grimsby aus dem Wasser gezogen. In Nordengland. Das ist der nördlichste Fund bisher. Und der größte. Ihrer Struktur nach ist sie aus Horn, ich tippe auf Rothirsch.«

Da ist es wieder – das Lieblingsthema meiner Eltern. Seit sie in dem internationalen Team um Mr Gaffney arbeiten, besteht ihre Welt nur noch aus Doggerland, Doggerland, Doggerland. Das ist ein noch ziemlich neues Forschungsgebiet. Wenn man allerdings meinen Zieheltern glauben kann, dann werden die Erkenntnisse nicht weniger als die gesamte Geschichte der Menschheit revolutionieren. Denn dort, wo heute die Nordsee fließt, gab es früher Land. Viel Land. Besiedeltes Land.

»Vielleicht sogar Cervalces scotti, Eric«, wirft Mama ein. »Sein Geweih war noch um ein Vielfaches größer.«

»Megaloceros? Ich bin mir nicht sicher, ob die Doggerländer tatsächlich Riesenhirsche gejagt haben«, entgegnet Papa und fängt nun endlich auch an zu essen. »Aber möglich wäre es. Schon die gewaltigen Geweihenden dieser großen Tiere gäben passable Waffen ab.«

»Yo, solche Riesenviecher bringen viele Points.« Lex spricht mit vollem Mund. »Fell und Geweih lassen sich für ordentlich Credits verticken. Außerdem regeneriert mein Jäger durch 'ne Fleischkeule viel schneller Lebensenergie.«

»Spielkind, du redest von einem Videogame und nicht der Realität.« Ich schiebe den Fisch auf meinem Teller an den Rand (ich mag's nicht, wenn Mama mir aufschöpft) und begnüge mich mit Salzkartoffeln und Rucolasalat.

»Tatsächlich haben die Bewohner der Steinzeit viel weniger

Fleisch konsumiert, als die meisten Menschen heute glauben«, sagt Papa schnell, bevor es zwischen mir und meinem Bruder wieder knallt. »Das hier«, er deutet auf seine fischbestückte Gabel, »stand zumindest in der Mittel- und Jungsteinzeit viel häufiger auf der Speisekarte als Auerochse oder Hirsch. Außerdem aßen die Menschen sehr viel Gemüse und Früchte. Und Nüsse. Besonders Haselnüsse.«

»Nutella rulez the world.« Lex grinst.

»Im Gegenteil: Die Palmölindustrie …«, hebe ich an.

»Och, nicht schon wieder *die* Leier«, stöhnt mein Bruder theatralisch auf. Er beugt sich über den Tisch und will sich einen weiteren Barsch mit der Gabel angeln.

»Hey, langsam, Sohnemann. Du hattest deinen Anteil.« Lachend zieht mein Vater die Fischplatte zu sich.

»Paps, ich muss essen. Ich bin im Wachstum. Und nenn mich nicht immer *Sohnemann*. Wir haben das Jahr 2020.«

»Schon gut, *Buddy*, hau rein.« Er schiebt den Fisch wieder in Lex' Richtung. »Sei froh, dass du dein Essen nicht selbst jagen musst.«

»Oder zubereiten«, ergänzt meine Mutter.

»Könnte er beides nicht«, nuschele ich. »Dafür müsste er ja seinen Controller aus der Hand legen.«

»Ach, Dumbo, und du kannst kochen, oder was?«, geifert Lex zurück.

»Leute!« Mama funkelt meinen Bruder und mich an. »Dass ihr immer herumsticheln müsst. Können wir euch überhaupt ruhigen Gewissens zu Oma und Opa schicken? Die alten Herrschaften ertrinken noch in eurem Meer aus Streit.«

Ich verdrehe die Augen.

»Ich habe gleich gesagt, deine Eltern packen das in ihrem Alter nicht mehr«, textet mein Vater weiter. »Zehn Tage in den Sommerferien, das ist zu lang. Also ich bin immer noch dafür ...«

Ich höre nicht weiter zu und stochere in meinem Salat herum. Massentierhaltung und Plastikmüll, Kohle- und Atomkraft, Monokulturen an Land und im Wasser, Verschwendung von Lebensmitteln, Wegwerfmentalität bei Technikprodukten und alle Jahre wieder der Black-Friday-Rausch – wir Menschen machen es dem Planeten mit unserem Konsum nicht leicht. Und das nicht erst seit gestern.

Die plötzliche Stille am Abendbrottisch schreckt mich aus meinen Gedanken. Unsere Zieheltern sehen sich stumm an. Sehen sich lange an. Zu lange. Oje, ich kenne diesen Blick. Wenn sie ihn auspacken, dann herrscht zwischen ihnen dieses Erwachsenen-Ding, diese unausgesprochene Übereinstimmung, die nur bei sehr guten Freunden oder sich Liebenden vorkommt. Unweigerlich ziehe ich den Kopf zwischen die Schultern und schiele verstohlen zu Lex. Der scheint von der plötzlichen Stille nichts mitbekommen zu haben und schaufelt sich weiterhin seelenruhig toten Fisch in den Mund.

»Also versuchen wir es, Irene?«, fragt Papa lang und gedehnt, als würde er jetzt schon den Einspruch wittern.

Mama dreht sich ihre langen Haare zu einem Dutt auf, wie immer, wenn sie etwas Kompliziertes anpacken will. »Also gut, Eric.«

»Prima.« Papa springt vom Tisch auf. »Dann ist es beschlossen. Keine Ferien bei Oma und Opa: Ihr beide kommt mit auf die RV Belgica!«

Ich lasse mein schmerzvollstes Stöhnen hören. Endlich hat auch mein Schnellmerker-Bruder geschnallt, was hier gerade abgeht.

»Die RV was? Das olle Schiff, auf dem ihr arbeitet, wenn ihr … och nö! Nein, wir kommen nicht mit! Die Sache mit Oma und Opa war doch schon save.«

»Ihr wisst nicht, was ihr verpasst: England, die raue See, der Wind um die Nase, und unter Wasser eine verborgene Welt. Das wird ein großes Abenteuer.« Während Papa das sagt, fuchtelt er mit seiner Gabel durch die Luft, als kämpfe er gegen ein imaginäres Seeungeheuer.

Abenteuer. Alles, was ich in den Sommerferien will, ist Ruhe. Für meine eigenen Projekte. Auf meinem Zimmer. Ich will nicht ans Meer und auf ein Schiff voller komischer Wissenschaftler! Ich hoffe, ich kann mich in irgendeiner Kajüte verkriechen und lesen.

Lustlos wühle ich in meinen Klamotten-Schubladen. Was zieht man an auf einem Schiff? Regenjacke, Gummistiefel? Das Jurassic-Park-T-Shirt muss auf jeden Fall mit.

Etwas klackert unten in der Schublade. Ich grabe mich durch die Ecke mit den Socken und entdecke eine Kette. Drei schwarze Dreiecke, daumengliedgroß, baumeln an einem Lederband.

»Wo kommst du denn her?« Ich ziehe das verschlissene Band hervor. Es ist so dünn, dass es sicherlich bald reißen wird. Die Dreiecke sind Zähne. Von prähistorischen Haien. »Dich habe ich ja schon lange nicht mehr gesehen.« Ich reibe mit den Fingern über die scharfen Schneiden der Zähne.

Es war im Sommerurlaub. Im Süden der Niederlande, nahe der belgischen Grenze. Beim Strandspaziergang habe ich die Kette im Sand gefunden. Damals war ich sechs Jahre alt. Meine Eltern meinten, dass sie bestimmt ein anderer Urlauber verloren habe. Strandgut darf man jedoch behalten. Natürlich habe ich mich zuerst mit Lex darum gestritten. Aber es war mein Fund. Den ganzen Sommer lang habe ich die Kette voller Stolz getragen und mir Geschichten über ihre Herkunft ausgemalt.

Ich lege mir die Haizahnkette um den Hals. Seltsam, wie einem manche Dinge im Leben zweimal begegnen.

Alif

Ich rieche den Rauch, bevor ich das Speerhaus betrete. Der Gestank von verbranntem Baumblut hängt über unserem Dorf, er klebt auf der Haut, haftet in Haaren und Kleidern. Und hier, vor dem Haus des Häuptlings, dem einzigen in unserem Dorf aus Pfahlhäusern, das nicht im Wasser steht, hier ist der süßlich-schwere Geruch am stärksten.

Mein Nacken kribbelt – sie ist hier. Sie lässt ihn kaum noch aus den Augen. Wenn mein Vater mich sprechen will und sie ist auch dabei, bedeutet das nichts Gutes.

Ich zögere, bevor ich die Tür aus Holz, Fischbein und Muscheln aufziehe. Leichter Regen klopft auf die Tierhäute, die das Dach des Speerhauses bedecken. Alle anderen Häuser tragen Dächer aus Flussgras. Das ist einfacher zu beschaffen. Nur der Häuptling darf sein Langhaus mit Leder vor dem Wasser des Himmelsmeeres schützen.

So viele Schritte wie Finger meiner beiden Hände sind es bis zum Stein; dem großen Stein, auf dem mein Vater sitzt. Ich spanne meine Arme an, mache meine Brust weit. Ich will wie ein furchtloser Wildbeuter gehen und nicht wie ein Kleinmann springen, nur weil ich froh bin, meinen Vater endlich sehen zu dürfen. Ich spähe in die Schatten des Speerhauses. Heute brennen hier keine Feuer. Die meisten Männer und Frauen meines Stammes sind draußen auf den Flüssen, mit Reusenflechtereien oder dem Zerlegen der Fänge beschäftigt. Und doch spüre ich Augen, die mich aus der Dunkelheit mustern. Ich drücke den Rücken durch, schiebe mein strohfarbenes Haar unter das Stirnband – ich habe es mir vor einem Mond aus der Haut eines Speerkopfes geschnitten – und hebe das Kinn. Jede meiner Bewegungen muss zeigen, dass Alif keine Furcht kennt, schon gar nicht vor ihr.

Mein Vater hockt auf dem Stein. Sein Blick ist auf den Rotspeer auf seinen Knien gerichtet. Nur der Häuptling der Tashi darf die Waffe mit dem roten Stein berühren. Zu Füßen meines Vaters liegen die beiden Graupelze. Sie heben den Kopf und knurren, als ich näher komme. Ich mag sie nicht. Es steckt noch zu viel Wildnis in ihnen.

Mit hoch erhobenem Kopf richte ich meine Augen auf die Steinspitze des Rotspeers.

»Lass das, Alif, du läufst wie ein Ganknog.« Mein Vater späht durch seine zerzausten strohblonden Haare und rutscht auf dem Stein hin und her. Seit ein paar Monden liegt der Schwarzpelz, den er erlegt hat, auf dem Stein, aber dennoch ist der Häuptlingsstein immer kalt. Ich will mir einen wärmeren Sitz suchen, werde ich den Stamm einmal führen.

»Du wolltest mich sehen, Argor?« Ich mache eine kleine Verbeugung. Es schmerzt etwas, dass mich mein Vater mit einem Ganknog vergleicht. Diese großen weiß-schwarzen Vögel schreiten auf langen Stelzen durch die nassen Wiesen, auf der Suche nach Fröschen und Fischen. Immerhin gilt das Auftauchen dieser Vögel als Zeichen, dass einem die Geister der Erde wohlgesonnen sind.

»*Wir* wollten dich sprechen.« Die Augen meines Vaters,

Häuptling Argor vom Stamm der Wasserläufer, huschen auf die Seite meiner Pfeilhand, in die dunkle Tiefe des Speerhauses.

Dort also lauert die Schlange. »Wenn es darum geht, dass ich mit dem Bogen …«, beginne ich meine Gegenwehr.

Argor bringt mich mit einer unwirschen Handbewegung zum Schweigen. Er stößt das stumpfe Ende des Rotspeers auf den Boden und richtet sich mit einem schmerzerfüllten Stöhnen von seinem Stein auf. »Sie hat die Erdgeister befragt«, sagt er mit leiser Stimme, und dennoch erfüllt sie den ganzen Raum. »Die Zeichen stehen gut.«

Sofort rennt mein Herz. Doch ich wage nicht, meinen Vater noch einmal zu unterbrechen.

»Du wirst eine neue Gelegenheit erhalten.« Er streicht sich die zerzausten Haare aus dem Gesicht. »Mein Erstsohn darf auf die Hatz und zeigen, ob er bereit ist für den Kreis der Wildbeuter. Ob er endlich ein ganzer Mann ist.«

Falsche Geister treiben mir Wasser in die Augen. Eilig blinzele ich die Tropfen weg. Keine Schwäche zeigen. »Danke, Vater«, sage ich und ärgere mich, dass meine Stimme leicht bricht. »Ich werde dich nicht wieder enttäuschen. Da bin ich mir sicher.«

»So? Bist du das?« Schlangengleich und doch wie warmes Wasser kriecht eine Stimme hinter mir heran.

Sofort versteife ich mich wieder. Der stechendsüße Odem des gelben Baumblutes umfließt mich. Ich zwinge mich, nicht zu atmen. Aber ich muss mich umdrehen.

Die Schamanin steht weniger als ein Speermaß entfernt hinter mir. Sie hält ihren Kopf mit dem kurzen Speerkopf-Geweih leicht gesenkt. Ihre Augen heften sich wie Egel auf mich.

Ich weiche zurück, als sie ihre Rauchlaterne hebt. Das Feuer, das die Baumblutsteine im Inneren zerfließen lässt, flackert auf. Die Flammen werfen ein eigenartiges Licht auf das blassblaue Schuppenleder, in dem ihre Finger bis zu den Ellenbogen stecken.

»Jórunn«, presse ich mit wenig Luft hervor. »Ich bin bereit für meine erste Hatz.«

»Wir werden sehen«, krächzt sie und saugt den Rauchfaden aus ihrer Laterne zwischen braunen Zähnen ein.

Ich schlage die Augen nieder. Kaum einer kann dem Blick unserer Schamanin lange standhalten. Selbst der Häuptling gibt sich in Jórunns Nähe wie Eis im späten Jungmond.

»Ja, wir werden sehen, Alif«, meldet sich die Stimme meines Vaters zurück. Er lehnt den Rotspeer gegen den Häuptlingsstein, steigt über seine knurrenden Haustiere und kommt auf mich zu. Er legt seine Hand auf meine Schulter. Müde Augen tasten mich ab. Ist das Schwermut in seinem Blick? Oder Zweifel? »Du darfst die Prüfung erneut antreten. Allerdings …« Bevor ich etwas sagen kann, dreht mich mein Vater zur Seite und deutet auf den hinteren Teil des Speerhauses, den Teil, der mit vielerlei Tierhäuten abgehängt ist. »Auch mein anderer Sohn soll beweisen, dass er ein ganzer Mann ist. Jórunn will es so.«

Vater, nein, wispere ich, nur in Gedanken.

»Tritt heraus, Shaggabug!«, fordert Argor.

Der Vorhang hebt sich nicht. Shagga ist vorsichtig. Er weiß, dass Jórunn hier ist. Ich höre, wie mein Vater seufzt. Da bin ich schon an ihm und dem großen Stein vorbei, und schlage das Leder beiseite.

»Komm, Shagga«, sage ich sanft und strecke meine Finger in das Dunkel. »Versuchen wir es zusammen. Erneut.«

Lex

»Vier Tage! Vier Tagen hocken wir schon in diesem englischen Kaff. Wenn die nicht bald einen WLAN-Mast im Hafen aufstellen, sterbe ich vor Langeweile.«

Kommt nicht oft vor, aber ich kann Leya gerade echt verstehen. Eigentlich hätten wir längst auf Mr Gaffneys Kahn sein müssen. Die Arbeiter klöppeln Tag und Nacht an dem alten Schiffsmotor herum und seitdem hängen wir und die anderen Leute von der Expeditionscrew in diesem Dorf namens New Kilnsea rum.

New – voll der Hohn. Hier gibt's eine Handvoll Häuser und ansonsten nichts. Nur alte Leute, hauptsächlich Fischer. Sie alle hocken nach der Arbeit im »Fisherman's Spear« und diskutieren lautstark über den Austritt des Vereinigten Königreichs aus der EU. Ich dachte, im Gamer-Chat geht's aggro ab, aber das ist ein Ponyhof gegen das, was die Fischer jeden Abend im Pub ablassen.

»Two cokes, guys.« Die Wirtin stellt unsere Getränke ab und wirft Leya einen kritischen Blick zu. »Eine ohne Zucker. Und ohne Strohhalm.«

Auch an diesem Nachmittag hängen wir im Pub ab und zocken Darts an dem abgenudelten Board.

Ich genehmige mir drei Schlucke, dann peile ich mit meinem

letzten Pfeil *Bullseye* an. Ich brauche Points. Leya zerstört mich, ich liege hinten. Mit einem satten *Flock!* landet der Dartpfeil im Kork. Neben dem Board. Ich muss unbedingt an meinem Rechtsdrall arbeiten.

»Tja, in der Steinzeit wärst du jetzt schon tot«, gibt mir meine Schwester Beef. »Da überlebten nur die, die was draufhatten, die am besten angepasst waren.«

»Haha, lustig, Fräulein Coke Zero«, gifte ich zurück. »Schon gemerkt? Das hier ist nicht Doggerland.«

»Dieses Dogger… Doggerland, was ist das eigentlich?«, schaltet sich die Wirtin, schon wieder hinter der Theke, ein. »Im *Fisherman's* erzählt man sich ja viel, aber bis ihr und eure trinkstarken Forscherfreunde hier eingefallen seid, habe ich noch nie von diesem Land gehört.«

Beinahe beiläufig wirft Leya ihren nächsten Dart. Double 10. Herrje, bin ich ein Lamer.

»Die wenigsten Menschen wissen davon. Mama und Papa sagen immer, Doggerland sei ein noch ziemlich neues Forschungsfeld. Aber wenn darüber weiterhin so gute Erkenntnisse gesammelt werden, müssen in ein paar Jahren die historischen Karten Nordeuropas geändert werden.«

Ich seufze. »Beantworte einfach die Frage, Professor Finsmann!«

»Oh, sorry.« Leya nippt an ihrer Cola. »Also: Doggerland war ein Land. Ein sehr großes Land. Dort, wo heute die Nordsee ist. Da soll es weite Grasflächen und Wälder gegeben haben, fruchtbare Flusstäler, Moore und sogar niedrige Berge.«

»Wälder, sagst du? Bloody hell.« Die Wirtin wischt sich die blonden Locken aus der Stirn. »Man konnte also von Europa, ich meine, vom Festland trockenen Fußes bis in unser Königreich stiefeln?«

»So ist es.« Leya zielt mit ihrem zweiten Dart. »Ich glaube, die Themse, der Rhein und andere europäische Flüsse mündeten sogar in ein gemeinsames Flussdelta.« Ihr Pfeil landet auf dem Feld mit der 13.

»Und wann genau soll das gewesen sein?«, mische ich mich in Leyas Referat ein. Vielleicht kann ich ihre Konzentration stören und damit ihre Siegesserie stoppen.

Leya runzelt die Stirn. Ihre dämliche blaue Haarsträhne rutscht hinter ihrem Ohr hervor. »Mittwoch, Lex, vielleicht auch erst am Montag.«

Flock! Triple 20 – ihr letzter Dart hat das rote Feld knapp über der Mitte der Dartscheibe, den inneren Ring bei der Zahl 20, getroffen. 60 Punkte auf einen Streich – verdammt, jetzt kann ich sie nicht mehr einholen.

Leya grinst mich an und wendet sich wieder der Wirtin zu. »Nein, das mit Doggerland ist 10 000 Jahre her. Das war in der Steinzeit: Feuerstein, einfache Hütten, Säbelzahnkatzen und Mammuts.«

»Und dieses Doggerland ist irgendwann einfach so mit Maus und Mammut abgesoffen?« Die Wirtin kommt langsam wieder hinter ihrer Theke hervor; wie so'n scheues Tier, das wagt, seinen Bau zu verlassen.

»Soweit ich weiß«, fährt Leya fort, »begann der Untergang nach der letzten Eiszeit, als durch den Klimawandel der Meeresspiegel weltweit langsam anstieg.«

»Wie heute«, bemerke ich, ohne Häme. Ich weiß, wie sehr meine Schwester an ihrem *SaveThePlanet*-Ding hängt.

Leya nickt. »Aber das war noch nicht alles. Weil die Gletscher im Norden Doggerlands schmolzen, verteilte sich das Gewicht auf der gesamten Landmasse anders. Wie bei einer Waage hob sich der Norden Doggerlands, während der Süden, der größte Teil, langsam versank.«

»Gruselig«, sagt die Wirtin und ignoriert, dass ein alter Mann gerade an die Theke wackelt, um etwas zu bestellen.

Leya zuckt mit den Schultern. »Es gibt noch eine dritte Theorie, die den Untergang Doggerlands erklären will: Ein Monster-Tsunami, ausgelöst durch einen gewaltigen Erdrutsch in Norwegen.«

Die Wirtin lacht. »*Monster*? Aber mal im Ernst. Dass das Meer nimmt und gibt, erinnert mich an eine alte Legende, die sich die Fischer hier erzählen.«

»Hey Jodi, bekommt man jetzt noch sein Guinness oder muss ich zu Hause die Flasche aufmachen?« Der alte Mann vor der Theke will bereits zum Zapfhahn langen.

»Hör einer an, wer seine Stimme wiedergefunden hat, Archy.« Jodi beugt sich verschwörerisch zu uns. »Interessante Story, das mit Doggerland. Der Stoff für Legenden, die die Zeit überdauern.« Sie zwinkert mir zu. »Das erinnert mich an eine unserer Legenden hier. Ihr Kids seid Zwillinge, oder? Kommt mit, ich muss die Fässer wechseln. Dabei erzähle ich euch eine uralte Geschichte, die zu euch passt.«

Leya

Wir folgen der Wirtin über eine Leiter hinunter in den Fasskeller des Pubs. Der Boden klebt, es riecht nach vergorenem Malz und ich habe das Gefühl, Alkoholdämpfe zu atmen.

»Ich wohne schon mein ganzes Leben in New Kilnsea«, beginnt Jodi, während sie mit geschickten Handgriffen die Schläuche von den Anschlüssen der Cider-Fässer abdreht. »Die Sternenkinder-Legende habe ich das erste Mal mit sechs oder sieben Jahren gehört.« Sie schüttet den Rest, der im Schlauch schwappt, in einen Abfluss im Boden.

Lex hockt sich zögerlich auf den Rand eines Fasses. Ich suche mir ebenfalls einen möglichst klebfreien Sitzplatz.

»Einst gab es ein Sternenpaar«, beginnt Jodi, während sie an den Fässern hantiert, »zwei Sterne, die am Firmament wohnten. Sie glichen einander so sehr und standen so nah beieinander, dass man sagte, ihre Hände und Finger wären miteinander verschmolzen.«

Lex wirft mir einen stirnrunzelnden Blick zu.

»Aber sie waren glücklich«, erzählt Jodi weiter und klinkt den nächsten Schlauch aus. Limonade ergießt sich über ihre Schuhe. »Glücklich und zufrieden. Und dennoch wurde ihnen alsbald langweilig.«

»Kenne ich«, wirft Lex ein.

»Also verließen beide Zwillingssterne ihren Platz am Firmament und wanderten Hand in Hand zur Erde herab. Sie segelten über die Weltmeere, streiften durch die Länder und ihr Licht schenkte den Menschen Wissen, von dem sie zuvor nicht einmal geträumt hatten.«

»Was für Wissen?«, frage ich mit leichter Gänsehaut. Der Kasten mit den leeren Flaschen unter meinen Füßen klimpert.

»Na … göttliches Wissen. Die Geheimnisse des Universums.« Jodi lacht. »Das, was Otto Normalo eben nicht wissen sollte.«

»Das gab sicher Ärger«, sage ich.

»So ist es. Der Vater der Sternenkinder, der allmächtige Himmelsfürst, war sehr erzürnt über ihr Fortgehen. Also schleuderte er ihnen Felsen hinterher.«

»Asteroiden«, übersetzt Lex.

»Vermutlich, vielleicht auch ganze Planeten.« Ohne Anstrengung wuchtet Jodi ein volles Fass zu den Wandanschlüssen, die hinauf zur Theke führen. »Die Gesteinsbrocken schlugen auf der Erde ein und lösten gewaltige Erdbeben und riesige Flutwellen aus – unser Planet wurde bis in seinen Kern erschüttert.«

»Die Apokalypse, der Tod allen Lebens.« Lex springt auf. Das leere Fass, auf dem er saß, schwankt.

Ich lächle. Ja, auf so was steht mein Bruder.

»Da draußen, im Meer, da gibt es tatsächlich noch Zeugnisse von einer großen Flut.« Jodi macht eine dramatische Pause. »Und da kommt euer Doggerland ins Spiel. Bei besonders starkem Niedrigwasser legt die Ebbe vor unserer Küste die Reste von Baumstümpfen frei. Kein Treibholz, sondern echte, verwurzelte Bäume. Versunken und für viele Jahrtausende vergessen im Meer. Manche nennen diese vermoderten Baumstümpfe *Noahs*

Wälder.« Jodi leert Schlauch Nr. 3 aus. »Ist schon beeindruckend: jahrtausendealte Reste von Wäldern. Vielleicht stammen die ja aus eurem Doggerland.«

Ich sehe Lex an und weiß sofort, was er denkt. Ist wohl so'n Zwillingsding. »Und wie endet die Legende? Was geschah mit den Sternenkindern?«, will ich wissen.

»Sie entkamen der Katastrophe«, fügt Jodi noch hinzu und überprüft alle Anschlüsse an der Wand. »Und zusammen mit einigen der sterblichen Menschen besiedelten sie neue Welten. Ende.«

»Da draußen?«

Lex starrt angestrengt auf die dünne Linie, wo das zurückgewichene Meer auf den Abendhimmel trifft.

Wir stehen wieder am Pier.

»Komm schon, du hast doch auch Bock auf eine Tour.« Mein Bruder zupft seine gelben Handschuhe zurecht. Nie geht er ohne die Fitnesshandschuhe aus dem Haus, selbst in der Schule trägt er sie.

»Du meinst jetzt?« Ich schaue auf den Horizont. Die Sommersonne steht bereits tief.

»Wieso nicht. Ist doch Ebbe.«

»Aber nach Ebbe kommt die Flut.«

»Und nach einer Mathearbeit kommt die nächste, na und? Komm schon, wir haben eh nichts vor.« Lex schiebt seine Spielzeug-Armbrust – sie musste unbedingt mit auf den Ausflug – unter seinen Gürtel. »Vielleicht finden wir sogar was, das unsere Eltern interessieren könnte. Jodi sagte, wir müssen dem Pier bloß in schnurgerader Linie hinaus folgen.«

Ich schaue ins Watt. Da ist dieses eigenartige Gefühl. Als würde mich etwas rufen. Nicht hörbar, sondern tief in mir. Ein Kribbeln, dem ich nachgeben muss. Ich merke, wie meine Finger über die Haizahnkette unter meinem Shirt tasten. »Okay, machen wir einen kleinen Spaziergang durchs Meer.«

Alif

Shaggabug ist wieder stehen geblieben. Ich gehe zurück und finde ihn bei einem Haselstrauch, den Kopf bis zum Hals zwischen den weichen Blättern.

»Shagga. Wir können hier nicht ruhen.«

Der Kopf meines Bruders taucht aus dem Geäst auf. Seine Wangen sind prall gefüllt. Er verzieht die Mundwinkel zu einem Grinsen und spuckt eine Menge hellbrauner Nüsse in seine Armbeuge.

»Wildbeuter müssen essen«, sagt Shagga. Noch eine Haselnuss kommt aus seinem Mund.

Ich seufze und deute auf das brennende Himmelsauge. »Jórunn sprach von einem Lauf des Auges. Sieh, wie tief es mittlerweile steht. Wir müssen uns eilen.« Zu lange sind wir schon unterwegs. Und noch immer ohne Beute.

»Aber ohne die Kraft der Erd- und Himmelsgeister werden wir mit leeren Händen zurückkehren.« Shagga lacht sein typisches Lachen. Es klingt nach den fetten braunen Vögeln, die wir halten, weil ihre Eier so gut schmecken. Shagga wäre gern ein Vogel. Aber nicht eines dieser lahmen Tiere aus unserem Dorf. Er wäre gerne ein großer, schneller Vogel. Darum hat mein Bruder die schwarz-weiß gestreiften Federn eines Arluks an seine Oberarme gebunden.

Ich schaue auf die nassen Haselnüsse, die er nur mit dem Mund gepflückt hat. Mein Bruder hat keine Hände mehr. Nur Stumpen, die mit Resten von Lederstücken und Schilfblättern umwickelt sind. Das Leder ist rissig, die Schilfbänder lose. Ich muss ihm bald helfen, sie zu erneuern.

»Essen wir.« Ich lege meinen Bogen ab und löse die Sehne vom Holz. Auf der Hatz sollte ich dies eigentlich nicht tun. Ich hoffe, dass uns nun kein großes Getier überrascht.

»Ist nicht viel«, sagt Shagga entschuldigend und lässt die Nüsse in das Gras fallen. »Bevor der Mond erscheint, musst du uns noch einen Küstenschreier aus dem Himmelsmeer holen.« Wieder lacht er gackernd wie ein Vogel.

Ich bin froh, dass er dieses Gackern nicht verloren hat. Mit einem runden Stein knacke ich die Schalen auf. Ich muss daran denken, dass Shaggabug hier draußen alleine keinen ganzen Lauf des Himmelsauges überstehen würde. Zwar ist er über die vielen Monde geschickter mit dem Mund und auch seinen Zehen geworden, aber einen Bogen oder einen Speer wird er niemals führen. Selbst eine geflochtene Fischfalle unter den Arm zu klemmen, fällt Shagga schwer. Jeder im Dorf weiß das und doch nehmen die Fischer ihn mit. Man könnte denken, sie tun das, weil sie in Argors Gunst steigen wollen. Aber nein, sie tun das, weil das unser Weg ist. Wir sind Tashi, wir lassen keinen der Unsrigen zurück!

»Von dieser Hatz werden wir mit großer Beute heimkehren«, sagt Shagga, bevor er auf den Knien eine der geschälten Nüsse mit gespitzten Lippen einsaugt. Füttern lässt er sich nicht, auch wenn er wie ein Tier auf allen vieren hocken muss.

»Woher nimmst du deine Zuversicht?« Ich schiebe mir einige

Haselnüsse in den Mund, zerbeiße sie langsam und kaue sie lange zu einem Brei, bevor ich sie herunterschlucke.

Mit dem Unterarm reibt sich Shagga über das verschmierte Gesicht. »Meine Augen sind scharf wie der Blick eines Arluks. Du siehst in die Ferne, großer Bruder, ich aber schaue auf meine Füße. Die Fährte ist mehr als einen Lauf des Himmelsauges alt, aber er ist ganz sicher hier langgelaufen.«

Ich blicke ruckartig auf. Etwas Ernstes in Shaggas Stimme lässt mich aufhorchen. »*Er*?«

Shagga gluckst. »Zehen, weniger als bei uns, und spitz zulaufend, ein breiter, eingedrückter Kreis dahinter: ein Dolchzahn. Die Abdrücke waren auf der einen Seite tiefer, die Ränder der anderen Fährte sind nicht ganz scharf. Entweder ein altes Tier oder ein verletzter Dolchzahn, der die Pfoten nachzieht.«

Ich versuche, mein Staunen zu verbergen. »Das alles hast du *gesehen*?«

Shagga lacht und hebt seine federngeschmückten Arme. »Wenn mir schon keine Hände mehr wachsen, muss ich mich mit meinen Augen beschäftigen.«

»Wohin führt die Spur?«

Shagga zieht die Luft ein und deutet mit dem Kopf in die entgegengesetzte Richtung.

Ich folge seinem Blick. Ein Dolchzahn, das wäre eine Trophäe, auf die jeder im Dorf neidvoll blicken würde. Doch etwas macht unseren Weg schwer. Dort, wohin die Spur führt, wo sich jeden Morgen das Himmelsauge hinter den Bäumen erhebt, dürfen wir nicht hin. Denn da leben jene, die anders sind: die Mog'Tar, die Knochentrinker. Und sie tragen ihren Namen nicht grundlos.

Lex

Unsere Gummistiefel schmatzen im Watt. Irre ruhig hier draußen. Nur ein paar Vögel und der Wind, der in den Ohren saust. Die Sonne geht langsam unter und malt schöne Farben in den Himmel, der Vollmond ist schon zu sehen; volle HD-Auflösung.

Ich gucke zu meiner Schwester zurück. Sie scheint angespannt, immer wieder dreht sie sich zur Küste um. Die Kaimauer ist weit weg, die Häuser sehen verdammt klein aus. Ich muss zugeben, ich bin auch nervös. Man kennt doch diese Geschichten von Leuten, die ohne Guide hinausgelaufen sind und dann …

»Sicher, dass das der richtige Weg ist?«, ruft Leya hinter mir.

»Na ja, vom Pier aus sind wir geradeaus gelaufen. Jodi sagte doch was von knappen zwanzig Minuten, oder?«

»Ja, aber die sind lange rum. Und hast du die Wolken gesehen?« Leya deutet auf die grauen Haufen, die sich links vor die immer tiefer sinkende Sonne knubbeln.

»Jau, könnte noch mal regnen. Aber wir sind bestimmt gleich da.« Ich schaue auf mein Handy, um zu checken, wie lange wir tatsächlich schon unterwegs sind. *37 Minuten*. Und kein Empfang, nicht mal Edge. Ich switche den Flugzeug-Mode an und aus. Immer noch kein Empfang. Ein komisches Gefühl drückt in meinem Magen. Vielleicht hätten wir jemandem sagen sollen, wo wir hinlaufen.

Wir gehen weiter. Der Boden ist so weich, dass unsere Fußabdrücke direkt wieder mit Wasser volllaufen. Wie in einem Videospiel. Da verschwinden die Spuren meiner Figur auch immer nach einiger Zeit. Klar, sonst wäre die Map irgendwann völlig zertrampelt.

»Lex!«

Leyas Ruf lässt mich wieder aufschauen. Oh, *das* habe ich mir anders vorgestellt.

Mitten im Wattenmeer, um uns herum nichts als Schlamm und Wasserrinnsale, erheben sich Baumstümpfe. Aber es sind keine Reste von Bäumen, wie sie Jodi beschrieben hat, sondern eher abgefaulte Pfähle, die zu einem Kreis in den Schlamm gerammt wurden. Die glitschigen, fast schwarzen Stümpfe reichen uns kaum ans Knie. Bis auf einen. Inmitten des Kreises.

Der Wurzelstock geht Leya bis zur Hüfte, als sie sich daneben stellt. Woah, sie ist einfach ohne zu zögern in diesen Kreis gestiefelt. Weiß sie denn nicht, dass solche Kreise magischen Ursprungs sind? Also, *sein können* – in einem OpenWorld-Fantasygame.

»Komm schon, Lex. Das hier ist die echte Welt«, ruft Leya mir zu.

Sie konnte also wieder meine Gedanken lesen. Verdammtes Zwillingsgen.

»Das sieht mir nicht nach Noahs Wäldern aus. Eher wie ein hölzernes Stonehenge. Quasi ein *Seahenge.*« Leya streicht über das rundgelutschte Holz. Jetzt sind ihre Hände schlammig. »Was meinst du, warum hat man das hier angelegt? Und wer?«

»Keine Ahnung.« Ich wage mich auch in den Kreis. Nichts passiert. Kein Kribbeln, kein Wirbeln von Nebel, kein Erscheinen von Dämonen. Langweilig.

Ich mache einen 360°-Turn. Die Grafik hier draußen ist weiterhin mega. »Dahinten, da sind noch mehr.« Ich zeige auf weitere Baumreste, die in einer Linie, aber mit größeren Abständen aus dem Schlick ragen.

»Ist das eine Wegmarkierung oder so was?«

Ich verlasse den Kreis und gehe an den ersten beiden Stümpfen vorbei. »Und das da? Dahinten am Horizont?« Ein schief liegender rostigroter Kasten. Die Konturen verschwimmen im Abendrot. Schwer, die Größe zu schätzen.

»Ich kann nichts Genaues erkennen«, sagt Leya, als sie neben mich tritt. »Könnte der Umriss eines Schiffes sein. Aber ist dahinten überhaupt Wasser?«

»Vielleicht ist es ein Container, so einer, die auf diesen fetten Schiffen transportiert werden. Ist vielleicht von Bord gestürzt.« Ich laufe an einem weiteren Stumpf vorbei. Ein weißer Krebs hockt zwischen den Wurzeln. Die Sonne steht schon verdammt weit im Westen. Wird langsam Zeit für einen Save-Point.

»Lex, lass uns zurückgehen. Das sind nicht Noahs Wälder. Wir sind viel zu weit rausgelaufen. Das Wetter schlägt um. Außerdem wird's gleich dunkel.«

»Nur noch ein paar Meter.« Ich beschleunige meine Schritte. Ich will wissen, wohin dieser Pfad aus Baumstümpfen führt.

Alif

Über dem Pfad ragt der große Schädel des Maa-Mutts auf. Der Mond erhellt den gelben Knochen. Er wurde auf einen spitzen Pfahl gerammt. Daneben stecken weitere Pfähle im Schlamm. Auch sie wurden mit Knochen behängt.

Shagga und ich kennen solche Geisterzäune. Sie sollen alle abhalten, die anders sind als die, die sie errichtet haben. Nur noch ein paar Speermaße und wir sind nicht mehr auf dem Land der Tashi. Hinter den Knochen, hinter dem Geisterzaun beginnt das tückische Trübwasser: Feindesland.

Seit vielen Trockenmonden, seit vielen Weißregenmonden befinden wir uns im Krieg mit den Mog'Tar. Die Knochentrinker wanderten einst in unser Land, ließen sich jenseits des Trübwassers nieder, schnell kamen sie auch in unser Dorf. Ihre Kehlen waren rau und fremd für unser Ohr. Wir gaben ihnen Fisch, Weichschalen und Nüsse – wir öffneten unsere Herzen. Dann kamen sie häufiger. Verlangten mehr, obwohl wir nicht mehr geben konnten. Und irgendwann kehrten die Mog'Tar mit Keulen und Speeren zurück und nahmen sich, was sie wollten: Fleisch und Gras und Tashi.

Auch in diesem Geisterzaun sehe ich Tashi-Knochen – Arme, Beine und die gebogenen Gerippe, die das Herz umringen. Keine Schädel. Die Köpfe lassen die Mog'Tar niemals zurück. Denn

Knochentrinker sind stets auf der Suche, auf der Suche nach unserem Geschick. Davon haben die Mog'Tar wenig. Sie wissen nicht, wie man Körbe für den Fischfang baut, mit Maschen weit genug, damit die Fische hineinschwimmen, aber gleichzeitig so eng, dass sie nicht mehr rausschlüpfen. Auch kennen sie nicht die richtigen Bäume, damit das Pfahlhaus sicher im nassen Uferschlamm steht. Und keinesfalls besitzen sie das Geschick, die Körner des gelben Langhaargrases so in die Erde zu werfen, dass im nächsten Trockenmond viele Körner an den Halmen wohnen. Das alles können Mog'Tar nicht. Daher wollen sie dieses Geschick aus unseren Schädeln trinken.

An all das denke ich, als wir an dem Geisterzaun vorbeigehen. Das Mondlicht zeigt mir, dass die Spuren in der Lücke zwischen den Knochen noch frisch sind. Die Fährte des Dolchzahns. Kaum älter als ein Lauf des Himmelsauges.

Dort, wo das Trübwasser beginnt, haben die Tashi Holzwege gelegt. Doch hier, im Herzen des Trübwassers, gibt es die nicht mehr. Hier lauern falsche Geister. Sie haben die Erde weich gemacht. Ein falscher Schritt, und ein schweres Tier wie ein Dolchzahn versinkt. Wildbeuter der Tashi sind hier schon bis zur Schulter im Morast stecken geblieben. Die Mog'Tar wissen das. Sie verbergen sich wie feige Graupelze hinter den heimtückischen Feldern.

Ich schiebe meine Finger unter das Stirnband aus Speerkopfhaut. Es juckt zwischen meinen geflochtenen Haaren. Wenn auch nur einer ihrer Krieger den Pfad beobachtet, bis zum Hals verborgen in einem der schwarzen Tümpel oder in den Ästen der ertrunkenen Bäume lauernd, er wird uns entdecken, bevor wir ihn sehen. Geister des Himmelsmeeres, bewahrt mich und meinen Bruder davor, dass auch unsere Knochen hier verrotten!

»Ich gehe voran«, flüstere ich Shagga zu und nocke einen Pfeil an die Bogensehne. Im Dunkel wird der Weg noch schwerer für uns.

Shaggabug nickt, sein Gesicht ist angespannt. Er weiß, dass er mir nicht helfen kann, wenn es zu einem Kampf kommt.

Schwarze Farbe färbt das Himmelsmeer, immer wieder drängen Wolken wie Berge vor den vollen Mond. Bald wird es auch Regen geben. Das ist nicht gut. Bei Regen kann ich meinen Bogen nicht nutzen. Die Sehne wird dann weich. Zudem riecht die Luft nach Gefahr. Bald wird die Himmelstrommel gegen den grellen Weißspeer kämpfen.

Wir laufen geduckt weiter, die Augen auf der Fährte des Dolchzahns. Immer tiefer dringen wir ein in das Land der Mog'Tar. Wasser tropft, Holz knarrt und schwarzer Schlamm schmatzt. Wir verlieren keine Worte mehr. Jeder unserer Laute könnte der letzte sein. Was wird Vater sagen, wenn wir wieder heimkommen? Hoffentlich nicht mit leeren Händen.

Da bemerke ich eine Bewegung hinter einem Stamm. Sofort werfe ich mich zu Boden und deute Shagga, es mir gleichzutun. Doch mein Bruder kauert bereits auf der Erde.

Das Knacken von Holz und das leise Plätschern von Wasser ist ganz nah. Einen Speerwurf von uns entfernt muss ein Tümpel sein. Ich sehe, dass winziggrüne Blätter auf dem Wasser schwappen. Wir sind nicht allein.

Noch bevor ich weiterkriechen kann, bricht die grüne Schicht. Ein schuppiger brauner Kopf, schlangengleich, taucht auf. Die Schnauze mündet in einen spitzen Zapfen, Wasser strömt aus dem zahnlosen Maul. Ich springe auf. Ziehe Shagga hoch. Hinter dem Kopf schiebt sich das spitze Haus der Stachelhornkröte aus dem Wasser.

»Schnell, vielleicht hat sie uns noch nicht bemerkt.«

Schon rennt Shaggabug an mir vorbei. Doch er muss über einen Baum springen, der über dem Trampelpfad liegt. Sein Lendenschurz bleibt an den abgebrochenen Ästen hängen. Das Leder reißt. Shagga schreit auf. Sofort ruckt der Kopf der Stachelhornkröte herum.

»He-o, he-o!«, rufe ich und trommele mit dem Bogen auf den umgestürzten Baum. Mein Schrei springt weit über das Trübwasser.

Die Kröte sieht mich. Mit einem Fauchen wälzt sie sich vorwärts, ihre Krallenfüße sinken im Morast ein. Sie ist schnell, schneller als gedacht. Auch starke Wildbeuter können solch einem Ungetüm nur schwer etwas anhaben. Ihre Haut ist dick, die Platten hart wie Feuerstein. Aber wessen Hände, Arme oder Beine in ihr Maul geraten, der bekommt sie niemals mehr zurück.

Ich springe über den Baumstamm und hechte den Weg entlang. Der Pfad windet sich, wird schmaler. Das Mondlicht erhellt Shaggas eilige Schritte, doch dann teilt sich der Weg und die Spuren meines Bruders hören auf.

»Shagga?«, rufe ich möglichst leise. Ich war noch nie ein guter Fährtenfinder.

Keine Antwort. Aus Richtung meiner Pfeilhand kommt ein Fauchen. Noch eine Stachelhornkröte. Größer als die erste.

Ich schieße einen Pfeil ab. Er schlägt vor dem Kopf des Ungetüms in den Boden.

Ich wähle den Weg auf der Seite meiner Bogenhand, doch mein

Bruder ist nicht hier. Also eile ich zurück, nehme den Weg, auf dem die Kröten kriechen. Kein Shaggabug.

Mein Herz überschlägt sich. *Nein, Shagga. Nicht heute.*

Ich laufe weiter. Hinter mir krachen Äste, als eine der Kröten versucht, über den Stamm zu klettern. Da höre ich den Schrei. Er klingt weit entfernt. Aber er stammt von meinem Bruder.

Ich stolpere über den Weg. Er steigt leicht an, dann stärker. Das Trübwasser bleibt zurück, der Boden wird trockener. Shagga ist ein schneller Läufer.

Plötzlich stoße ich auf weites Grasland, das im hellen Mondschein wie grüne Wellen wogt. Von einer Anhöhe schaue ich hinunter auf Wasser, fremdes Wasser. Tief hat es sich zwischen die Hänge der Grauberge geschnitten. Salzfinger nennt mein Stamm diese schmalen Flüsse. Doch wir trinken nicht aus ihnen. Denn dieses Wasser entspringt dem Meer.

Shagga steht am Ufer, inmitten von angeschwemmten Weichschalen und Seetang, zwischen Sand und Kieseln und sieht hinaus auf das Wasser. Aus ihm erheben sich Steine: mächtige rote Steine.

Leya

Es ist kein Schiff, kein rostender Container oder irgendein anderes Treibgut. Nach dem seltsamen Baumstumpfkreis, diesem versunkenen Mahnmal einer längst vergangenen Zivilisation, sollte ich eigentlich nicht mehr überrascht sein. Ich bin es trotzdem.

Ich hole Lex ein. Sprachlos steht er vor dem roten Steingebilde, das sich aus dem Meer erhebt, als wäre es schon immer da gewesen. Zwei mächtige Steinpfeiler, jeder etwas länger als wir, ragen aus dem grauen Watt auf. Ein dritter Pfeiler liegt umgestürzt daneben und eine große Steinplatte, die einst wohl als eine Art Deckel gedient hat, ruht schräg an den Pfeilern, als hätte ein übermütiger Riese sie herabgeschubst.

»Was ist das?«, ruft Lex in den auffrischenden Wind.

»Also ich glaube … nein, das kann nicht sein!«

»Was kann nicht sein? Leya, was zur Hölle ist das?« Lex geht vorsichtig näher. Er hat tatsächlich seine kindische Plastikpistole gezogen.

»Ich glaube, es ist oder vielmehr war ein Dolmen«, rufe ich ihm nach.

»Dolmen? Sieht aus wie bei Asterix und Obelix.«

»Genau. Steindolmen sind Gräber. Prähistorische Hügelgräber, um genau zu sein. Wissenschaftler vermuten, dass da drum herum noch Erde aufgehäuft war.«

»Ah, Hünengräber, Opfertische und so. Davon gibt's in Frankreich und England doch einige.«

»Ja, aber nicht mitten *im* Meer.« Ich ziehe die Schultern zu den Ohren, weil mir kalter Wind in den Nacken weht. Irgendwie wirken diese rostroten Steine falsch inmitten der schlammgrauen Wattfläche.

Gemeinsam treten wir näher. Auf der unteren Seite des mächtigen Decksteins und auf den Pfeilern sitzen Seepocken. Feuchter Blasentang klebt an den rostroten Steinen.

»Ach, dieses Mal keine Angst vor magischen Flüchen?«, rufe ich, als mein Bruder auf den umgestürzten Pfeiler klettert. Sofort beantwortet ein Donnerschlag die freche Entweihung.

»Uff!« Lex gibt sich cool, aber als er auf dem Stein steht, zeigt er nach links, auf den Horizont. »Da kommt was auf uns zu!«

Der Himmel sieht böse aus. Ein böses Dunkellila.

»Komm auch hoch.« Lex reicht mir die Hand.

»Sind das Spuren von Werkzeugen?«, murmele ich und wage, mit den Händen über die teils sehr unebene Steinoberfläche zu streichen. Manche Stellen des Pfeilers wirken, als wäre den Steinmetzen der Meißel mehrmals abgerutscht.

Regen setzt ein. Erneut donnert es.

»Ähm, Leya …?!« Lex zeigt dorthin, woher wir gekommen sind. »Die Bäume …«

Ich drehe mich um. »Scheiße!«

Um den vordersten der Baumreste, die uns hierher geführt haben, hat sich bereits eine große Lache gebildet. Vor ein paar Sekunden stand der Stumpf noch auf dem Trockenen.

»Wir sollten zurück. Sofort!«

Kaum habe ich das ausgesprochen, zerreißt der Himmel. Und

es fängt an zu kübeln, wie ich es noch nie erlebt habe. Lex und ich suchen Schutz unter dem schräg liegenden Deckstein.

Ein bisschen mulmig ist uns dabei zumute. Aber dieser Stein ruht bestimmt schon so lange in der Position, dass er wohl kaum heute verrutschen wird. Ich hoffe, wir sind hier unten auch vor Blitzen sicher.

»Wir können nicht warten, bis das Gewitter vorbei ist, Lex.« Ich muss rufen, denn das Prasseln der Tropfen und der Donner sind auch unter dem Stein ohrenbetäubend. Mit einem Mal fühle ich mich sehr klein. Ein kleiner Mensch, inmitten der Weite des Meeres.

»Wasser von oben, Wasser von unten – Kacke! Wieso kommt die Flut jetzt schon?« Lex hebt einen Gummistiefel hoch, als hätte er Angst, dass der nass werden könnte. Darunter läuft der Schlick schmatzend über einer länglichen Muschel zusammen.

»Was ist das?« Lex greift in den Matsch und zieht einen Ast hervor. Er ist armlang, läuft vorne spitz zu und am anderen Ende verbreitert er sich wie bei einem sehr schmalen Paddel. »Ein Wanderstab hilft uns jetzt auch nicht weiter. Ein Schirm wäre besser.« Er streicht den Schlamm von dem Holz. »Aua! Blöder Stock.«

Als Lex seine Hand vor den aufgewühlten Abendhimmel hält, tropft Blut aus einem Schnitt am Daumen.

»Widerhaken. Das ist kein Stock!« Ich nehme ihm das glitschige Ding ab. »Da sind Kerben, nein, Zeichnungen. Das da könnte ein Fisch sein. Und das … ein Mensch mit einem Speer? Lex, das ist eine Harpune!«

Mein Bruder lutscht seine Wunde aus, spuckt in den feuchten Sand und verreibt seine Spucke mit dem Fuß. »Eine Harpune? Wie dieses alte Ding, das wir uns auf Paps' Handy anschauen mussten? Das Teil, weshalb wir überhaupt auf dieser Expedition sind?«

»Ja, so ähnlich«, antworte ich, obgleich ich mit einem Schauder feststellen muss, dass die Form, die Größe der beiden Harpunen sich verdammt ähneln. »Ist momentan aber auch egal, Lex, wir haben andere Sorgen.« Die ersten schmalen Bäche schieben sich bereits zwischen den welligen Sandhügeln in unsere Richtung. »Wir gehen!«

Ich bemerke es erst, als wir uns aus dem Schutz des Decksteins gewagt haben und schon ein paar Meter durch den strömenden Regen gelaufen sind: ein hohes Sirren.

»Hörst du das auch?«, fragt Lex und bleibt abrupt stehen.

»Ja, kommt das etwa … von den Steinen?«

Wir drehen uns gleichzeitig um.

Um den Dolmen hat sich bereits viel Wasser gesammelt. Dort, wo es an die Steine schwappt, vibrieren kleine Wellen.

Als ein weiterer Blitz den Abendhimmel zerreißt, sehen wir im Wasser ein hellblaues Leuchten. Und das Leuchten lebt.

Alif

Schon will ich meinen Bruder rufen, als meine Augen etwas auffangen. Im Gesträuch des Ufers, von den Binsen nur teils verdeckt, lauert er.

Der Dolchzahn.

Mein Herz will nicht mehr gehen. Er ist kaum einen Speerwurf von Shagga entfernt. Ich bücke mich, suche einen Stein und schleudere ihn in Richtung des langzahnigen Räubers. Der Dolchzahn springt aus der Deckung, wirbelt herum, sieht mich. Schon liegt ein Pfeil auf meinem Bogen.

»Shagga, renn!«

Doch der nächtliche Räuber hetzt nicht zu mir. Er springt auch nicht zu Shagga. Er brüllt nur, schiebt sich wieder in den Schutz der Binsen zurück und pirscht langsam auf Shaggabug zu. Verflucht, der Geist in diesem Tier ist klug und bösartig.

Ich lasse meinen Bogen singen. Der Pfeil fliegt gut, aber die Sicht ist wegen der vielen Wolken vor dem Mond zu schlecht. So schlägt er zu weit entfernt vom Dolchzahn in den Seetang. Ich lege einen weiteren Pfeil auf die Sehne. Doch ich kann das Tier zwischen den zitternden Langhalmen nur noch erahnen.

Der Pfeil verschwindet in den Binsen. Kein Laut dringt über den Salzfinger. Shagga weicht langsam zurück. Er weiß, dass er dem Dolchzahn durch Rennen nicht mehr entkommen kann. Schon steht mein Bruder im Wasser.

»Shagga!« Ich schlittere zum Ufer, schlage mich durch die Binsen, rutsche im angespülten Seetang aus und brülle: »Arr, Arr, Arr!«

Die Ohren des Dolchzahns zucken, weißer Schaum rinnt aus seinem Maul, die gelben Augen bleiben auf meinen Bruder gerichtet – ein Dolchzahn lässt seine Beute niemals gehen.

Noch im Rennen lege ich meinen nächsten Pfeil auf. Er muss treffen!

Der Dolchzahn nimmt den Kopf herunter, schiebt sich in den angeschwemmten Seetang, die starken Schultern beben. Er wird springen.

Ich schieße, ohne länger zu zielen, Shagga schreit auf, stolpert zu einem großen Wurzelstück, das am Ufer auf den Wellen schaukelt. Der Dolchzahn drückt sich ab.

Der Pfeil frisst sich in den Schlamm, nur eine Handbreit von dort, wo die Kreatur soeben noch kauerte. Shagga wuchtet das Totholz mit seinem Oberkörper ins Wasser. Der Dolchzahn landet vor dem Wellensaum. Dennoch spritzt Wasser auf und der große Räuber sträubt sich. Mein Pfeil hat ihn kurz vor seinem Sprung gestört.

»Arr! ARRR!«, brülle ich nochmals, schwenke meinen Bogen über dem Kopf und stürme geradewegs auf das Tier zu. Wenn es Atem nehmen will, dann meinen und nicht Shaggabugs.

Das dunkle Himmelsmeer bringt Wasser und Windgeister eilen herbei. Shagga treibt bereits auf der Wurzel im Meer. Der Dolchzahn faucht, läuft am Ufer entlang, unschlüssig, welche Beute er reißen soll.

Das Wasser entscheidet. Dolchzähne mögen kein Wasser.

Bei den Geistern meiner Ahnen! Beim Anblick der gelben Augen in der Nacht verlässt mich der Wagemut. Mein Herz rast, mein Kopf brummt, meine Arme und Beine, sie zittern und sind schwer zugleich. Mit starken Sprüngen eilt der Dolchzahn heran. Ich schlage einen Bogen, hechte ebenfalls ins Wasser. Doch er bleibt an meiner Fährte.

Schnell überblicke ich das Ufer. An meiner Bogenhand stehen Geisterzäune. Und dort, wo der Salzfinger an die Grauberge stößt, erahne ich kleine Hütten im Feuerschein. Das Dorf der Mog'Tar?

»Weiter hinaus, Shagga!«, rufe ich, springe über Steine und Wellen. Ich hoffe, mein Bruder rutscht nicht vom Totholz. Shagga ist kein Schwimmer. Und diese Wurzel kein sorgsam geschälter Einbaum.

Schon fühle ich heißen Atem in meinem Nacken. Ist es Furcht oder der Atem des Dolchzahns?

Auf einmal … eine Untiefe, eine Senke im Sand. Ich stürze, tauche in das salzige Nass. Der Dolchzahn faucht. Ferner. Ich schwimme. Nur weg vom Ufer.

Da dröhnt die Himmelstrommel über dem Salzfinger und die Grauberge antworten mit lautem Knall. Der Dolchzahn wimmert auf. Der Regen wird stärker, der Wind nimmt zu. Ihr guten Geister, ihr kommt im rechten Moment.

Ich werfe mich herum, und auf den Rücken. Wage einen Blick zurück. Der Dolchzahn ist noch da. Er streift am nächtlichen Ufer auf und ab. Hungrig.

Die Trommel spricht erneut und lauter. Die Wolken weben dichtes Himmelswasser. Zu viel für den Dolchzahn.

»Er flieht!«, rufe ich gegen das Trommeln an.

Shaggabug hört nicht. Mit den Füßen paddelt er geradewegs auf die roten Steine inmitten des Salzfingers zu.

Ich folge. Das Wasser beißt mit eisigen Zähnen zu und umklammert meinen Atem. Der Weg zu den Steinen ist nun kürzer als der zum Ufer.

Es sind Steine, einer und einer und einer, mächtige rote Pfähle, dicker als viele zusammengeschnürte Weichholzbäume. Über den Pfahlsteinen ruht ein weiterer Fels. Irgendwie kommt mir die Färbung bekannt vor. Kann es sein, dass die Steinklinge im Rotspeer meines Vaters aus derselben Erde geboren wurde?

Und wer schichtete diese Steine auf? Waren es die Mog'Tar? Ein Grab kann es nicht sein, denn Knochentrinker betten ihre Atemlosen nicht unter Steinen und in die kalte Erde. Zudem stehen diese Steine im tiefen Wasser.

Plötzlich rennt der Weißspeer über das Himmelsmeer, die Himmelstrommel folgt dröhnend und die Grauberge erzittern.

Und Shagga stürzt ins Wasser.

Im grellen Schein des Weißspeers sehe ich es kurz: Da ist etwas im dunklen Wasser. Zwischen den Steinen. Etwas Großes. Und es glimmt blau.

Leya

»Sind das Würmer? Minikrebse? Seit wann leuchten die?« Fasziniert rührt Lex mit seiner Plastikpistole im mittlerweile stiefeltiefen Wasser.

Wir sind ein paar Schritte zurück in Richtung der Steine gelaufen. Nass sind wir jetzt eh. Das hohe Sirren ist auf keinen Fall Einbildung, aber noch faszinierender sind all die bläulichen Würmchen und halb durchsichtigen Krebse, die bei jedem unserer Schritte sternförmig auseinanderzucken, sich dann aber schnell wieder zurückschlängeln.

»Biolumineszenz, Lex. Hörst du im Unterricht eigentlich nie zu? Ein Leuchten wie bei Glühwürmchen.«

»Ah.« Lex macht Handyfotos und versucht dann, ein paar der Tierchen mit der Hand herauszufischen.

»In der Tiefsee ist das ein häufiges Phänomen. Es dient zur Kommunikation, aber auch zur Abschreckung von Feinden, wenn … was ist?«

Lex hat aufgeschrien. Er reißt seine Hand zurück. Sein Ärmel ist nass.

»Hat dich was gebissen?«

»Nein, aber da war … so ein Sog.«

»Ein Sog?«

»Als würde mich etwas runterziehen.« Er schüttelt sich

und streckt die Hand nochmals, aber vorsichtiger zum Wasser aus.

Sofort kräuselt sich die Oberfläche. Tropfen springen zu Lex' Hand hoch. Die blauen Tierchen zucken wie verrückt. Das komische Sirren der Steine in unserem Rücken schwillt an.

»Mir reicht's. Ich will hier weg!« Ich springe auf. Mein Bruder kniet zwischen den roten Dolmensteinen, seine Hand bis zum Ärmel unter Wasser. »Lex, jetzt komm schon! Was willst du denn noch …?«

»Leya!«

»Was?«

»Meine Hand. Ich kann nicht.« Er tut so, als würde sein Arm feststecken.

»Herrje, Lex Finsmann: keine Zeit für Spiele. Die Flut kommt. Wir könnten hier ertrinken.« Mit Blick auf meinen Bruder springe ich ein paar Meter von den Steinen weg.

»Nein, ernsthaft. Irgendwas zieht an mir.« Lex' Stimme wird panisch. Verflucht, er spielt nicht.

Ich eile zurück. Das kalte Wasser peitscht unter meinen Gummistiefeln auf. Ich schmecke Salz, Regen rinnt in meine Augen und noch immer wechseln sich Donner und Blitz ab.

Das Wasser um Lex' Arm wirbelt wie bei einem Strudel. Von allen Seiten strömt das Meer zu dem Dolmen zurück, wie zum Abfluss einer gewaltigen Badewanne. Der umgestürzte Pfeiler liegt bereits zur Hälfte unter Wasser. Und unter dem Deckstein dringt ein helles Leuchten hervor.

Was geschieht hier?

Reflexartig beuge ich mich vor, um nach Lex zu greifen. Ich bekomme seinen freien Arm zu fassen. Die Flut läuft in meine Gummistiefel, die eisigen Wellen schwappen mir bis zu den Knien, bei Lex reichen sie schon bis zum Bauch.

»Beug dich mehr zu mir!«, rufe ich gegen Wind und Wellen, gegen Blitz und Donner. Noch immer sirren die roten Steine.

»Ich kann nicht.« Lex zerrt wie ein Wilder an seinem Arm und fuchtelt mit dem anderen in meine Richtung. »Der Sog ist zu stark.« Er wirft sich in meine Richtung und bekommt meinen Nacken zu fassen.

»Wir schaffen das! Wir …« Ich erstarre. Hinter dem Dolmen schiebt sich eine große Welle heran. Im Inneren leuchtet ein hellblauer Körper auf. Ein schlangenähnlicher Körper, länger als ein Mensch.

»LEX!«

»Leya, hilf …!« Lex taucht unter, knallt mit der Stirn gegen Stein. Seine Hand rutscht von meinem Nacken, bekommt meine Haizahnkette zu fassen.

Ich lehne mich nach hinten.

Lex kommt wieder hoch, spuckt Wasser. »Ley…«

Die Kette reißt. Die Haizähne fallen zurück ins Meer.

Lex auch.

Jetzt erfasst mich der Sog ebenfalls. Er zieht an mir wie tausend Hände. Zieht mich zum Licht unter dem großen Dolmenstein.

Als ich in die kalte Nordsee sinke, ist um mich herum nichts als hellblaues Leuchten.

Alif

Der Wind treibt Wellen über das Wasser. Die Trommel und der Weißspeer kommen und schwinden immer wieder. Shagga ist vom Totholz gerutscht. Er strampelt im Wasser. Wie ein Köder.

Schon löst sich das blaue Leuchten von den Steinen und hält auf Shaggabug zu. Es schlängelt sich, windet sich. Ein schuppiger gestreifter Rücken, länger als ein Einbaum, wölbt sich aus dem Wasser. Stachelige Flossen brechen aus dem Schaum. Geister meines Vaters und seiner Väter, steht uns bei. Welch Untier trieb das Meer bis in den Salzfinger?

Meine Arme fliegen über die Wellen, nie bin ich schneller geschwommen. Ich erreiche Shagga, helfe ihm zurück aufs Holz. Dann ziehe ich mich hoch. Es muss uns beide tragen. Das hellblaue Untier dreht ab, seine Schwanzflosse peitscht Wellen auf. Unsere Wurzel schaukelt. Doch wir kentern nicht.

»Zurück ans Ufer!«, rufe ich gegen das Heulen des Windes und das Poltern der Himmelstrommel. Der Regen hämmert in unsere Gesichter.

Wir rudern mit Armen und Beinen. Doch unsere Wurzel ist störrisch. Erneut dreht der Schlangenleib um und rauscht auf uns zu. Ein riesiges Maul schießt aus den Wellen. Fangzähne, länger als beim Dolchzahn, glänzen zwischen Wassertropfen. Ich trete dem Ungetüm zwischen die kalten Augen. Es faucht fauligen

Atem, ein Zahn bricht. Die Schlange schnellt hoch, sie windet sich, dann taucht sie zwischen den wirbelnden Wellen ab.

Mit brennenden Armen stoßen wir zurück ans Ufer.

»Was war das für ein Gekreuch?« Prustend liegen wir am nächtlichen Flussufer zwischen Seetang und Weichschalen. Der Regen spült unsere Furcht fort.

»Ich weiß es nicht.« Ich spähe über die Wellen. »Aber nun ist es fort. Niemals sah ich solch riesenhaften Schlangenleib.«

Shagga lacht in den heulenden Nachtwind. »Davon erzählen wir im Dorf. Dann brechen wir mit unseren tapfersten Fischern auf und treiben unsere Speere in das glühende Schuppengetier.«

Ich muss lächeln. Als wir noch kleiner waren, stellten wir uns oft vor, allein mit Booten hinaus aufs Meer zu rudern. Wir wollten Pfeilköpfe fangen und neues Land finden. Doch dann verlor Shagga seine Hände und mein Vater entschied, dass ich den Bogen führen sollte und nicht den Speer.

In diesem Augenblick stößt ein anderer Speer nieder. Das grelle Licht des Weißspeers in dunkler Nacht blendet meine Augen. Ich rieche das Feuer, bevor ich wieder sehen kann. Der Speer ist in einen Baum gefahren. Holzhaut und Nadelblatt brennen. Der Weißspeer hat den Baum wie mit einer Axt gespalten. Funken wirbeln durch die Luft und zischen im Regen.

»Dort, bei dem Grauberg, die Höhle!« Wir eilen vom Flussufer weg.

Bevor wir ins Trockene stolpern, drehe ich mich noch einmal zum Salzfinger um. Der Schlangenleib umkreist die roten Steine, Wellen klatschen gegen den Fels. Ein seltsames Summen, wie von einem Schwarm Pelzflieger, dringt durch Regen und Trommeln.

»Die Steine, sie singen«, sagt Shagga aus dem Höhlendunkel.

Lex

Gelb. Orange. Und Rot. Ein nicer Farbmix. Bin ich tot? Vielleicht erst mal blinzeln. Ganz vorsichtig. Okay, die Farben sind noch da. Ist das 'ne Lampe in meinem Gesicht? Ganz schön grell. Jetzt den Kopf drehen. Mann, der dröhnt wie nach einem Vokabeltest. Wenn man tot ist, hat man keine Kopfschmerzen, oder?

Ich schließe die Augen. Schmecke Salz auf meinen Lippen, einen Hauch von Eisen und da ist das ekelige Gefühl, wenn man Wasser in die Nase bekommen hat. Außerdem klopft meine Stirn, als ich die Brauen runzele. Übel, aber ich bin noch nicht down. One life left.

Vorsichtig recke ich mich. Kurzer Systemcheck. Scheint alles noch zu funzen. Meine Klamotten sind komplett durchnässt. Irgendetwas Hartes drückt in meinen Rücken. Ich mache die Augen wieder auf. Reboot.

Der Farbmix entpuppt sich als der krasseste Sonnenaufgang, den ich je gesehen habe.

Ruckartig komme ich hoch. Das Druckgefühl im Rücken ist sofort weg, dafür flasht ein noch üblerer Schmerz in meine Stirn. Pain-Level 5 von 7, mindestens. Der Morgenhimmel mit der Sonne beginnt sich zu drehen.

Stöhnend lasse ich mich wieder zurücksinken. Ich fühle mich

voll matt. Etwas in meinem Rücken knirscht. Meine NERF-Armbrust?!

Vorsichtig taste ich mir über die Stirn, entdecke eine fette Beule. Oh, und mein Daumen ist blutig. Ich habe mich geschnitten, aber wo?

Mit einem Mal bin ich hellwach und sofort ballern tausend Eindrücke auf mich ein: Es riecht nach Meer, nach Algen und altem Gras (wie aus der Komposttonne meiner Eltern). Aber da liegt auch Rauch in der Luft. Irgendwo kreischen Möwen, der Wind schmeckt nach Salz und nach …

»Wo bin ich?«, höre ich mich sagen.

Ich drehe den pochenden Kopf. Ich sitze an einem Fluss. Nee, kein Fluss. Weiter unten kann ich das Meer sehen und das andere Ufer ist nicht weit weg. Scheint eher so was wie ein Meeresarm zu sein. Und da drüben sind Berge, über die gerade die aufgehende Sonne guckt. Nice sind vor allem die drei roten Steinpfeiler mit der felsigen Platte darüber, die inmitten des Wassers aus den Wellen … BAMM!, sofort ist alles wieder da: der Baumstumpfkreis im Watt, die Reste des großen Steindolmen, die scharfe Harpune, der Schnitt in meiner Hand, komische Leuchtviecher, die Welle, das Wasser, der Sog, das Leuchten zwischen den Steinen, ich greife nach der Haizahnkette von …

»Leya?!«

Meine Schwester liegt ein paar Schritte von mir entfernt im Uferschlamm, das Gesicht im stinkenden Algenschlotz. Sie bewegt sich nicht. Alter, wie lange war ich bewusstlos?

Alif

Wir blieben die ganze Nacht in der Höhle, wärmten uns an einem Feuer und schliefen. Und als das Himmelsauge wieder erschien, war der Regen gegangen. Und auch unsere Hatz.

Shaggabug will sogleich zurück ins Dorf, er will nicht noch mal zum Ufer laufen. Aber ich muss wissen, ob der Zahn noch da ist. So eine Trophäe hat bisher kein Wasserläufer erbeutet. Erutt wird vor Neid erblassen, mein Vater wird mich rühmen und Jórunn wird es sich auch eingestehen: Ich bin so weit, ein Mann, ein Wildbeuter. Ich brauche diesen abgebrochenen Schlangenzahn!

»Alif?!« Shaggabug duckt sich ins kniehohe Gras und zeigt zum Ufer.

Auch ich erstarre. Ist das ein Trugbild im frühen Licht des Himmelsauges? Spielen falsche Geister mit uns? Ich greife nach meinem Bogen. Menschen. Sie liegen auf der weichen Erde. Einer kriecht langsam auf den zu, der sich nicht regt.

»Arme und Beine«, höre ich mich reden, als wären das zwischen Seetang und Uferschlamm nur seltene Tiere. »Aber ihre Köpfe … ihre Haut, alles ist so bleich. Und ihr Haar, was haben sie damit gemacht?«

»Fremdlinge«, wispert Shaggabug in meinem Rücken. »Sieh ihre Kleider. Keine Speerkopfhaut, kein Graupelz, kein Weichschalenschmuck. Nicht einmal Schuhwerk. Es sind fremde Menschen. Lass uns näher heran, um mehr zu sehen.«

Ich ziehe Shaggabug zurück. Nein, wir müssen sie erst ausspähen. Wir sind auf dem Land der Knochentrinker. Vielleicht ist das eine ihrer Fallen.

Ich blicke meinen Bruder an, strecke die Hand flach aus und lasse sie wie eine Welle in der Luft laufen – das Zeichen für unseren Stamm, das Zeichen für Tashi. Dann schüttele ich den Kopf.

»Vielleicht kommen sie aus dem Warmland«, wispert Shagga zurück. »Vater hat uns doch mal von einem erzählt, der kam und wieder ging und dann wiederkam und blieb.«

Wir ducken uns weiter ins hohe Gras und belauern die Fremdlinge. Fremdlinge sind Gefahr, sagen die Alten in unserem Stamm. Doch diese hier sind wenige. Gibt es noch mehr? Wo ist der Rest ihres Stammes? Alleine hätten sie den Weg, woher auch immer sie kamen, nicht gehen können.

Mein Bruder stößt mich an, öffnet lautlos den Mund, beißt in den Wind und schluckt ihn herunter. Ich weiß, was er mir sagen will. Hätte Shaggabug noch seine Hände, er würde mit der offenen Hand in den Wind greifen und die Faust dann an seine Brust drücken. Doch Shagga hat keine Hände mehr und wir haben uns viele Zeichen überlegt, die dasselbe meinen, aber anders aussehen.

Bleib!, deute ich ihm lautlos, lege einen Pfeil auf und pirsche durch die Binsen. Zwar sehe ich weder Waffen bei den Fremdlingen, noch tragen sie Farben des Kampfes oder der Freude. Ein guter Wildbeuter bleibt jedoch immer wachsam.

Der, der sich kriechend bewegt, ist ein Kleinmann, fast genauso groß wie Shagga und ich. Er hat gelbe Hände – nein, es sind seltsame Handschuhe. Einer ist mit altem Blut verschmiert. Der Kleinmann scheint verletzt. Ich bin erleichtert: Ihr Blut hat dieselbe Farbe wie das unsrige.

Das Gesicht des anderen Fremdlings kann ich nicht sehen. Er liegt mit dem Kopf im Tang des Meeres. Aber wenn ich den Körper mit meinen Augen beschreite, so ähnelt er den Kleinfrauen, wie sie auch in unserem Stamm leben.

Der Kleinmann hat die Kleinfrau fast erreicht, da bricht er mit einem Mal zusammen und bleibt regungslos liegen.

Wie der Dolchzahn verharre ich zwischen den Binsen. Vielleicht hat uns der Kleinmann längst bemerkt und will uns in falscher Ruhe wiegen. Aber die beiden Fremden regen sich nicht. Ihr Atem strömt langsam wie bei Schlafenden.

Das Zeichen, das Shaggabug mit dem Mund gemacht hat, bedeutet *Beute*. Ich stimme ihm zu. Nicht der Schlangenzahn ist die Trophäe, mit der wir von unserer Hatz zurückkehren werden.

Leya

Mir ist kalt. So kalt. Ich habe Angst, meine Augen zu öffnen. Da war das Gewitter, all das Wasser, der gewaltige Sog um die Dolmensteine, das blaue Leuchten. Lex ist untergegangen. Aber da ist kein Wasser mehr. Wir sind an Land. Wer hat uns aus dem Wasser gefischt? Oder träume ich?

Steine drücken in meinen Rücken. Plötzlich zieht etwas an meiner Hose. Und knurrt. Ich schreie, reiße die Augen auf und setze mich mit einem Ruck hin. *Oh! Mein! Gott!*

Jemand springt schreiend von mir zurück. Ein Mann, nein, ein Kind! Mit dreckigem Gesicht, verfilzten Haaren. Shit, was geht denn hier ab?

Schwarze Vorhänge schieben sich zurück vor meine Augen. Ich schüttle den Schwindel ab, zwinge mich, lang und tief einzuatmen. Wo bin ich?

Eine Höhle, ja, ich sitze im Eingang einer Höhle. Die Steine sind feucht, der Boden leicht schmierig und die Luft riecht nach Rauch. Von weiter vorn dringt schwaches Sonnenlicht hinein. Langsam gewöhnen sich meine brennenden Augen an das diffuse Licht. War es nicht gerade noch Nacht?

Der schmutzige Junge trägt seltsame Kleidung: eine Mischung aus derben Stoffteilen, Lederstücken und ein paar Fellfetzen. Seine wirren Haare sehen aus wie altes Stroh und werden nur durch ein Stirnband gebändigt. Auch die halbnackten Beine und Arme starren vor Dreck, als sei er soeben einen steinernen Abhang runtergerutscht. Wer zum Teufel ist das?

Ich will etwas sagen, aber meine Zunge fühlt sich an, als habe das Meersalz jeden Tropfen Speichel herausgesaugt. Mein Kopf wummert, mein Herz stolpert und meine Augen brennen, auch wenn ich sie mehrmals fest zukneife. Diese Höhle, der Junge – das alles wirkt total authentisch. Vermutlich bin ich dehydriert oder habe mir den Kopf angeschlagen.

Geduckt kommt der Junge näher. Ich zwinge mich, ruhiger zu atmen. Der abgerissene Kerl ist vielleicht nur ein Jahr älter als ich – das beruhigt mich irgendwie. Trotz aller Wildheit scheint er zudem etwas für Schmuck übrig zu haben: Um den Oberarm hat er eine Kette aus Muscheln geschlungen, an seinem Gürtel baumeln ein paar braun-weiß gestreifte Federn. Seine wasserblauen Augen beäugen mich misstrauisch.

Okay, sehr gut! Ja, echt gut geschauspielert. Ich sehe mich um. Jetzt könnte langsam mal jemand die Kulissen wegschieben oder »Cut!« rufen. Und der Kerl könnte lächeln. Denn mir ist echt kalt. Und wo ist eigentlich Lex?

Mein Bruder liegt eine Armlänge hinter mir, nahe einer Feuerstelle, in der nur noch ein paar Hölzer glühen. Auf seiner Stirn ist eine Beule und auf einem Fitnesshandschuh klebt geronnenes Blut. Aber sein Brustkorb hebt sich regelmäßig. Schläft er etwa? Nein, dieser Cheater tut so, als wäre er Teil dieses Schauspiels.

Ich will aufstehen. Erst jetzt merke ich, dass ich meine Gummistiefel verloren habe.

Ich grinse den Jungen möglichst cool an. Doch der zuckt zurück und knurrt wieder wie ein Tier. Herrje, er hat sogar eine Waffe, einen Bogen. Die Pfeilspitzen sehen, wie alles hier, verdammt echt aus.

Ich seufze. Gut, spiele ich eben mit. Langsam hebe ich meine Hände und zeige dem Höhlenmensch-Schauspieler meine Handflächen als Zeichen, dass ich harmlos bin.

Der Junge stößt einen erstaunten Laut aus und schnuppert in Richtung meiner Hände. Ich halte seinem Blick stand. Seine hellen Augen sind schön. Aber der Rest? Er riecht eigenartig; eine Mischung aus Leder, Algen und noch irgendwas Süßlichem. Meine Nase kitzelt. Ich muss niesen. Es hallt so laut in der Höhle wider, dass der Junge erschreckt zurückweicht. Hinter mir regt sich Lex.

»Leya?!« Lex' Stimme klingt, als wäre er erkältet. Stöhnend reibt er sich mit der Hand über die Stirn und betrachtet verwirrt das getrocknete Blut auf seinem Fitnesshandschuh. »What the …?«

»Keine Ahnung, aber sie haben das alles echt gut hinbekommen, oder?«

»Sie?« Erst jetzt bemerkt Lex den anderen Jungen. »Aah! Wer … was?« Er springt auf.

Der andere Junge spannt seinen Bogen. Er zielt direkt auf Lex.

»Jungs!« Ich stehe auf. »Das reicht jetzt, echt! Ich habe es verstanden. Ein super Setting, tolle Atmosphäre. Aber hey, ich friere. Wer auch dahintersteckt, könnte mir bitte mal eine Decke bringen.« Ich trete zwischen Lex und den Schauspieler. Meine Beine sind wackelig. »Mama, Paps?«, rufe ich in die Tiefe der Höhle. »Hallo, wir haben's kapiert. Lektion gelernt. Ihr könnt euren Streich dann jetzt beenden.«

Meine Stimme hallt weit in die Dunkelheit. Ich wusste nicht, dass es in New Kilnsea solche Grotten gibt.

Wie haben Irene und Eric uns eigentlich aus dem Meer und bis hierher transportiert? Der Filmriss seit unserer kleinen, aber leichtsinnigen Wattwanderung will sich immer noch nicht mit Antworten füllen.

»Leya!« Lex' Stimme klingt angespannt. »Geh hinter mich!«

Noch immer zielt der Schauspieler mit dem Steinpfeil auf mich. Seine Augen sind zu Schlitzen verengt, die Nasenflügel beben leicht. Er macht das wirklich gut.

»Schluss jetzt!« Ich schlage mit der Hand gegen den Bogen. Der Pfeil zischt von der Sehne und verschwindet in der Tiefe der Höhle.

Dann geht alles ganz schnell. Der Junge lässt den Bogen fallen, greift nach mir, seine Hand umklammert meinen Nacken. Lex schreit auf, springt herbei. Ich versuche mich dem eisernen Griff zu entwinden, doch der Junge ist stark. Lex geht dazwischen. Wir drei stolpern zurück, purzeln in Richtung Höhlenausgang. Dabei erhasche ich einen Blick des Jungen. Oje, der meint das wirklich ernst!?

Eine Stimme, ein lautes Wort, das ich nicht verstehe, lässt uns in dem Gezerre innehalten. Im Höhleneingang, vom Sonnenlicht umhüllt, steht noch ein Junge.

Als sich meine Augen an die Lichtverhältnisse angepasst haben, weiß ich schlagartig, dass das kein weiterer Schauspieler ist. Denn der Junge hat keine Hände mehr! Dort, wo einmal Finger und Handflächen gewesen sind, sind nur noch Stumpen, umwickelt mit schmutzigen Tüchern und Lederriemen. Das ist kein Theatertrick, keine Maske!

Schlagartig wird mir schlecht. Kalter Schweiß schießt in meinen Nacken. Himmel, wo sind wir hier reingestolpert?

Der zweite Junge ist deutlich kleiner und schmächtiger, vielleicht auch etwas jünger als der andere. Er erinnert mich an einen Vogel. Einen zerrupften Vogel. Doch in den ebenfalls wasserblauen Augen steht nicht die Wut, die ich bei dem ersten Jungen sehe, sondern etwas anderes: Dieser Junge ist neugierig.

Der erste Junge lässt Lex los und stößt ihn von sich. Seine Sprache klingt fremd in meinen Ohren, als er dem anderen Jungen etwas zuruft. Doch ein Wort kann ich heraushören: *Bruder!*

Aus den Augenwinkeln schiele ich zu Lex. In seinem Gesicht steht Verwirrung. Und Angst.

Niemand bewegt sich, keiner wagt etwas zu sagen. Aber meine Gedanken rasen und mein Gehirn kapiert, was es die ganze Zeit nicht wahrhaben wollte:

Wir sind nicht mehr in England.

Lex

Jetzt ist es also doch passiert: Ich bin in einem Videospiel gelandet. Oha!, die Rache für jahrelanges Gamen.

Die Struktur der Höhlenwände, das Tröpfeln des Wassers über den Felsen, und diese Minipollen, die durch das Licht schwirren – alles wirkt sauber programmiert. Doch die Luft, das Feeling auf der Haut, allein der Geruch – ich kann gar nicht sagen, was genau hier so ungewohnt riecht – all das hier ist einfach … *anders*. Älter. Krasser. 1000%-iger! Das ist *kein* Videospiel.

Der handlose Junge und sein Bruder, ein Kämpfertyp mit Pfeil und Bogen, hocken im Höhleneingang und tuscheln miteinander. Sie lassen uns nicht aus den Augen.

»Leya, alles easy?« Ich nehme meine Schwester in die Arme. Dabei merke ich, wie meine Stirn immer noch pocht.

»Nein, ganz und gar nicht.« Leya atmet schnell. »Wie … wie geht so was?«

Ich halte meine Schwester fest. Ich weiß, was sie meint. Meine Kehle fühlt sich an, als hätte ich mit Eisenspänen gegurgelt. Ich schaue zu den beiden Jungs rüber. Sie tuscheln miteinander, gestikulieren, als wären sie sich uneins. »Ich frage mich, wo genau wir gelandet sind.«

»Du meinst eher *wann*, oder?« Leya löst sich aus meiner Umarmung. »Schau dir ihre Kleidung an. Ihre Haare, dieser Muschelschmuck. Zuerst dachte ich, das wären Cosplayer.«

Ich muss schmunzeln. »Dieser Bogen sieht nicht gerade aus wie 'ne billige Replik für Live-Rollenspieler. Ich glaube … ich glaube, wir sind tatsächlich in der Steinzeit gelandet.«

Leya schluckt, aber sie widerspricht mir nicht.

Der handlose Junge kommt im Entengang langsam auf uns zu. Einen angewinkelten Arm hält er sich vor seinen Bauch. Sein neugieriger Blick klebt an Leya – ich glaube, er glotzt auf ihre blaue Haarsträhne. Sein Bruder hält wieder lauernd den Bogen in der Hand.

Dann öffnet der Kleine den angewinkelten Arm und etwas Rotes kullert vor uns auf den Höhlenboden: ein Apfel, kleiner als die, die wir sonst so essen.

Ich greife mir das Obststück. Ist das ein Friedensangebot? Ein Willkommensgeschenk? Todesmutig beiße ich zu. Uff! Das ist der mit Abstand epischste Apfel, den ich je gegessen habe. Er boostet mein Hirn direkt auf den nächsten Level. »Danke«, bringe ich krächzend hervor.

Die Junge lächelt. Seine Zähne haben noch nie eine Zahnbürste gesehen.

»Ich heiße …«, will ich sagen. Doch dazu komme ich nicht.

Der Junge reißt die Augen auf, zuckt zurück, wirbelt zu seinem Bruder herum.

Und dann gibt's Beef: Der Boden vibriert leicht, hinter mir und Leya erklingt ein Schnauben und Ächzen, bei dem es mir eiskalt den Rücken runterläuft. Ich drehe mich um, den Mund noch voller Apfel.

Holla – da kommt was, aus der Tiefe der Höhle!

Der größere Steinzeitjunge springt vor, ein Pfeil liegt auf seinem Bogen. Der kleinere Junge schreit auf und taumelt zurück. Leya stürzt an mir vorbei und prallt geradewegs mit dem Handlosen zusammen.

Aus dem Schatten bricht ein Monster hervor – schwarz, pelzig, riesig – ein Bär, ein echter Bär! Sein stoßweiser Atem bildet kleine Wolken in der Höhlenluft. Der Raubtiergeruch ist übel.

Ich stolpere von dem Viech weg, ziehe Leya irgendwie mit mir. Schon saust der erste Pfeil über unsere Köpfe hinweg. Ich erwarte einen Sound wie in meinen Games (ein nasses Einschlagen, das schmerzhafte Heulen des Bären). Stattdessen macht es KLINK! Der Pfeil ist an der Höhlendecke abgeprallt. Scheiße, wir sind geliefert!

Der Bär hat den Angriff gecheckt. Er erhebt sich auf die Hinterbeine, brüllt, dass es mir das Trommelfell zerfetzt, und stößt dabei mit dem Kopf an die Höhlendecke. Alter, was für ein Apparillo, dagegen sind Leyas Eisbären Teddys.

Meine Schwester schreit, der handlose Junge schreit, ich schreie. Der zweite Pfeil trifft. Doch der Bär wischt den Schaft aus seinem Pelz, als wäre es nur ein lästiger Dorn.

Auf dem Weg zum Ausgang stolpere ich über meine NERF-Armbrust. Ohne darüber nachzudenken, wie sie hierhergekommen ist, pick ich sie auf und lege auf das Monster an.

Der kleine Schaumgummipfeil fliegt dem Höhlenbären direkt ins Auge, prallt ab und fällt zu Boden. Die Kreatur heult auf und fährt sich mit der Tatze über das Gesicht. Noch bevor der größere Junge seinen dritten Pfeil abfeuern kann, tapst der Bär jaulend zurück in die Schwärze der Höhle.

Egal ob Steinzeit- oder Smartphone-Mensch, wir flüchten aus

der verfluchten Höhle, stolpern und schlittern einen Abhang herunter. Der handlose Junge stößt mich mit seinem Körper vorwärts, ich höre, dass der Kämpfer Leya mit sich zieht. Doch ich kann nur auf meine Füße achten, um nicht zu straucheln.

Plötzlich berühren meine Socken Gras. Sehr nasses Gras, überall stehen große Pfützen. Erst jetzt hebe ich den Kopf, lasse meine NERF fallen und stütze die Fäuste in die stechenden Rippen.

Was ich sehe, macht aus meinen Knien Pudding: Um uns herum ist nichts außer Wälder und weite Wiesen. Eine Tierherde grast in der Ferne vor grauen Bergen. Große Vögel stehen in der Luft und knapp hundert Meter von unserem Aussichtspunkt entfernt treten Hirsche zwischen Birken hervor – ockerfarbene Hirsche mit schaufelförmigen Geweihen, megagroße Hirsche.

Ich wanke zu Leya. Sie zittert noch immer und starrt hinaus auf das nahe Gewässer.

Jetzt erinnere ich mich. Hier haben wir gelegen, hier müssen uns die Steinzeitjungs gefunden haben. Die fetten rostroten Steine, die aus dem Wasser ragen, sehen genauso aus wie die in der Nordsee. Allerdings stehen alle drei Pfeiler noch und der Deckstein liegt obendrauf – ich habe eine ultrakrasse Eingebung.

»Wo, glaubst du, sind wir?«, frage ich Leya atemlos, obgleich ich die Antwort mittlerweile ahne.

»Doggerland«, keucht Leya. »Das ist Doggerland. Vor dem Untergang.«

Alif

Ich kenne ihn, den Schwarztod, jeder in meinem Dorf kennt ihn. Wir glaubten, er sei längst Knochen und Staub. Aber die Geister der Erde haben ihn noch nicht zu sich geholt. Jedoch sah er müde aus. Die Wunde, die mein Vater ihm einst zugefügt hat, ist nie gänzlich verheilt. Ich muss ihm unbedingt von seinem alten Feind erzählen. Dass es der seltsame Pfeil des Kleinmanns war, der den Schwarztod vertrieb, und nicht meine Pfeile, darüber aber werde ich schweigen.

Der Kleinmann, die Kleinfrau, woher kommen sie? Als das Himmelsauge sich erhob, lagen sie am Ufer. Nass, als wären sie geschwommen. Oder sind sie auf dem Weißspeer aus dem Himmelsmeer zu uns geritten? Von den Sternen ins Wasser gestürzt? Noch immer schlägt mein Herz, wenn ich sie ansehe, warnt mich, wachsam zu bleiben. Woher sie auch kommen, es sind Fremdlinge. Sie sehen fremd aus, sie kleiden sich fremd, sie riechen sogar fremd.

Und was ist das für eine seltsame Waffe, die mit dem Kleinmann angespült wurde? Nie zuvor sah ich solch einen Bogen. Nachdem ich die Fremdlinge einen nach dem anderen in die Höhle gebracht hatte – ihr Geist war ohne Kraft, ihre Augen geschlossen –, eilten Shagga und ich noch einmal zurück ans Ufer. Dort lag die Waffe, halb versunken in Schlamm. Sie wog leicht in meiner Hand. Und die Spitzen ihrer Pfeile sind weder aus Stein noch aus Knochen gemacht.

Jetzt stehen der Kleinmann und die Kleinfrau am Ufer des Salzfingers und starren hinaus auf die roten Steine. Ich lasse ihnen einen Moment. Sie können mir nicht mehr entkommen. Der Kleinmann hat das Blut eines Wildbeuters, er gibt sich mutig und stark, doch er hat seinen seltsamen Bogen nun achtlos fallen gelassen. Die Kleinfrau mit der Haarsträhne, blau wie das Himmelsmeer, sie scheint friedsamer.

Aber da ist etwas, das den Dorn des Zweifels in meine Brust treibt. Als mir die Kleinfrau in der Höhle ihre Hände zeigte, sah ich Haut zwischen ihren Fingern. Solche Finger sah ich schon einmal.

Hätte ich sie doch im Uferschlamm des Salzfingers zurücklassen sollen? Der Dolchzahn wäre rasch gekommen oder die Seeschlange hätte sie ins Wasser gezogen. Aber dann wären ihre Geister aus ihren Leibern geschlüpft. Und wir wollen keine fremden Geister in unseren Landen – so sagt Jórunn stets.

Shagga hatte recht, wir mussten sie mitnehmen. Und nun sind die Fremdlinge meine Beute. Sie sind viel mehr wert als ein Schlangenzahn, eine Arlukfeder oder die Haut eines Dolchzahns. Das Dorf wird jubeln, wenn ich die Fremdlinge mitbringe. Sie müssen jubeln. Ich bin der nächste Häuptling! Bald schon wird mein Wort über dem aller stehen. Ich fühle, dass dies der Anfang von etwas Großem ist. Etwas, das mein Land für immer verändern wird.

Noch während wir uns verstohlen mustern, öffnet mein Bruder seinen Mund und holt tief Luft. »Shaggabug«, sagt er, und klopft auf seine Brust.

Was tut er da? Warum gibt er den Fremdlingen Macht, indem er seinen Namen verrät?

Die beiden Fremdlinge schauen sich überrascht an.

»Schaga…?«, wiederholt die Kleinfrau mit bebender Zunge. Ihre Augen fliegen zwischen meinem Bruder und dem Kleinmann hin und her.

»Shaggabug. Ich heiße Shaggabug, viele rufen mich nur Shagga.« Er deutet auf mich – *schweig doch, du Wirrkopf.* »Das da ist mein Bruder Alif.«

Der Kleinmann keucht auf und gibt einen seltsamen Laut von sich. »Leggs.« Es klingt wie der Ruf eines Grünfeder-Vogels. Ich sehe Shagga fragend an.

»Leggs«, macht der Kleinmann erneut und zeigt seine Zähne.

Ich spanne meine Muskeln an. Ich werde mit Bogen oder Fäusten zuschlagen, wenn er mich angreift.

Doch der Kleinmann lacht nur, ein unsicheres Lachen. »Shagga. Yay, stabiler Name. Dein echter oder dein Nickname?«

Ihr alten Geister der Winde, ihr Stimmen der Erde, steht uns bei: Die Fremdlinge sprechen mit unserer Zunge.

Leya

Doggerland, das Land aus der Steinzeit, auf das unsere Eltern so abfahren – unfassbar. Die beiden Steinzeitjungen, der Bogen von diesem Alif und dann noch dieser furchtbare Höhlenbär, das ist alles echt. Und wir verstehen sogar ihre Sprache.

Meine Hände zittern noch immer, ich muss mich an Lex festhalten. »Wie geht das? Wie kann das sein?«

»Zeitreise, Magie … was weiß ich.« Lex grinst cool, doch ich sehe, dass das nur gespielt ist. »Diese Steine, dieses Dolmendings, ist das so was wie ein Tor, ein Zeitportal? Scheinbar sind wir da irgendwie easy durchgeflutscht.«

Wohl eher fast ertrunken, korrigiere ich in Gedanken. Ich lege meine Hand auf mein schnell schlagendes Herz. Aber Lex hat recht. Irgendeine Form von Zeitmagie ist hier am Werk.

»Papa sprach von einer knapp 8000 Jahre alten Harpune«, sage ich leise. Ein kurzer Blick auf Alif und Shagga verrät mir, dass die beiden Brüder erneut miteinander tuscheln. Sie scheinen sich nicht einig zu werden, was sie mit uns anstellen sollen. »Wenn wir also ungefähr 6000 Jahre vor Christus gelandet sind, dann bedeutetet das …«

»Kein Internet!« Lex kichert leicht hysterisch. »Kein Power-Haargel, kein Pizza-Lieferservice und keine Schule. Nice Scheiße, wir sind weit vor unsere Geburt gereist.«

»Lex! 6000 vor Christus, das ist die Zeit, in der Doggerland versunken ist!«

Mein Bruder sieht mich wieder mit dieser Mischung aus Faszination und Panik an.

»Die wichtigste Frage ist: *Wie* kommen wir wieder zurück?«

Lex zuckt mit den Schultern, deutet mit den Augen aber verstohlen zu dem Dolmentor im Wasser.

»Jetzt?«, wispere ich.

»Wieso nicht?«

Bevor wir weiterreden können, kommt dieser Alif auf uns zu. Er bohrt seinen Finger fest gegen meine Stirn. »Wieso das Himmelshaar?«

»Ähm … ich bin Leya«, bringe ich krächzend hervor.

Alif versucht, meinen Namen nachzusprechen. Es klingt eher nach Lei-la.

»Wir hören und kennen eure Zunge«, sagt Alif, nachdem er meinen Namen noch zwei Mal prüfend wiederholt hat. »Zu welchem Stamm gehört ihr?«

»Wir kommen aus England, aber eigentlich wohnen wir in Deutschland«, mischt sich Lex mit einem Grinsen ein.

»Deuts-Land?«, wiederholt Shagga erstaunt.

Ich seufze. Oje, das wird schwer.

»Unser Land ist gar nicht so weit entfernt«, versuche ich es. »Und wie heißt euer Land?«

»Warum fragst du das?« Alifs Stimme klingt rau und misstrauisch. »Sprecht: Wer ist noch bei euch?«

»Wir … wir sind allein gekommen«, antwortet Lex. »Kein Reisebus, keine Touristengruppe. Nur wir.«

Ich trete vor. »Ich verstehe, dass ihr … ihr wollt vorsichtig sein.

Aber wir werden euch kein Haar … ich meine, wir tun euch kein Leid an.« Zum Zeichen unserer Friedfertigkeit hebe ich nochmals meine Hände. Zu spät merke ich, dass dabei mein *Rettet-Eisbären*-Band an meinem rechten Handgelenk sichtbar wird.

Die beiden Geschwister tauschen erstaunte Blicke. Zögernd streckt Alif seine Hand aus. Ich nehme meine rechte Hand langsam runter und biete sie ihm dar.

Pfeilschnell packt Alif zu. Der Griff des Jungen ist hart. Lex keucht auf. Das Abbild des Eisbären scheint den Steinzeitjungen jedoch nicht zu interessieren. Stattdessen streicht er mit den Fingern über die Haut zwischen meinen Fingern. Meine Hand kribbelt, ich zucke und Alif lässt meine Hand sofort wieder los.

»Flossenmenschen«, sagt er nachdenklich. Sein Bruder stöhnt auf, verschränkt die kurzen Arme vor der Brust und geht ein paar Schritte zurück.

Mir läuft ein eiskalter Schauder den Rücken herab, doch ich nicke tapfer. »Finsmann. Ich heiße Leya Finsmann.«

»Fins-Mann, ihr kommt mit uns!« Plötzlich ist Alifs Stimme laut und er drückt seine Brust heraus, um zu zeigen, wer hier das Sagen hat.

»Okaaaay?!«, antwortet Lex gedehnt. »Und wo soll's hingehen, Chief?«

»Ich … wir … wir haben euch gefunden. Ihr seid meine Beute, Fremdlinge. Ich bringe euch in mein Dorf!«

Lex und ich schauen uns an. Ich versuche, in den Augen meines Bruders zu lesen. Ich sehe, dass ihn die Neugier gepackt hat. Aber können wir das Risiko eingehen? Stumm will ich ihm meine Zweifel mitteilen. Früher, als wir noch kleiner waren, hatte ich stets einen guten Riecher dafür, was Lex gerade denkt oder was er als Nächstes anstellen will. Aber je älter wir werden, desto mehr zerfleddert dieses Zwillingsband.

»Okay, Jungs, wir kommen mit«, Lex gestikuliert mit erhobenem Zeigefinger wie ein Lehrer, »aber freiwillig, versteht ihr?!«

»Und ihr müsst uns eines versprechen«, füge ich hinzu und schaue dem größeren der beiden fest in die Augen. »Ihr bringt uns wieder hierher zurück, ja?«

Alif wechselt stumme Blicke mit seinem Bruder. Dann nickt er. »Ich gebe dir meine Hand.«

Alif

Deuts-Land? Nie hörte ich von diesem Stamm. Tragen Ley-La und der, den ich Leggsmann rufe, eine falsche Haut? Sprechen ihre Münder falsche Laute? Ich kann es nicht sagen. Doch wir müssen von hier verschwinden. Wir sind auf dem Land der Mog'Tar. Schwarztods Geheul ist aus der Höhle geflogen, die Knochentrinker am anderen Salzfingerufer müssen es gehört haben. Sie werden bald antworten.

Wir brechen auf. Die Speerkopfhaut auf meinem Rücken umhüllt, was ich heimlich mitgenommen habe: den seltsamen Bogen des Kleinmanns.

Shagga läuft vorneweg, ich treibe meine Beute vor mir her. Dabei kann ich die Fremdlinge genau beobachten. Ihre Schritte sind nicht an unser Land gewöhnt. Sie sinken im nassen Boden ein, rutschen über Stein, Gras und Wurzel. Noch viele Läufe des Himmelsauges werden unsere Spuren für jeden Wildbeuter zu sehen sein.

Ich breche einen Ast des Schwarzfleckenbaumes ab und schleife ihn hinter mir her. Die Blätter werden unsere Fährte verwischen, wenn auch nicht gänzlich.

Das Himmelsauge ist kaum gewandert, da müssen wir schon anhalten. Der Leggsmann ist in eine Senke getreten, eine Fallgrube für die braunhaarigen Langohren, deren Fleisch wir so gerne essen. Selbst Alt-Männer mit trüben Augen hätten diese Falle entdeckt. Wäre der Leggsmann den Schritten von Shagga aufmerksamer gefolgt und hätte er nicht so viele Worte gemacht, das Speerholz der Falle hätte seine Haut nicht geritzt.

»Ich kann weitergehen«, beteuert der Leggsmann, doch ich sehe, dass Blut aus seinem Fuß fließt.

»Nein, Leggsmann, wir rasten.« Was nützt es mir, wenn meine Beute bereits lahm ins Dorf einzieht? »Shaggabug findet Weißstern. Das Kraut wird den Blutfluss beenden und deinen Fuß wieder besser machen. Kennt ihr in eurem Deuts-Land denn kein Fußleder?«

»Was? Nein, ich kann weiterlaufen, echt, alles iisi.« Schon will er, bei dem ich nicht alle Worte verstehe, aufstehen. »Tut nicht weh. Und ich heiße Leggs, einfach nur Leggs.«

»Wie weit ist es denn noch bis zu eurem Dorf?«, will Ley-La wissen. Sorgenvoll schaut sie zu ihrem Bruder.

»So viele Speerschatten«, sagt Shagga und hebt beide Armstümpfe. Dann bricht er ins Gehölz auf, um das weiß blühende Kraut zu holen.

»Und dann?« Ley-La setzt sich zu ihrem Bruder.

»Ich führe euch zu Häuptling Argor. Er wird stolz sein, was ich an Beute gemacht habe.« Ich versuche, das mit strenger Miene zu sagen. So wie Vater immer spricht. Die Fremdlinge sollen mich würdigen. Sie sind alles, was ich von meiner Hatz mitbringe. Sie müssen reichen, damit Jórunn mich endlich in den Kreis der Wildbeuter aufnimmt.

Nachdem Shaggabug das Weißstern-Kraut gebracht hat – Leggs wollte erst nicht, dass Shagga ihm den stark riechenden

Brei auf die Haut speit –, gehen wir weiter. Doch mit jedem Schritt, der uns unserem Dorf näher bringt, plagt mich der Stachel des Zweifels. Ich weiß, was Argor über Fremdlinge denkt, was Jórunn uns alle gelehrt hat. Wird sie den Fremdlingen ohne Bosheit begegnen?

Lex

Holy Moly, was für ein geiles Setting! Dafür hat sich die stundenlange Humpelei gelohnt. Am liebsten würde ich ein paar Fotos schießen. Aber das Salzwasserbad hat mein Handy gekillt. Schweren Herzens habe ich es in einem hohlen Baumstumpf entsorgt, viel Spaß, ihr Archäologen in 8000 Jahren! Also muss meine Kopfkamera den Anblick des Dorfes an der Flussmündung saven. Ich schwör, ich habe mir das völlig anders vorgestellt: kleiner, nicht so crafted, mehr Höhlen-Style. Aber was wir jetzt zwischen Bächen und Teichen sehen, umgeben von 'ner Asterix-Dorf-Holzpalisade, ist gemütlicher und vor allem viel entwickelter als erwartet.

Die Doggerländer hausen nicht in Höhlen. Und die Gebäude als primitive Hütten zu bezeichnen, wäre auch unfair. Stattdessen haben die Häuser richtige Wände aus sorgfältig ausgesuchten und bearbeiteten Baumstämmen. In die Lücken zwischen den Hölzern hat man Lehm geschmiert, die weit herunterreichenden Dächer bestehen aus gebündeltem Stroh, bei manchen quillt aus Abzügen Rauch. Die meisten Gebäude, ich zähle knapp zwanzig, stehen auf Pfählen, direkt im Wasser. Der fetteste Schuppen aber thront auf einem aufgeschaufelten Hügel. Das lang gestreckte Blockhaus ähnelt mit seinem Lederdach schon einer Halle. Klar, darin wird der Boss chillen, den Alif schon mehrmals erwähnt hat.

Zwischen den Häusern ziehen sich Kanäle, auf denen Boote schippern; Einbäume, sagt meine kluge Schwester. Männer, Frauen und Kinder (viele haben sich ihre Gesichter, Arme und Schultern mit blauer Farbe verziert) wuseln umher, alle sind beschäftigt. Manche werkeln an den Dächern der Häuser, andere stochern mit Speeren im Wasser rum und selbst die kleinsten Kids ziehen irgendwelche Holzkäfige aus den Kanälen und Teichen. Ah! Jetzt checke ich auch, was für ein Geruch über dem Dorf hängt: geräucherter Fisch.

Shaggabug, der Krüppel, dreht sich mit eindeutig stolzem Gesichtsausdruck zu mir um (ich schwöre, ich meine das nicht übel, die Hände von dem Typ sind eben *verkrüppelt*). »Heimat.« Er tippt sich mit seinem Arm an die Brust.

Ich nicke, mit bitterem Geschmack im Mund. Nicht nur, weil das hier alles dem Untergang geweiht ist. Auch, weil ich plötzlich an unsere Eltern denken muss. Ob sie mittlerweile schon am Rad drehen? Ich habe keinen Plan, wie viel Zeit seit unserer Wattwanderung vergangen ist, wie viel, seit wir hier aufgeschlagen sind. Hundertpro machen sie sich Sorgen. Und wir können ihnen nicht mal eine kurze Message schicken. Wer weiß, wie wir aus diesem OpenWorld-Game wieder escapen können.

Leya

Kaum hat uns Alif mit stolzer Brust und wie ein siegreicher Feldherr an den beiden völlig perplexen Zaunwachen vorbeigeführt, tauchen wir in das grandiose Freilichtmuseum an der Flussmündung ein.

Die Kleidung der Steinzeitmenschen, die Hütten, all das Handwerk – schon auf den ersten Blick ist das Leben in Doggerland ganz anders, als ich es mir auf unserer Wanderung ausgemalt habe. So manches Werkzeug wird Jahrtausende später als Bruchstück in den Glasvitrinen der Museen landen: Harpunen, steinerne Öllampen, Feuerstein-Schaber und Steinsägen. Aber ich sehe auch Gegenstände wie Fischernetze aus Pflanzenfasern, hölzerne Fischreusen und geflochtene Körbe zum Sammeln der Flussmuscheln, die die Zeit nicht überdauern werden. Auf einigen Häusern bemerke ich Zeichnungen von Tieren und geschnitzte Pflanzenmuster. Irgendwoher klingt eine Flötenmelodie. Ein paar Kinder spielen mit etwas, das aussieht wie ein prähistorischer Fußball.

Die erwachsenen Doggerländer sind mindestens eine Handlänge kleiner als moderne Menschen. Blaue Streifen, Kreise, Punkte auf ihrer Haut, hauptsächlich im Gesicht, scheinen gerade in Mode zu sein. Die Kleidung ähnelt der von Shagga und Alif, aber ich entdecke auch Schmuck aus Knochen, Bändern,

Perlen und vor allem Muscheln. Das ganze Leben hier wirkt bunt und fröhlich und jeder hat eine Aufgabe.

Doch je tiefer wir in das Dorf vordringen, desto mehr legt sich Stille über das emsige Treiben. Die Männer und Frauen lassen ihre Arbeit ruhen und schauen uns stirnrunzelnd und mit offenen Mündern nach. Ist das Angst in ihren Augen? Verwirrung? Oder sogar Hass?

»Lex!«, flüstere ich meinem Bruder zu, als eine Mutter ihr Kind zu sich zieht und ihm die Augen zuhält. »Ich glaube, das war eine blöde Idee.«

»Jap, wir sind nicht willkommen auf der Party«, grummelt er zurück. »Wir sollten nicht zurückstarren.«

Alif hält auf das protzige Haus auf dem Hügel inmitten des Fischerdorfes zu. Auch hier sind zwei Männer postiert. Ihre Gesichter sind sehr stark bemalt und sie tragen lange Speere. Beim Näherkommen erkenne ich, dass die Tür dieses Langhauses aus miteinander verschränkten Fischgräten besteht.

Nur zögerlich lassen uns die Wachen ein.

Hinter der Tür schlägt mir ein süßlicher, seltsam vertrauter Geruch entgegen. Ich kann ihn nicht einordnen, aber mir wird leicht schummrig. Ich versuche, mich darauf zu konzentrieren, was mir meine Augen zeigen, doch es dauert, bis ich mich an die Lichtverhältnisse gewöhnt habe.

Vor uns erstreckt sich eine dämmrige Halle. Nur durch einen Rauchabzug in der Decke fällt Tageslicht. Die Holzsäulen, die das lange Dach stützen, sind mit vielen unterschiedlichen Muscheln verziert. Am Ende des Langhauses steht eine Art Thron, nicht mehr als ein großer Findling. Auf ihm hockt ein Bär von einem Mann. Sein Kopf ruht auf seiner Brust, die langen rotblonden Haare fallen ihm tief in die Stirn. Aha, der schlafende Stammeshäuptling.

Alif bleibt auf halbem Weg zum Thron stehen und sieht Shaggabug fragend an. Der zuckt bloß mit den Schultern.

»Auch große Männer müssen ruhen.«

Die Stimme kriecht aus dem Schatten der Halle. Sie klingt eigenartig, irgendwie hohl, als würde jemand in einem kleinen Badezimmer sprechen. Alif und Shagga fahren nicht weniger überrascht herum.

Eine Frau tritt gebeugt aus dem Dunkel, eingehüllt in einen Wolfspelz. Das kurze, schief sitzende Hirschgeweih auf dem schlohweißen Haar schwankt wie eine zu große Krone. Faltige Haut spannt sich über spitze Wangenknochen. Doch ihre Augen, grün wie Gras, wirken überraschend jung.

Eine nette, aber leicht durchgeknallte Oma, vielleicht so was wie die Schamanin hier, denke ich und rieche, dass der süßlich-herbe Geruch der Halle von der Alten auszugehen scheint. Schlagartig wird mir klar, woher ich den Geruch kenne. Das Räuchermännchen, das Paps zu Weihnachten immer anzünden muss und das tagelang unsere Wohnung vernebelt und für Kopfschmerzen sorgt, riecht genauso.

Als die Schamanin meinen Bruder, der weiter vorne steht, ansieht, entblößt sie ihre Zähne. Sofort bekommt das Bild der gutherzigen Omi Risse. Das Gebiss der Alten sieht schlimmer aus als das meines Geschichtslehrers, der zeitlebens Pfeife geraucht hat.

»Jórunn, große weise Mutter.« Alif macht eine Verbeugung, seine Stimme zittert leicht. »Wir bringen dir diese Fremdlinge als Trophäen unserer Hatz.«

Er zieht mich hinter meinem Bruder hervor. Lex greift sofort nach meinen Fingern, sodass wir Hand in Hand vor der alten Frau stehen.

Ihr Blick ist erst überrascht, dann verändert sich ihr Ausdruck, als würde ein Gewitter vor die Sonne ziehen. »Fremdlinge, Alif Argorson?« Die Alte lässt ihre braunen Zähne mehrmals aufeinanderschlagen, als wolle sie etwas abbeißen. »Du bringst Fremdlinge mit in unser Dorf?«

Alif schaut auf den festgestampften Lehmboden, als er antwortet. »Sie ... sie sind meine Beute, Große-Mutter.«

»Fremde Geister, in unseren Landen.« Joruhn, oder wie sie auch immer heißt, stößt ein eigenartiges Zischeln aus, drängt sich an Alif vorbei und schaut uns prüfend ins Gesicht. »Dieselbe Mutter, derselbe Vater, ihre Hände verbunden. Sprich, wo hast du sie gefunden, Alif?«

»Am Ufer ... am Ufer des Salzfingers«, gibt Alif zögerlich zurück.

»Salzfinger?« Die Stimme der Frau wird kälter. »Welchem Salzfinger?«

»Hinter dem Trübwasser. Wir verfolgten einen Dolchzahn«, platzt es aus Shagga heraus. Er klingt wie ein Kind, das seinen Eltern beichtet, heimlich am Süßigkeitenschrank gewesen zu sein. Der große Mann auf dem Thron regt sich grunzend.

»Hinter dem Trübwasser?« Die Alte zischelt die Worte schlangengleich und ihr Blick huscht immer wieder zum Thron. »Etwa dem Salzfinger mit den großen roten Steinen?«

Irritiert, aber stumm sehen sich Alif und Shaggabug an.

»Ihr habt Gestade überschritten, obwohl es verboten ist? Wart im Land der Mog'Tar?« Die Stimme der Schamanen-Oma ist nun alles andere als freundlich.

Mock-was? Ich schiele zu Lex, aber der versteht auch nur Bahnhof. Die beiden Steinzeitjungen wiederum wagen nicht, ihre Blicke zu heben.

Die Frau streckt beide Hände wie Krallen in Alifs Richtung. Die schuppige Fischhaut, die wie Handschuhe über ihre Finger gestülpt ist, knistert leise. »Die Mog'Tar werden nicht ungesühnt lassen, dass ihre Grenzen verletzt wurden«, sagt sie mit einer Stimme, die mir eiskalt den Rücken herunterkrabbelt. »Wenn die Knochentrinker kommen, weil sie die Fremdlinge gewittert haben, so bist du es, Alif Argorson, der das Unheil über das Dorf bringt.«

»Wir konnten sie doch nicht im Uferschlamm liegen lassen, Große-Mutter«, meldet sich Shagga erneut, aber mit brüchiger Stimme. »Sie sind so tief gefallen.«

Der Kopf der Alten schnellt zu ihm herum. Das Hirschgeweih schwankt bedrohlich.

»Gefallen? Du sagst *gefallen*, Shaggabug?«

Shagga zeigt zur Hallendecke. »Aus dem Himmelsmeer.«

Zischelnd weicht die Schamanin ein paar Schritte zurück. Sie rollt mit den grünen Augen und schiebt ihre Zunge durch ihre braunen Zähne. »Gefallen von den Sternen. So haben mich meine alten Augen nicht getäuscht. Es hat begonnen, die Sternenkinder, sie sind zu uns gekommen.«

Alif

»Makun! Erutt!«

Jórunns Worte schneiden wie Flusseis in den Weißregenmonden. Sie lassen meinen Atem schmerzen. Ich weiß, was nun folgt. Nein, das ist *meine* Beute!

Makun und Erutt eilen herein, die Speere in den Händen, die Blicke hart. Ihre Schritte stoßen schwer auf den Lehmboden. Ich kenne beide seit meinen ersten Trockenmonden. Oft haben wir zusammen Langohren nachgestellt oder mit Steinen nach Haarhörnern geworfen. Wir teilen dieselben Monde und doch wurden sie vor mir in den Kreis der Wildbeuter aufgenommen. Makun hat das nicht geschadet, ich nenne ihn noch immer meinen Speermann. Doch Erutt denkt seither, er stünde über mir. Auch wenn ich der Erstsohn jenes Mannes bin, dessen Leben er bewacht, so achtet er mich geringer.

»Greift sie, steckt sie in die Hütte von Polka dem Eierdieb!« Jórunns Stimme duldet kein Gegenwort.

Erutt lächelt grimmig. Schon immer hob es seine Brust, wenn er mir etwas rauben konnte. Doch dies ist kein Wettstreit unter Kleinmännern.

»Wenn das Himmelsauge sinkt«, fährt Jórunn mit leiser Stimme fort, »befrage ich die Geister der Erde und des Wassers, was mit diesen Fremdlingen zu tun ist.«

Ich schaue zwischen Leggs und Ley-La hin und her. Ihre Gesichter verraten es, sie haben nicht alles verstanden. Schon will ich meine Stimme erheben, doch Shaggas Augen rufen mir zu, es nicht zu tun. Was Jórunn spricht, wird getan.

Erutt grinst mich unter seinen schwarzen Haaren an, packt Ley-La grob an der Schulter.

»Was soll das? Ihr wollt uns einsperren? Wieso?«, fragt der Kleinmann erbost.

Mein Vater brummt. Bald wird der Häuptling erwachen. Doch wird er für mich sprechen?

»Bitte, wir … wir tun euch doch nichts.« Mit Augen wie ein Tier, das den Wildbeuter entdeckt hat, aber nicht mehr wegrennen kann, sieht mich Ley-La an. Ich aber weiche ihrem Blick aus.

»Ihr kommt von weit her, Sternenkind.« Jórunns Worte schwingen jetzt wie das leise Rauschen junger Binsen in den Jungmonden. »Und ihr tragt bei euch, was nicht hierhergehört. Nicht in unser Dorf, nicht in dies Land. Makun, Erutt, bringt sie weg! Achtet, dass sie keine Worte mit einem der Unsrigen tauschen!«

Leggs und Ley-La sträuben sich. Doch Makun und Erutt haben starke Arme.

»Was ist hier?« Die Stimme meines Vaters reißt mich aus meinen Gedanken. »Darf der Häuptling nicht ruhen und Traumlieder in seinem Kopf singen?«

»Wir wollten dich nicht stören, großer Argor.« Jórunn schiebt das Gehörn auf ihrem Kopf gerade.

»Ich hörte Stimmen.« Schwerfällig erhebt sich mein Vater und stapft zu uns herab. Ich bin froh, dass seine beiden Graupelze nicht hier sind. »Fremde Zungen! Wie aus den Gefilden jenseits meiner Lande.«

»Oh, so ist es«, antwortet Jórunn und senkt wieder ihre Stimme. »Heute kamen Fremdlinge in unser Land. Dein Sohn brachte sie mit von seiner Hatz.« Die Schamanin wirft mir einen Blick zu, der wie ein Pfeil in meine Brust schlägt. »Ich habe sie in Polkas Hütte sperren lassen. Niemand soll mit ihnen Worte tauschen.«

Argor seufzt. »Gefangene?«

»Ja, großer Häuptling, wir dürfen sie nicht gehen lassen. Ansonsten werden sie zu ihrem Stamm zurückkehren und dann werden viel mehr Fremdlinge kommen und nehmen, was uns gehört. So wie es uns einst durch die Knochentrinker widerfuhr.« Jórunn reibt die Finger aneinander. Die Schuppenhäute knistern. »Vielleicht sind es sogar Mog'Tar, die unser Dorf ausspähen wollen.«

»Von diesen dreckigen Lausfressern will ich in meiner Halle nichts hören«, poltert mein Vater zurück, ungewohnt laut gegenüber Jórunn. Er lässt seine rechte Schulter kreisen und seufzt wieder. In letzter Zeit quälen ihn die Geister seines Körpers immer häufiger. Die Verletzung aus der Schlacht mit den Mog'Tar ist nie richtig gesundet.

»Die Geister in deinen Knochen sind aufgebracht, aber ich kann sie wieder besänftigen«, säuselt Jórunn und fingert an den Beutelchen herum, die sie um ihren dürren Leib geschlungen hat. »Beißblatt wird deine Pein lindern.«

Mein Vater greift hastig zu. Zu hastig, wie ich finde.

Ich schaue zu Shagga. Auch ihm gefällt nicht, was Jórunn dem Häuptling gibt. Mag Beißblatt die Geister in seiner Schulter zwar beruhigen, so könnte das nächste Kraut die Gedanken unseres

Vaters wieder trüben. Schläft er deshalb so viel? Jeder weiß es, aber niemand erhebt die Stimme: Jórunn ist die eigentliche Herrscherin unseres Stammes.

»Wie ist es meinen Söhnen da draußen ergangen?«, wendet sich Argor an mich. »Erzählt von eurer Hatz.«

Ich sage meinem Vater alles. Bei der Erwähnung des Dolchzahns huscht Frohsinn über seine Züge. Doch als ich von der Begegnung mit der großen Wasserschlange im Salzfinger berichte, wird sein Gesicht wieder ernst.

Argor schiebt die Haare über den Augen zusammen und brummt. »Ihr wart im Land unserer Feinde. Das war töricht. Ihr habt geweckt, was lange geruht hat. Nun werden sie erneut in unser Dorf kommen und rauben. Wieder könnten viele den Atem verlieren.«

»Ich werde in den Sumpf gehen und die Geister bitten, die Wege ungangbar zu machen«, meldet sich Jórunn mit schneidender Stimme zurück. »Achtet derweil darauf, dass die Fremdlinge nicht noch mehr Unheil rufen.« Sie senkt den Kopf, weicht langsam in den Schatten zurück und verschwindet aus der Halle.

Wir halten ein paar Herzschläge den Atem an, dann fühle ich, wie die Schwere von meinen Schultern rutscht.

»Noch etwas geschah im Land der Mog'Tar«, sprudelt es aus Shaggabug heraus. »Wir trafen auf deinen alten Feind. Der Schwarztod, er lebt noch immer, ist weit gewandert. Jetzt haust er in einer Höhle der Grauberge.«

»Ihr standet dem Schwarztod gegenüber?« Der Vorhang vor dem Gesicht meines Vaters hebt sich wieder.

»Der fremde Kleinmann kämpfte gegen ihn.« Shaggas Stimme wird laut. »Mit seinem seltsamen Bogen. Es sind nur kleine Pfeile, doch sie fliegen flink. Er traf den Schwarztod direkt in die Augen und …« Erst jetzt sieht Shagga meinen Blick und schweigt.

»Der Kleinmann, der Fremdling? *Er* nahm dem Schwarztod seinen fauligen Atem?«

»Nein, Vater.« Hinter meinem Rücken balle ich die Finger zu Fäusten. »Aber er vertrieb ihn und wir konnten der Höhle entkommen.«

»Ein seltsamer Bogen, sagst du, Shaggabug? Wo ist dieser Bogen? Ich will ihn sehen! Es muss eine mächtige Waffe sein.«

Ich spüre, wie Wut in mir aufsteigt. Nein, ich werde Argor nicht zeigen, wie neidvoll ich darauf bin, dass der Häuptling der Tashi die Taten eines Fremdlings mehr achtet als die seines eigenen Sohnes.

Lex

Gefangen in der Steinzeit – klingt wie so ’n Zeitreise-Film, ist gerade aber unser Reallife.

Makun und Erutt, diese beiden Jungs mit ihren Speeren, treiben uns aus der Häuptlingshalle. Sie zerren uns an Pfahlhäusern vorbei, es geht über Stege und teils überschwemmte Wiesen. Die Doggerländer glotzen uns nach, als wären wir Aliens. Und wenn ich auch nur kurz langsamer laufe, kloppt mir Erutt das Ende seines Speeres in den Rücken.

Pfft. *Beute*. Die ticken doch nicht richtig. Aber okay, ich spiele mit, atme wie Yoda und fahre keinen Rant (noch nicht). Stattdessen checke ich die Location ab, achte auf Bugs und Fluchtmöglichkeiten. Dieser hohe Zaun ist sicherlich ein Problem, aber gibt’s nicht immer ’ne Lücke, durch die man sich zwängen, oder einen Strohballen, den man als Leiter benutzen kann? Zudem beruhigt mich, dass ich nicht viele Bewaffnete entdecke. Aber wer weiß, was die Leute mit ihren Fischerspeeren und Knochenharpunen anrichten können.

Nun hocken wir in einem »Haus« am Dorfrand. Durch das löchrige Grasdach kann ich den Himmel sehen, der Lehmboden im hinteren Teil der Baracke steht unter Wasser, Wellen suppen durch die morschen Holzwände.

»Und jetzt?« Leya lässt ihren Kopf gegen das Holz knallen.

»Abwarten, chillen. Die Lage abchecken.«

Ich werfe einen Blick durch das, was wohl eine Tür sein soll. Es sind nicht mehr als ein paar ineinander verkeilte Äste, dahinter erkenne ich Pfahlhäuser.

Makun und Erutt schieben draußen Wache. Erutt steht da wie eine Statue und gibt den unerschütterlichen Gardisten. Makun scheint lockerer drauf. Er hockt auf einem nahen Stein, den Speer in Reichweite.

»Das war's dann wohl«, holt Leya mich zurück in die Realität. *Heult sie etwa?* »Diese Schamanin wird uns nicht mehr rauslassen.«

Insgeheim gebe ich ihr recht. Was immer diese Alte mit uns plant, es wird kaum was Gutes dabei rausspringen. Bleibt zu hoffen, dass dieser Alif Wort hält und uns schnell wieder raushaut.

Ich strecke meinen noch immer leicht schmerzenden Fuß aus und lächele Leya an. »Quatsch, Schwester, wir sind Finsmanns, wir lassen uns nicht unterkriegen! Wir sind hier erst mal sicher.«

Gefangen in der Steinzeit. Ja, in dieser Hütte sind wir vor Raubtieren save. Aber auch vor Menschen?

Leya

»Er hat schwarze Haare«, nuschle ich.

»Was?« Lex sieht mich verdutzt an.

»Dieser Wächter, Erutt, er hat schwarze Haare. Alle anderen Dorfbewohner aber haben strohblondes oder rostrotes Haar.«

»Ja … und?«

»Nichts. Ist mir nur aufgefallen. Außerdem färben sich manche auch Teile ihrer Haare blau. Vielleicht hat sie deshalb meine Ponysträhne so verwirrt. Und niemand trägt die Haare offen. Stattdessen flechten sie sich Zöpfe und stecken sich irgendwelche Holzteile dazwischen.«

»Sag mal, bist du jetzt schon durchgeknallt? Frisuren sind das Letzte, was uns interessieren sollte.« Lex kratzt Erde aus den Fugen des verrottenden Bodens, formt sie zu Kugeln und wirft sie ins Wasser.

Ich antworte nicht. Mein Blick folgt der sinkenden Sonne hinter den dunklen Baumwipfeln. Anfangs glaubte ich noch, Alif würde bald auftauchen und sich dafür entschuldigen, was diese Schamanin befohlen hat. Und er würde uns rauslassen, weil er mit seinem Vater, dem Häuptling, gesprochen hat. Aber je später es wurde, desto mehr schwand diese Hoffnung.

Lex ist da optimistischer, vielleicht macht er aber nur auf cool. Ich jedenfalls stelle mich langsam darauf ein, dass wir hier übernachten müssen. In der Steinzeit. Oh mein Gott, allein der Gedanke daran lässt mich zittern.

Ich versuche, nicht an unsere Eltern zu denken. Nicht daran, was sie in diesem Moment durchmachen. Und dass sie die nächsten Stunden genauso in Ungewissheit verbringen werden.

Es funktioniert nicht. Als ein leichter Wind aufkommt, sich heulend in der Hütte fängt und das Wasser kräuselt, galoppiert mein Herz immer schneller. Mein Hals pocht, in meinen Augen sammeln sich Tränen und ich merke, wie ich die Fingernägel in die morschen Holzwände kralle: Was, wenn wir hier nicht mehr herauskommen? Wenn wir in dieser Zeit bleiben werden, für immer? Wenn man uns hier vergisst und dies wirklich die Zeit des alles verschlingenden Monster-Tsunamis ist?

»Shhh!«, herrscht Lex mich an. Mir wird klar, dass ich wohl die ganze Zeit laut gedacht habe. »Lass uns hören, was diese Speerheinis da draußen labern.« Er hockt sich an die gegenüberliegende Wand der Tür, sodass man ihn von draußen nicht sofort entdecken kann.

»Ob sie zu den Mog'Tar gehören?«, fragt soeben Erutt.

»Hast du die Kleidung des Kleinmanns gesehen, die Haare der Kleinfrau?« Makun malt mit dem Finger Tiere in die Erde. »Ich glaube nicht, dass sie sich in falsche Häute hüllen.«

»Die Mog'Tar sind falsche Hunde, die unsere Knochen trinken wollen.« Erutt spuckt aus und verreibt die Spucke mit dem Fuß. »Alles an ihnen ist falsch und verdorben. Gerade du müsstest das wissen, Makun Nurgasson. Oder hast du vergessen, was sie deinen Eltern zufügten?«

Makun schaut auf. Ich sehe, wie sich sein Blick verhärtet.

»Jórunn sagt es noch heute«, fährt Erutt fort, »das Blut der

Mog'Tar ist nicht unser Blut. Ihre Zunge ist anders, ihre Taten falsch. Wir dürfen sie niemals mehr in unser Dorf lassen. Wir wollen keine Fremdlinge. Fremdlinge tragen Falsches mit sich.«

Makun seufzt und sieht Erutt lange an. »Deine Eltern, Erutt, sie wurden nicht in diesem Dorf geboren.«

Für einen Moment scheint Erutt sprachlos. Lex neben mir keucht leise auf. Ich weiß, was er denkt. Wenn es jetzt zum Streit zwischen den Wachen kommt, haben wir vielleicht eine Chance, unserem Gefängnis ungesehen zu entkommen.

Doch Erutt schnaubt nur und rollt mit den Schultern. »Das ist etwas anderes. Sie führten keine falschen Geister mit sich. Stattdessen brachten sie Gutes in dies Dorf. So waren es meine Ahnen, die zuerst die Langhaargräser in die Erde steckten. Und der wilde Ur, der an unserem Haus angebunden ist, gibt uns stets den Weißsaft.«

»*Knochentrinker? Mock-was?* Die glauben echt, wir gehören zu 'nem anderen Stamm.« Lex verlässt seinen Lauschposten.

Wir sind in Jórunns Hand. Ich mag es nicht, wenn jemand die Kontrolle über mich übernimmt. Zudem ist da ein Gedanke, der mir immer wieder kommt, wenn ich an diese Schamanin denke, ein Gedanke, etwas, das sie zu uns gesagt hat. Nur kann ich diesen Gedanken nicht greifen.

Wir reden noch lange, während die Sonne sinkt. Immer wieder spähen wir nach draußen. Doch unsere Wachen sind ausdauernd. Und niemand kommt, um uns zu sagen, wie es weitergeht.

Irgendwann werden meine Augenlider schwerer. Also dann: eine Nacht in der Steinzeit. Ich hoffe, es ist die erste und letzte Nacht in diesen Zeiten, 8000 Jahre vor unserer Geburt.

Alif

Ich finde keine Ruhe. Immer wieder schiebe ich die Häute der Graupelze von mir, stehe auf und wandere umher wie der gefangene Ur hinter Erutts Haus.

Etwas ist anders in dieser Nacht. Ich weiß nicht, ob es mit den Fremdlingen kam oder vorher schon da war. Der Mond, ein heller Stein inmitten des schwarzen Himmelsmeeres, ist so nah, wie ich ihn noch nie sah. Bald aber wird der helle Stein, der dem Wildbeuter auch nachts das weiße Feuer auf die Hatz mitgibt, bald wird der Mond wieder von den schwarzen Fluten des Himmelsmeeres überrollt werden. So war es schon immer sein Lauf.

Ich spähe in die Dunkelheit. War es richtig, Ley-La und Leggs mit in das Dorf zu nehmen? Wird Jórunn Shagga und mich für diese Tat bestrafen? Und was wird unser Vater, der Häuptling tun? Argor hat den seltsamen Bogen von Leggs an sich genommen, hat ihn zu der Axt des besiegten Mog'Tar-Kriegers, dem Horn des Haarhornbullen und all den anderen Trophäen gelegt.

Ich hole tief Luft und will meinen Zorn in die Nacht schreien, doch ich gebe meiner Wut keinen Laut. All meine Beute wurde mir genommen und es gab kein Wort, ob ich nun auch ein Wildbeuter bin.

Ich wende mich zurück zu unserem Haus. Auch mein Vater

und Shagga wälzen sich in ihren Fellen umher, doch ihre Augen bleiben geschlossen.

Augen. Da ist noch etwas, das mein Herz schmerzen lässt. Denn in den hellen Augen von Ley-La sah ich Angst, Angst wie bei einem jungen Kib. Dabei versprach ich ihr meine Hand, sie beide zum Ufer des Salzfingers zurückzuführen. Doch darf ich vor Jórunns Worten die Ohren verschließen? Die Fremdlinge, sie kamen in unser Land, ich weiß nicht warum. Und sie scheinen es auch nicht zu wissen.

Ich werfe einen letzten Blick auf den Mondstein. Wenn er verblasst und das neue brennende Himmelsauge über dem Meer erscheint, werde ich zu Ley-La und Leggs gehen. Ich bin ein Wildbeuter, meine Pfeile finden stets ihr Ziel. Mögen auch meine Worte und Taten ins Wahre finden.

Lex

Meine Finger wühlen sich durch den bröckeligen Lehm. Manche Weidenruten in dieser Lehm-Holzwand lassen sich durchknicken, andere kann ich komplett herausziehen. Langsam wird das Loch in der morschen Hüttenwand größer. Der getrocknete Lehm zerbröselt wie der Fetakäse auf meiner Lieblingspizza. Peperoni, Rukola, ordentlich spanische Salami – nur die Oliven lasse ich standardmäßig weg – Alter, was hab ich einen Mordshunger. Aber kein Lieferando weit und breit. Stattdessen kann ich riechen, was Erutt und Makun gerade machen. In Riechweite der Hütte braten sich diese Honks doch tatsächlich ihr Frühstück!

Weil der See in die Hütte suppt, konnten wir wenigstens 'nen Schluck trinken. Das Wasser schmeckte seltsam, brachte uns aber nicht um. Noch nicht. Blöd war nur, dass ich dann direkt schiffen musste. Und weil es in unserer Steinzeit-Suite kein Klo gab, startete ich die Sache mit dem Loch in der Lehmwand. Meinen M@x dann wie so'n Wurmköder aus dem Loch zu halten, war eher … dieser Erutt hat das natürlich mitbekommen und fett abgelacht.

Jetzt, als ich das Loch in der Wand noch etwas vergrößert habe, kann ich endlich mehr von dem Dorf abchecken.

Da bewegt Leya sich hinter mir – ja, moin! Stöhnend rappelt sie sich auf, lässt wortlos ihre Schultern kreisen. Die Nacht auf diesem harten Boden hat auch mir arg zugesetzt. Stunden hat's gedauert, bis ich überhaupt einpennen konnte. Und das lag nicht nur an dem permanenten Röhren und Schnauben der Kreaturen da draußen, weniger als einen Steinwurf von unserer klapprigen Hütte entfernt.

Wortlos setzt sich meine Schwester zu mir. Ich zähle vier Stelzenhäuser, kann eine Ecke der langen Häuptlingshalle entdecken und einen großen Teil des Sees überblicken. Auf dem ist trotz der frühen Tageszeit ordentlich was los. Männer und Frauen mit Speeren und Flechtkörben paddeln auf Einbäumen hinaus oder fischen bereits. Noch liegt Morgennebel über dem See und die Sonne wirft lange Bannstrahlen durch die Uferböschung – geile Atmo.

»Ich habe auch Hunger«, reagiert Leya auf das Knurren meines Magens.

»Ja, so'n Lachsbrötchen wäre toll.«

»Da!« Meine Schwester stupst mich an.

Eine Fischerin kommt mit ihrem Einbaum nahe an unsere Hütte heran. Die Frau mit den blauen Zopfenden scheint sich nicht bewusst, dass nur ein paar Meter entfernt wir, die fürchterlichen Fremdlinge, hausen. Geschickt richtet sie sich in ihrem Kahn auf. Breitbeinig und mit erhobenem Speer bleibt sie stehen, bis sich die Wellen um sie herum abgeflacht haben. Die Hände der Fischerfrau sind mit Lederteilen umwickelt, was meinen Fitnesshandschuhen ziemlich nahekommt. Außerdem scheint ihr Speer ein anderes Modell zu sein als das von Erutt. Bei dessen Waffe klebt an der Spitze ein einzelner geschärfter Stein. Hier wurde der Stock stattdessen so gespalten, dass vier Spieße abstehen, die zudem mit Widerhaken versehen wurden. Alter, ich möchte nicht das Opfer sein, das so ein Teil abbekommt.

Plötzlich spritzt Wasser auf. Die Fischerin hat den Speer ins Wasser geschleudert, so schnell, dass ich der Bewegung kaum folgen konnte. Erst jetzt checke ich, dass die Waffe mit einer Schlaufe an ihrem Handgelenk befestigt ist.

»Clever, so kann sie den Speer wieder rausholen«, sage ich mehr zu mir als zu Leya. »Und … holla, was für ein Prachtexemplar von einem Fisch. Was ist das für 'ne Sorte?«

»Ein Hecht«, gibt Leya tonlos zurück.

Ich weiß, was meiner Schwester zu schaffen macht. Das aufgespießte Tier ist noch nicht tot. Wild zappelt es im Einbaum umher. Die Fischerin nimmt einen Holzknüppel und lässt ihn auf den Kopf des Fisches niedersausen. Pock! Pock! Pock! Sie muss drei Mal zuschlagen, erst dann zuckt der lange Fisch nicht mehr.

Leya wendet sich ab. Unpassenderweise meldet sich in diesem Moment wieder mein Magen.

Ich beobachte die Doggerländer noch eine Weile. Sich um sein Essen zu kümmern, scheint keine leichte Arbeit zu sein.

Kurze Zeit später nähern sich Stimmen unserer Bude. Neue Stimmen. Zwei Frauen und ein Mann kommen ans Seeufer. Ihre braun gebrannte Haut spannt sich über ihre Knochen, die Haare sind wie bei fast allen Doggerländern verfilzt und ihre Gesichter teils blau bemalt. Aber sie unterscheiden sich auch deutlich von Erutt, Alif & Co. Denn diese drei Doggerländer sind alt. Okay, nicht so alt wie diese gruselige Jórunn, und wohl kaum älter als unsere Adoptiveltern. Aber nach dem, was wir bisher hier an Leuten gesehen haben, scheinen Omas und Opas eher die Minderheit zu bilden. Scheinbar pusten die wenigsten Steinzeitmenschen 40 Kerzen auf ihrer Geburtstagstorte aus.

Das Trio grüßt Erutt und Makun kurz und lässt sich dann am

Ufer, direkt neben einem Haufen Ästen nieder. Dann greifen sich die Alten halbfertige, sporttaschengroße Holzkäfige und flechten weitere Stöcker hinzu.

»Reusen, für den Fischfang«, murmelt Leya.

Während sie arbeiten, quatschen die Alten über das Wetter (daran ändert sich in den nächsten 8000 Jahren wohl nichts) und lästern immer wieder über Erutt und Makun (»diese jungen Wildbeuter«). Die neugierigen Blicke aus unserem Guckloch scheinen sie nicht zu bemerken.

Dann aber fällt der Name der Schamanin.

»Jórunn wird nicht lange zaudern, der Atem der Fremdlinge wird bald nicht mehr wehen.« Eine der beiden Tanten – die drei fingerdicken blauen Streifen auf ihrer Stirn zucken auf und ab, während sie mit den Augen rollt – krächzt wie meine Schuldirektorin.

»So ist es«, ergänzt Frau Numero 2, eine kleine, mopsige Lady mit unzähligen wild abstehenden, teils blau gefärbten Zöpfen. »Sie wird die Fremdlinge dem Meer geben.«

Der Mann in diesem Trio scheint keinen Bock auf das Gelaber zu haben. Er grunzt kurz, kratzt sich über die paar Büschel, die aus seiner Glatze ragen, und fährt fort, die Fischreuse zu reparieren.

»Fremdlinge bringen fremde Geister«, sagt die Drei-Streifen-Frau mit strenger Stimme. »Und mit den fremden Geistern kommt der Wandel. Jórunn hasst alles, was sich wandelt.« Die Frau biegt einen dünnen Ast und ZACK!, er zerbricht. »Fremdlinge sind falsch, sind Unheil.«

»Ja, sie müssen weg! Raus, raus aus dem Dorf«, keift Wilde-Zöpfe. »Wer anders spricht, wer den Wandel ruft, der muss gehen. Jórunn sagt es. So war es schon einmal, so wird es wieder sein.«

Drei-Streifen nickt und beendet ihr Werk an der ersten Reuse. »Mögen Dolchzahn und Haarhorn ihre Geister fressen oder zertrampeln.«

Mich schaudert, ich werfe Leya fragende Blicke zu.

»Man sagt, Jórunn habe auch Polka, den Eierdieb, den Tieren zum Fraß vorgeworfen«, fährt Wilde-Zöpfe fort.

»Wie einst bei Maga könnte sie den Bannfluch sprechen«, meldet sich da der alte Mann mit leiser Stimme zu Wort. Er sieht nicht auf, während seine Hände Schilfbänder um die gebogenen Äste knoten. »Jórunn wird nicht zulassen, dass wilde Hufe die Geister der Fremdlinge von den Körpern scheiden. Sie fürchtet, was dann mit den befreiten Geistern geschehen wird.«

Die beiden Frauen starren den Mann an und lassen ihre Arbeit ruhen.

»Du sprichst wie dieser Al'Va«, sagt Drei-Streifen. »Ich weiß, ihr kanntet euch. Aber sieh dich vor, Jórunns Wort kann jeden von uns treffen.«

Der alte Mann biegt und fädelt stoisch an den Ästen herum. »Jórunn nimmt keinen Atem. Aber sie schneidet weg, worin falsche Geister hausen.«

Leya stöhnt auf und zieht sich wortlos wieder in die Tiefe der Hütte zurück. Auch ich habe genug gehört. Die letzten Worte des Alten tackern sich in meinen Kopf fest und mein leerer Magen beginnt zu schmerzen. Wird Zeit, dass wir was unternehmen. Ich will hier nicht seelenruhig fernschimmeln, bis irgendeine Psycho-Oma uns basht, nur weil wir Fremde sind.

Leya

Draußen werden Stimmen laut. Erutt und Makun springen auf. Alif! Er trägt einen flachen Korb, mit Früchten. Endlich etwas zu essen!

»Die Fremdlinge sind *meine* Beute.« Alifs Stimme ist laut und befehlerisch. »Tretet beiseite!«

»Jórunn will nicht, dass jemand Worte mit ihnen tauscht«, höre ich Erutt mit einer Stimme sagen, die ich nur allzu gut kenne: So klingen Jungs, die auf Stress aus sind.

»Argor ist der Häuptling, *dein* Häuptling, Erutt Sileggson. Und ich bin sein Erstsohn. Wenn er will, dass sie essen, dann soll es sein.« Alif macht Anstalten, an Erutt vorbeizulaufen, doch der stellt sich ihm in den Weg.

»Wer sagt, dass Häuptling Argor das will?«, mischt sich Makun ein.

»Lauf, frag ihn!«, bellt Alif und rückt das Messer in seinem Gürtel zurecht.

»Das werde ich.« Makun lächelt, als er seinen Speer am Feuer zurücklässt und sich trollt.

»Keine Worte!«, knurrt Erutt und lässt Alif vorbei.

Alif schnaubt zurück und kommt hocherhobenen Hauptes zur Hütte. Er stellt den Korb so vor die Tür, dass wir nur durch die Lücken zwischen den Ästen hindurchgreifen müssen. Kleine

Äpfel, murmelgroße gelbe Früchte und etwas auf großen Blättern, das nach Fisch riecht, sind unser erstes Steinzeitfrühstück.

»Alter, lass uns hier raus!«, knurrt Lex, während er sich bereits am Fisch bedient.

Alif hockt schweigend vor dem Korb und sieht mir fest in die Augen.

Mein Herz klopft und wie eine warme Welle durchflutet mich ein seltsames Gefühl. Ich kann nicht sagen, woher, aber ich weiß, was mir dieser Steinzeitjunge mit seinem tiefen, tiefen wasserblauen Blick sagen will: *Es tut mir leid.*

Während Alif bewegungslos, nur eine Armlänge entfernt vor unserem Gefängnis hockt, machen Lex und ich uns über den Korb her. Die Äpfel, die kleinen gelben Beeren, deren Geschmack lange, aber nicht unangenehm auf der Zunge klebt, und ein paar süßlich schmeckende Wurzeln, ähnlich Karotten, sind im Nu weg. Einzig den Fisch lasse ich aus, sehr zum Missfallen unseres Gönners.

Auch etwas zu trinken hat Alif mitgebracht. Er streift einen lederartigen Schlauch von der Schulter und reicht ihn durch die Tür.

Kurz zögere ich, denn ich glaube zu wissen, welche Funktion dieser Schlauch ursprünglich mal hatte. Alif nickt mir aufmunternd zu und ich setze die prall gefüllte Tierblase an meine Lippen. Nicht so einfach, den schwabbeligen Beutel so zu kippen, dass er nicht umknickt und mir aus der Hand rutscht.

»Schmeckt wie Apfelsaft«, sage ich, zwinge mir einen Rülpser ab und reiche den Schlauch an Lex weiter.

»Genug!«, herrscht Erutt Alif an.

Alif erhebt sich zähneknirschend. »Ich komme zurück«, raunt er mir zu und geht.

Kaum ist er weg, bekommen wir wieder Besuch. Und dieses Mal klopft mein Herz noch lauter. Makun und Häuptling Argor steuern auf unser Gefängnis zu; der Häuptling trägt einen mächtigen roten Speer. Flankiert von ihnen schleicht Jórunn mit unsicherem Gang herbei. Bei jedem Schritt wippt das kurze Hirschgeweih auf ihrem Kopf, als würde es gleich herabfallen.

»Lex«, rufe ich, doch schon schiebt er mich großer-Bruder-mäßig hinter sich.

»Wo ist der Wildbeuter, der dies hier geführt hat?« Häuptling Argor bleibt ein paar Meter vor der Hütte stehen. Er wirkt müde. Dann zieht er Lex' Spielzeugwaffe aus seinem Wolfsmantel hervor.

Ich muss grinsen. Der große Mann hält sie mit spitzen Fingern und so herum, dass der Abzug nach oben zeigt.

»Ich bin hier«, gibt Lex zurück und stellt sich an die Tür.

»Was ist das für eine Waffe? Woher stammt ihr? Und verstecken sich noch mehr von euch da draußen?« Der Häuptling spricht mit so lauter Stimme, dass weitere neugierige Doggerländer zwischen den Hütten auftauchen. Durch das Loch in der Wand sehe ich zudem, dass auch die Fischer und Reusenflechter ihre Arbeit ruhen lassen.

»Ganz schön viele Fragen, Chief«, sagt Lex, aber so leise, dass nur ich es hören kann.

»Provoziere ihn nicht«, raune ich ihm zu. »Vielleicht lässt er uns gehen.«

»Das Teil da, das ist keine Waffe, das ist nur ein Spielzeug«, ruft Lex.

Ernsthaft? Das ist das Erstbeste, was ihm eingefallen ist?

»Woher stammt ihr? Gehört ihr zu den Mog'Tar? Sprecht, oder ich lasse Polkas Hütte samt euch ins Meer werfen.«

»Wir. Sind. Keine. MOCK-TA!«, blafft Lex zurück und doch höre ich, dass er sich Mühe gibt, ruhig zu bleiben.

»Was seid ihr dann?« Argor rauft die großen Hände und dreht sich mit fragendem Blick zu der alten Frau um.

Jórunn kommt allein auf unsere Hütte zugewackelt. Sie läuft sehr langsam, den weißhaarigen Kopf vorgereckt, als würde er nicht mehr richtig auf ihrem Hals sitzen.

»Sternenkinder«, begrüßt uns Jórunn zischelnd. Der süßlich-herbe Geruch springt mich wie ein schweres Oma-Parfum an. Schon habe ich das Gefühl, dass mir wieder schwindelig wird. Jórunns grasgrüne Augen heften sich gierig auf Lex und huschen dann kurz zu mir. »Ihr seid nicht vom Himmelsmeer gefallen, wie es das alte Traumlied singt.«

Ihre Worte sind lauernd, kalt und sie zischt sie nur undeutlich durch ihre braunen Zähne hervor. Wieder überfällt mich ein kalter Schauder. Irgendwas stimmt an der alten Frau ganz und gar nicht.

Während ich versuche, die Schwärze vor meinen Augen wegzuatmen, kommt mir wieder der Gedanke, die Frage, die ich die ganze Zeit nicht richtig packen konnte: Jórunn nennt uns *Sternenkinder*. Wie die Kinder aus jener alten Geschichte, die uns die Pubwirtin Jodi erzählt hat? Ist diese Geschichte schon so alt, dass man sie in Doggerland kennt?

»Wir … wir kamen durch die Steine in euer Land«, wage ich, ein Wort an die Schamanin zu richten. »Durch die roten Steine. Im Meeresarm.« Ich achte darauf, nicht in ihren verwirrenden Blick zu geraten.

»*Durch* die Steine?« Jórunns Augen blitzen kurz auf, fast wirkt sie irritiert. Doch dann wird ihr Gesicht wieder kühl. »Ihr seid durch die Steine gegangen.« Es klingt mehr wie eine Feststellung als wie eine Frage.

»Ja und nun wollen wir zurück«, mischt sich Lex ein. »War echt nice hier, aber jetzt ist gut. Wenn Sie uns rauslassen, dann sind wir in null Komma nix weg.«

Jórunns Kopf ruckt so schnell herum, dass ihr Geweih jetzt tatsächlich schief hängt und sie diese eigenwillige Krone richten muss.

»Sternenkinder, ihr könnt nicht gehen«, zischt sie. »Niemand wird von hier fortgehen!« Dabei schiebt sie ihre Zunge zwischen ihren ekeligen Zähnen hervor. »Denn dann kommt das Wasser. Und mit ihm die falschen Geister des Wandels. Das darf nicht geschehen, das wird nicht geschehen. Ihr werdet nicht mehr gehen!« Damit dreht sie sich auf dem Absatz um und schlurft zurück zu dem wartenden Häuptling und seinem jugendlichen Wächter.

Mein Herz bebt, mein Atem flattert. Ich merke, wie sich Wasser über das Brennen in meinen Augen schiebt. Lex dreht sich zu mir um und nimmt mich in den Arm. Wir sind verloren.

Alif

Mein Steinmesser kerbt in das Totholz. Wieder und wieder. Die Haken müssen tief genug sein, damit die Waffe nicht aus dem Fleisch gleitet, wenn die Beute in wilder Furcht flieht. Doch die Spitzen dürfen auch nicht zu lang sein. Denn schäle ich nur etwas zu tief in den Ast, so droht er zu zerbrechen.

Mein Vater hieß mich, weitere Harpunen zu bauen. Ich soll bei unserem Haus bleiben. Er will nicht, dass ich mich Leggs und Ley-La nochmals nähere. Missmutig lasse ich das Messer seine Arbeit tun. Für gewöhnlich nehmen wir das Geweih der Speerköpfe für Harpunen. Doch die großen Tiere zu erlegen, wird mit jedem Mond schwieriger. Und die Hörner der Breitstirne können wir nicht kerben, sie sind zu leicht, zu zerbrechlich. Wir trinken nur aus ihnen.

Ich schaue zu meinem Bruder. Wie immer will Shagga helfen. Mit nackten Füßen sitzt er vor den fertigen Harpunen. Seine große Zehe ist blau wie das tiefe Wasser. Kein Tropfen der schlammigen Farbe liegt auf den Rundhölzern vor unserem Haus, die Blauschale ist noch kein einziges Mal umgefallen. Die Schlangenlinien und Fischkörper, die Shagga auf die Harpunen malt, sind schön. Mein Bruder wird geschickter. Mit jedem Mond kann er seine Zehen immer mehr wie Finger benutzen. Und dennoch wird er nie ein Wildbeuter werden.

»Wir sollten sie herauslassen«, sagt Shagga. Er sieht mich mit merkwürdigen Augen an. Augen, die mein Bruder immer macht, wenn er Gedanken hat, die unserem Vater nicht gefallen werden.

Ich nehme mir den nächsten Ast des Schwarzfleckenbaumes vor und befreie ihn von der schwarzweißen Holzhaut.

»Du solltest deine Worte nicht frei herumspringen lassen, Shaggabug.« Die Holzhaut spritzt in langen Rollen bis fast in seine Farbschale.

»Ich weiß, dass du dieselben Gedanken hütest, Alif.«

Mein Messer stößt an ein Astauge. »Vater will nicht, dass wir mit den Fremdlingen Worte tauschen.«

»Vater?« Shagga tunkt seinen großen Zeh erneut in die Blaufarbe. »Vater schläft viel, weil Jórunn ihm die Kräuter gibt. Und wenn er nicht schläft, hat er Schmerzen und Jórunn sucht wieder Beißblatt für ihn.« Shagga deutet mit dem Kopf zum See, wo Leggs und Ley-La in der Eierdieb-Hütte darben.

Ich atme schwer ein. Der Geruch der brennenden Lehmsteine, der von Erutts Haus herüberweht, lässt mich husten. »Wenn man mich nochmals bei den Fremdlingen sieht, wird mich Jórunn bestrafen.«

Shagga gluckst. »Was soll sie dir antun? Du bist der Erstsohn des Häuptlings. Bei all ihren Worten: Die Schamanin wird nicht wagen, das Dorf gegen sich aufzubringen, nur weil sie dich und mich nicht achtet.«

Ich schweige und starre auf die halbfertige Harpune in meinen Händen. Jórunn *ist* das Dorf. Ihre Worte wiegen schwer. Sie huschen in jedes Haus und nisten in jedem Kopf. Irgendwann wird jemand der alten Schlange einen Speer in den Leib stoßen müssen, damit die Tashi wieder freie Worte sprechen dürfen.

Der Schrei eines Arluks schreckt mich auf. Ich darf solche Worte nicht in meinem Kopf formen. Jórunn sieht alles, hört alles, sie weiß alles.

»Du fürchtest, dass sie dich nimmermehr in den Kreis der Wildbeuter aufnimmt«, sagt Shagga mit trauriger Stimme. »Und wie ich ein Kleinmann bleiben musst.«

Ich nicke und kerbe das Steinmesser wieder tief ins Holz. Selbst wenn Jórunn es nicht kundgetan hat, ich *bin* ein Wildbeuter. Ich habe gegen Graupelze, Dolchzähne und Seeschlangen gekämpft, auch mein Pfeil traf den Schwarztod. Und ich habe Beute gemacht. »Umso mehr muss ich meine Augen auf die Hatz richten«, sage ich mit aufeinandergebissenen Zähnen und kerbe absichtlich so tief, dass die Harpune zerbricht. »Ich muss neue Beute machen. Die Fremdlinge sind nicht mehr mein.«

Shagga seufzt. »Alif Argorson, du gabst Ley-La deine Hand.« Mit dem Fuß schiebt er die Blauschale geschickt von sich. »Jetzt klingst du wie ein feiger Höhlenkriechling.«

Das genügt! Mein Gesicht wird heiß wie Feuer. Ich ramme das Messer in den Boden, springe auf und trete den Stoß mit den fertigen Harpunen auseinander. Shaggas Blauschale stürzt um und besudelt die Rundhölzer vor unserem Haus.

Mein Bruder rutscht zurück. In seinem Blick steht Angst. Ich aber balle die Hände zu Fäusten, kneife meine Augen zu und stoße meine Wut hinauf in das Himmelsmeer.

»Bruder«, Shagga streckt mir seine Arme entgegen, »Jórunns Worte haben deine Augen blind gemacht.« Er stützt sich mühsam ab und steht auf. »Du sagtest mal, dass wir mehr mit dem Herzen als mit den Augen atmen sollen.«

Lex

Das Kratzen ist so dicht an meinem Kopf, dass ich fürchte, irgend so 'n prähistorischer Riesenkäfer ist drauf und dran, mir das Ohr abzukauen. Ich hüpfe hoch, mein Kreislauf kommt kaum hinterher. Doch da an der Wand ist nichts.

»Was?« Leya starrt mit ausdruckslosen Augen zu mir rüber.

Ich hasse dieses Rumsitzen und Nichtstun. Ich komme mir vor, als würde der Ladebalken zum nächsten Level festhängen. Eingefroren. Abgekackt. Nein, das ist nicht mein Style.

Vor ein paar Minuten habe ich deshalb gewagt, bis unters Dach zu klettern, um aus der löchrigen Ufergrasdecke einen Blick zu riskieren. Wäre unsere Lage nicht so beschissen, fände ich dieses Panorama echt geil: Die Pfahlhäuser, der See, der große Fluss mit seinem Delta, die lichten Wälder auf der anderen Seite des Dorfes und weiter hinten das weite Meer. Ich hatte nie ein Faible für die Natur, aber dass all das dem Untergang geweiht ist (irgendwann, hoffentlich noch lange hin), das macht mich schon depri.

Erutt hat mich natürlich erwischt und mit bösen Blicken und Gesten wieder runtergescheucht. Bevor er noch auf die Idee kam, meinen Kopf als Zielscheibe zu benutzen, habe ich brav gehorcht.

Da, wieder dieses Kratzen. Es kommt von der Wand genau gegenüber von unserem Guckloch auf der Seeseite. Das Kratzen klingt unregelmäßig. Schon bröckelt etwas Lehm. Das ist kein Käfer.

Bevor ich die genaue Stelle des Geräuschs gefunden habe, stößt ein kleiner Ast durch die Wand.

»Alif?« Leya hat es nun auch mitbekommen. Gemeinsam vergrößern wir das Loch in der Wand.

Und schauen in wasserblaue Augen.

Wir graben weiter, leise, langsam. Erutt und Makun sitzen noch immer da draußen. Das Loch wird größer, doch das Weidengeflecht gibt kaum nach.

»Shaggabug? Du?« Ich kann's kaum glauben, als ich Alifs kleinen Bruder erkenne.

Der Junge nickt und hält sich zum Zeichen, dass wir leise sein sollen, den handlosen Arm vor den Mund.

»Ist Alif auch da?«, wispert Leya.

Shagga schüttelt den Kopf und deutet mit dem Arm zum Ende unserer Hütte.

»Was?«, flüstere ich.

Nochmals deutet Shagga in die Richtung, atmet ein und bläst die Backen auf.

Jetzt checke ich, was er mir sagen will. Ich schlage mir die Hand vor die Stirn. Ich Noob, dass ich da nicht schon früher draufgekommen bin.

Leya

Wir tauchen. In voller Montur. In den See. Ich hätte nie gedacht, dass ich so was draufhabe.

Sofort drückt das kalte Wasser meine Lunge zusammen, meine Klamotten ziehen mich nach unten. Ich wage, meine Augen zu öffnen. Die Sicht zwischen den vermoderten Pfählen unserer Hütte ist nicht gut, braune Holzfetzen trudeln durch das Wasser, dennoch kann ich Lex vor mir erkennen. Mit Daumen und Zeigefinger formt er einen Kreis und deutet dann hinter sich. Dass die Hütte im hinteren Teil so morsch war, dass wir uns zwischen den Resten des Bodens hinaus in den See zwängen konnten, es scheint zu einfach.

Mit angehaltenem Atem folge ich Lex in Richtung Ufer. Seine Beine wirbeln den Sand auf. Ein Schwarm fingerlanger Fische nimmt vor uns Reißaus und verschwindet zwischen den gefiederten Blättern der Tausendblattpflanzen. Ich erinnere mich daran, dass die auch im Gartenteich meiner Eltern wuchsen – vielmehr *wachsen werden*.

Sofort schießt ein Schmerz durch meine Brust und ich würde am liebsten schreien – nein, ich darf jetzt nicht an Mama und Papa und unser altes Leben denken.

Ich versuche, an Lex dranzubleiben. Das Wasser wird wärmer und auch immer klarer. Doch als wir uns durch den unterseeischen Wald der Seerosenstängel kämpfen, nimmt die Luft in meiner Lunge mit jedem Schwimmzug ab.

Dann, endlich, steigt der sandige Seegrund an. Ich zwinge mich, meinen Kopf inmitten des dichten Uferschilfs nur langsam aus dem Wasser zu heben. Ein paar langbeinige Käfer flitzen auf der Wasseroberfläche davon. Ein Schwanzmolch schnappt zu. Fressen und gefressen werden – und wir mittendrin.

Ich nehme einen tiefen Atemzug und merke, dass sich irgendetwas Glitschiges in meinen Haaren verfangen hat. Doch ich muss grinsen. In Lex' Gesicht kleben kleine weiße Blütenblätter.

Shaggabug hockt wartend im Dickicht. Ohne ein Wort zu verlieren, dreht er sich um und wir folgen ihm im Entengang durch Rohrkolben und Schilfrohr.

Harte, scharfkantige Blätter schneiden mir ins Gesicht, unsere Schritte schmatzen im Uferschlamm. Ich sehe eine Erdkröte, einige Enten verziehen sich vor uns, glücklicherweise lautlos. Es ist absolut nicht leicht, sich so zu bewegen, dass die gelben Blüten der Schwertlilien über unseren Köpfen nicht wackeln und uns verraten.

Immer wieder verharren wir kurz und lauschen bang, ob unsere Flucht aufgeflogen ist. Doch niemand schlägt Alarm.

Dann geht es im Zickzack durch das Dorf. Wir huschen zwischen und unter Pfahlhäusern hindurch, ducken uns hinter aufgespannten Fellen und trocken liegenden Einbäumen. Ab und zu stoßen wir auf Doggerländer bei ihrem Tagwerk. Sie flechten Körbe aus Schilf, sitzen um Lederbeutel, in die sie Wasser und heiße Steine füllen, schaben Fleischreste von aufgepflockten Fellen oder hängen Fischfang auf Zäunen auf. Man schwatzt und streitet und lacht miteinander. Niemand scheint damit zu rechnen, dass die Fremdlinge soeben türmen.

Shaggabug bewegt sich schnell und geschickt. Er benutzt all diese Schleichwege nicht zum ersten Mal.

Dann endlich erreichen wir den Palisadenzaum, der das Dorf umrundet. Meine klitschnassen Klamotten kleben mir schwer auf der Haut, ich bibbere am ganzen Körper und doch bin ich heilfroh, dass wir wie durch ein Wunder unentdeckt bis hierher durchgekommen sind. Noch immer stumm drängt uns Shagga durch eine Lücke zwischen den Baumstämmen. Lex freut sich wie ein kleines Kind über diesen Ausweg.

Erst als wir ein paar weitere Minuten durch ein nahes Birkenwäldchen gesprintet sind, hält Shagga an.

»Ich bringe euch zurück. Zum Ufer des Salzfingers. Zu den roten Steinen. Von dort könnt ihr zurück in euer Deuts-Land.« Shagga ist kaum aus der Puste, wir Stubenhocker aber halten uns die Rippen.

»Danke!«, hechelt Lex und sieht sich fragend um.

»Weiß Alif davon?«, will ich wissen, obwohl ich mir die Antwort bereits denken kann.

Shagga schüttelt den Kopf. »Ich muss noch mal ins Dorf. Ihr wartet. Hier. Geht nicht weiter! Tretet nicht aus den Bäumen heraus, nicht auf die Grasweite.« Er gibt einen Knurrlaut von sich und entblößt seine gelblichen Zähne. »Dort sind Räuber mit langen Zähnen und scharfen Klauen. Wartet hier, ich komme wieder, wenn das Himmelsauge sinkt.«

Bevor wir etwas einwenden können, springt Shagga wie ein junges Reh davon.

Schnatternd ziehen wir uns bis auf die Unterwäsche aus und

hängen unsere nassen Klamotten in die Birken, in Richtung Sonne. Glücklicherweise ist Sommer und der Wind warm. Ein Feuerzeug, ein paar Streichhölzer wären dennoch hilfreich. Doch wer rechnet damit, sich nach einer Wattwanderung die Klamotten am offenen Feuer trocknen zu müssen?

Die Minuten verrinnen, werden zu Stunden, eine, zwei. Lex schweigt, ich friere wieder und Shaggabug taucht nicht auf. Schon streift die Sonne die schiefergrauen Gipfel der Hügel. Vögel scheinen uns mit ihrem Gezwitscher zu verspotten, das Röhren von Hirschen weht über das wispernde Gras.

»Meinst du, er kommt zurück?«, frage ich Lex, als ich die Ungewissheit nicht mehr aushalte.

Lex lässt die Mundwinkel fallen. »Sein Bruder hat sein Versprechen auch schon gebrochen.«

»Allein finden wir den Weg niemals! Sobald es dunkel wird, sind wir Beute.«

»Sind wir jetzt schon«, gibt Lex murrend zurück. Er hebt einen langen Birkenast auf. »Hilf mir, irgend 'nen scharfen Stein zu finden, mit dem wir uns Speere machen können.«

Ich schaue ihn tadelnd an. »Du denkst immer noch, das sei nur ein Spiel, bei dem man sich zuerst ausrüsten muss?«

»Leya! Dann latsch doch zurück ins Dorf, wenn du willst. Und verkriech dich wieder in dieser beschissenen Hütte.«

Ich antworte nicht, helfe meinem Bruder aber beim Bau des Speeres. In einer Senke zwischen den Birken finde ich sogar ein Stück von einem Hirschgeweih. Ein guter Dolch. Für den Notfall.

Lex

Das Knacken eines Astes kickt mein Herz fast aus der Brust. Mit dem Speer in der Hand springe ich auf und mache mich bereit zu kämpfen; in Unterhose.

Doch, hurray, es ist Shagga. Er grinst, als er meinen (wahrscheinlich ziemlich peinlichen und sowieso unbrauchbaren) Speer sieht. Auf seinen kurzen Armen hält er ein Bündel aus Lederzeug. Und meine NERF. Beides kippt er uns vor die Füße. Das Lederbündel entpuppt sich als neue Klamotten und sogar Schuhe für uns. Die Hosen sowie die fast knielangen Hemden bestehen aus zusammengenähten Lederstücken (von *Speerköpfen*, wie Shagga sie nennt) und wirken auf den ersten Blick grob.

Eine Minute später haben wir uns in Steinzeit-Lex und Steinzeit-Leya verwandelt. Meine Schwester trägt unter ihrem Dress zwar weiterhin ihr Jurassic-Park-Shirt, ich wollte mich nicht von meinen Handschuhen trennen, aber insgesamt fühlt sich das neue Zeug richtig gut an. Dafür sind diese Schilfblatt-Lederstreifen-Schuhe echt gewöhnungsbedürftig. Als wir uns ansehen, müssen wir beide lachen.

»Danke, Bro, aber die da brauche ich nicht mehr«, sage ich, als Shagga meine NERF mit dem Fuß herüberschiebt.

Er sieht mich überrascht an. Herrje, wie erkläre ich ihm bloß, dass das nur ein albernes Spielzeug ist?

»Wir haben das hier«, hilft mir Leya aus der Patsche. Sie hebt das Hirschgeweih und zeigt auf meinen Speer.

Shagga nickt, als würde er verstehen. »So viele Speerschatten«, er hebt beide Armstümpfe, »dann kommen wir zum Trübwasser. Dahinter fließt der Salzfinger.« Er wartet kurz, ob wir etwas sagen wollen, dann fährt er fort: »Ihr könnt doch lange rennen, oder?«

Wir pflügen im Affenzahn durch das unendliche Grasmeer – im Steinzeitdress, mit prähistorischen Waffen im Anschlag. Alter Falter, noch immer kommt mir das alles so brutal unwirklich vor. Die Halme peitschen gegen meine Unterschenkel, Insekten fliegen aus dem Gras auf, handgroße haarige Viecher verziehen sich fiepend in ihre Löcher.

Shagga – wo nimmt der Kerl diese Mörderkondition her? Wie so 'ne Gazelle sprintet er durch die Landschaft. Leya und ich haben richtig Mühe dranzubleiben. Meine Schwester hatte es noch nie so mit Sport und ich … na ja, Couchsurfer. Irgendwann habe ich nur noch Seitenstechen, aber ich will mir keinesfalls die Blöße geben, als Erster zu quitten.

Der Abend senkt sich über das Land und die Luft wird zunehmend kälter. Erstaunlicherweise begegnen wir keinem Tier, das uns fressen will.

Als der Mond aufgeht, erreichen wir das, was Shaggabug als *Trübwasser* bezeichnet hat: eine Moorlandschaft. Ernsthaft? Wir sollen mitten in der Nacht durch einen verfluchten Sumpf latschen?

Da, wo der grasige Boden noch einigermaßen trocken ist, brechen Leya und ich zusammen. Mein Atem pfeift, mein Puls rast, schon wieder bin ich völlig durchnässt. Ich glaube, ich bin im

Reallife noch nie so lange gerannt. Wenn jetzt noch eine Säbelzahnkatze auftaucht, dann prost Mahlzeit!

Shagga gönnt uns nur eine kurze Pause. Langsam dringen wir in den Sumpf vor.

Der Mond und haufenweise Sterne enthüllen eine traurige Umgebung. Die Fichten hier würden sicherlich nicht mehr als Weihnachtsbäume herhalten, die Kiefern sind krüppelig und die wenigen Laubbäume an der Grenze zum festen Land tragen kaum Blätter. Mit jedem Schritt wird der Boden matschiger, das Gras blasser und wir müssen immer größere Tümpel umrunden. Schwarze Baumstümpfe ragen wie faulige Zähne von Riesen aus dem Sumpf. Die Luft stinkt nach Tod und Verwesung.

Schweigend folgen wir Shagga. Um uns herum erwacht der Sound der Nacht. Solch ein Gequake, Gezirpe und Gegrunze hätte ich an diesem fauligen Ort nicht erwartet. Ich frage mich, wer all die Geräusche fabriziert. Vor allem macht mich nervös, dass ich die Verursacher nicht sehen kann.

»Vorsicht, Leya«, sage ich, obgleich diese Warnung unnötig ist. Keiner von uns will als Moorleiche enden.

Da stoßen wir plötzlich auf Bohlen. Die Doggerländer haben Äste v-förmig in den Morast getrieben und dazwischen Bretter gekeilt. Ich bin erleichtert, dass wir nun auf diesen knarrenden Straßen laufen können. Doch die Augenpaare, die uns beiderseits der Wege anstarren, werden immer mehr. Über unseren Köpfen huscht etwas vorbei. Fledermäuse? Ich hoffe, all diese Viecher hier haben mehr Angst vor uns als wir vor ihnen.

Irgendwann ist Schluss mit dem Bohlenweg. Shagga steigt ins knöcheltiefe Wasser und sofort schlängelt irgendwas plätschernd von ihm weg.

»Wir müssen fortan sehr leise sein«, wispert er.

Häh, und was bitte haben wir bisher veranstaltet? Aber ich nicke und greife nach Leyas Hand. Trotz meiner Fitnesshandschuhe kann ich fühlen, dass ihre Hände schweißnass sind. Mir geht's nicht anders.

Langsam, jeden Schritt mit dem Speer prüfend, folge ich Shagga in zwei bis drei Metern Abstand. Immer wieder tappen wir in Löcher unter Wasser und mehr als einmal saugt sich der Schlamm so stark an meinen Füßen fest, dass ich Angst habe, ich könnte auch meine neuen Schuhe wieder verlieren. Nicht einmal auf die knubbeligen bleichen Grasinseln, die aus den stinkenden Tümpeln hervorragen, ist Verlass. Selbst unser Guide macht die Erfahrung, als er sich mit seinen Ellenbogen auf einer abstützen will und das Gras prompt untergeht.

Ich habe keinen Plan, wie lange wir schon durch die stinkende Suppe gelatscht sind, als im bleichen Mondschein auf einmal schemenhaft etwas vor uns auftaucht. Knochen, aufgeschichtet und zusammengeknüpft zu einem Gestell. Gelbe Rippen, Oberschenkel, Schulterblätter, auch schaufelförmige Geweihe und komplette Schädel – ich hoffe, diese spooky Skulptur besteht nur aus Tierknochen.

»Was ist das?« Leyas Stimme ist nur ein Krächzen.

»Ein Geisterzaun. Davon gibt es viele im Trübwasser. Sie halten falsche Geister fern von unseren Landen«, erklärt Shagga seelenruhig, als stünde er von einer Pyramide Dosensuppen im Supermarkt.

»Hat dein Volk diese Teile gebaut?«, frage ich leise.

»Nein, wir sind nun auf dem Land der Mog'Tar.«

Mir kriecht ein kalter Schauder über den Rücken, als wir an

dem Horrorzaun vorbeischleichen. Da entdecke ich etwas, das mein Herz kurz aussetzen lässt. Inmitten der Knochen steckt ein Gegenstand, der hier ganz und gar nicht hingehört, mir aber allzu bekannt vorkommt: ein Gummistiefel.

Leya

»Oh Gott, da war was!« Ich quietsche auf und springe zu Lex zurück, der sich den gruseligen Geisterzaun unbedingt noch länger anschauen musste. »Unter Wasser, an meinem Bein.«

»Stehen! Still!«, raunt Shaggabug.

Mein Herz hämmert, als ich mich an meinen Bruder klammere. Wir lauschen in die Nacht. Die Geräusche der Sumpf-Fauna sind mit einem Mal verstummt.

»Oh!«, macht Shaggabug nur.

Und dann höre ich es auch. Da ist ein Plätschern, ein Knarren von Holz. Irgendetwas kommt auf uns zu!

Schon watet Shagga eilig nach links. Wir folgen ihm stolpernd. Lex brummt irgendwas von »deine Schuld«.

Viel schneller als zuvor umrunden wir Tümpel, klettern über totes Holz. Die Stämme sind glitschig. Lex schimpft auf, müht sich an einem gar nicht so großen Baumstamm ab, scheint aber nicht drüberklettern zu können.

Ich strecke die Finger aus, bekomme ihn zu packen.

»Ich hänge fest«, ächzt er und biegt sich hin und her. »Mein Fuß hat sich irgendwie verkeilt.«

Noch während ich versuche, Lex zu befreien, zerschneidet ein Fauchen die Dunkelheit. Ein ziemlich nahes Fauchen. Doch ich kann nichts entdecken. Ich höre nur, dass sich etwas auf uns zuwälzt. Äste brechen, Wellen schlagen und dieser teuflische Morast schmatzt gierig. Himmel, wo sind wir hier nur hineingeraten?

»Schnell!«, ruft Shagga. Er klingt panisch.

Lex flucht, aber da bekommen wir seinen Fuß frei. Wir wälzen uns über den Stamm.

Ich mache den Fehler und riskiere einen Blick zurück. Und schaue in die Augen eines Monsters. Sie leuchten weiß in der Dunkelheit. Das Gesicht ist schuppig. »Eine Schildkröte!?«

Von weiter vorne dringt ein Platschen. Shagga schlägt mit seinen Armstümpfen auf das Wasser ein. Er will das Reptil weglocken.

Die Schildkröte ist groß wie ein Traktorreifen, ihre Schnauze mündet in einen verhornten Zapfen, die Platten ihres Panzers sehen aus wie viel zu spitze Dachziegel. Das Tier wälzt sich voran und wuchtet sich an einer anderen Stelle über den umgestürzten Baum. Für einen Moment erlaubt mir mein pulsierender Kopf einen klaren Gedanken. Ich kenne diese Art von Schnappschildkröten aus meinen Büchern. Ein Biss von solch einem Reptil und dein Fußgelenk ist durchtrennt.

Wir hechten weiter. Die Schnappschildkröte faucht. Sie ist schnell. Warum ist sie so verflucht schnell? Ich mache einen Satz nach rechts, spüre den Luftzug, als das Maul mit einem Geräusch, als knalle jemand ein Buch zu, an meiner Ferse vorbeischießt. Lex stürzt auf Shagga zu. Der hat sich auf eine kleine, trockene Erhöhung gerettet. Auch ich kämpfe mich aus dem Wasser.

Da erklingt plötzlich ein neues, aber umso seltsameres Geräusch. Ein *Wuuusch*, wie aus dem Nichts kommend, und ein matschiger Aufschlag, dicht gefolgt vom Aufstöhnen der Schnappschildkröte.

Dann herrscht Stille.

Shagga stößt mich mit seiner Schulter an, lässt sich langsam auf den Boden sinken und schiebt sich rückwärts von der Grasinsel zurück ins morastige Wasser. Lex macht es ihm sofort nach und auch ich zögere keine Sekunde. Schon umklammert mich wieder die Kälte des Wassers, als wir bäuchlings bis zum Hals in der fauligen Brühe erstarren.

Im Kopf der Schildkröte steckt ein länglicher Gegenstand. Kein Speer, eher eine Art Beil.

Als ich sehe, was aus dem Schatten der Bäume ins Mondlicht tritt, wird mir schlecht vor Angst. Ein Mensch, ein Mann. Ich kann nur seinen Kopf erkennen. Es ist der blankweiße Schädel eines toten Mannes.

Neben mir blubbert Lex vor Entsetzen auf. Wir rühren uns keinen Millimeter, als das wandelnde Skelett zu der geschlachteten Kröte tritt und die Waffe mit einem schmatzenden Geräusch herausreißt. Dann hebt der Mann den Kopf und schnüffelt in die Luft. Mein Herz wummert so stark, dass ich glaube, es schlägt Wellen im Sumpfwasser.

Langsam, die bleiche Waffe erhoben, kommt der Mann näher. Sein Beil besteht aus Knochen, vielleicht ein Schulterblatt. Mit einem Mal wird mir klar, dass dies einer der Mog'Tar ist, ein Knochentrinker, von denen wir schon so viel gehört haben. Was tun? Aufspringen, wegrennen? Der Mog'Tar wird uns mit Sicherheit bemerken. Meine Beine und Arme beginnen zu zittern. Wenn wir im Wasser bleiben, wird er uns vielleicht übersehen.

Kaum fünf Schritte sind zwischen uns und dem Totenkopf-Kerl. Er kommt gebückt näher. Die bleiche Waffe leuchtet im Mondlicht. Ich bilde mir ein, den sauren Schweiß des Mannes zu riechen. Suchend dreht er sich im Kreis. Oder wittert er auch uns? Ich will hier weg!

Neben mir bewegt sich Lex. Ganz langsam hebt er seinen Unterarm aus dem Schlamm. Dann schleudert er etwas von sich. In weiter Entfernung knallt der Gegenstand gegen totes Holz und platscht dann ins Wasser. Der Skelettmann ruckt grunzend herum, die Tierschädelmaske verrutscht und enthüllt ein normales Gesicht.

Eilig springt der Mog'Tar in Richtung der Geräuschquelle.

Wir atmen auf. Die älteste Finte der Welt. Oder in Doggerland vielleicht ein bis jetzt unbekannter Trick. Aber unsere Rettung. Vorerst.

Lex

Ein Knochentrinker kommt selten allein – so ungefähr hat sich Shagga ausgedrückt, als er sich sein Gesicht umständlich mit Moorschlamm einkleisterte. Ich habe null Interesse daran, auch nur einen weiteren dieser Schädel-Hacker zu treffen. Dafür pappe ich mir gerne den stinkenden Schlotz in die Visage. Hilft angeblich auch, dass uns lästige Sumpfviecher nicht mehr so schnell wittern.

Wir folgen Shagga weiter durch den Matsch. Langsam frage ich mich, ob das nicht doch eine ultrahohle Idee war. Ich mein, wir staksen einem wildfremden Jungen hinterher, jünger als wir und mit einer üblen körperlichen Behinderung. Shagga wird keinen Stein werfen können, wenn noch so eine Monsterschildkröte auftaucht. Oder weitere Knochentrinker.

»Feuer«, sagt Shagga und bleibt so urplötzlich stehen, dass ich gegen ihn pralle. Mehrmals zieht er die Luft ein.

Ich schnuppere ebenfalls, kann aber bei diesem Mix aus feuchter Erde und Biomülltonne nichts erkennen. Es braucht knappe 100 Meter, bis auch ich das Feuer rieche. Und wir tappen noch eine gefühlte halbe Stunde durch Gras und Pfützen, bevor ein rotgelber Lichterschein in der Ferne endlich meiner Nase recht gibt. »Fackeln. Das sind Fackeln, oder?«

»Feueräste.« Shagga zieht den Kopf zwischen die Schultern.

Wir huschen zu einem umgestürzten Stamm, dessen Äste noch Blätter tragen. Erst als wir uns dahinterducken, bemerke ich, dass der Boden unter unseren Füßen wieder fest ist. Wir haben das Ende des Trübwasser-Sumpfes erreicht.

Ich zähle vier, nein, fünf Fackeln. Die meisten lodern unbewegt zwischen den Bäumen, nur eine wandert umher. Knochentrinker, Mog'Tar, eine ganze Truppe. Ich kann Speere, Knüppel und Äxte erahnen.

»Nicht gut«, flüstert Shagga und es beunruhigt mich, dass er ziemlich nervös klingt.

»Was machen die da?«, fragt Leya, genauso angespannt.

Die Knochentrinker stehen auf einer Anhöhe und glotzen in eine Richtung. Sie scheinen zu quatschen, doch ich kann nichts verstehen. Auch Shagga ist ratlos, worüber sie reden.

»Wir sind am Ziel, oder?« Ich sehe Shagga fragend an. »Bewachen die Typen etwa den Meeresarm, diesen Salzfinger?«

»Ende Gelände«, stöhnt Leya leise auf. »Wenn die uns entdecken, sind wir erledigt.«

Shaggabug nickt kaum merklich.

»Was?«, presse ich durch meine zusammengebissenen Zähne. »Der ganze Trip durch den Todessumpf umsonst? Nein, wir umrunden sie, irgendwie.«

»Und dann?« Schon will sich meine Schwester zurückziehen.

»Dann versuchen wir, möglichst nah an das Dolmentor heranzukommen. Notfalls warten wir bis morgen.«

Wir schlagen einen Bogen, in sicherer Entfernung zu den Mog'Tar und entlang der Sumpfgrenze. Obwohl der Mond jede unvorsichtige Bewegung gnadenlos enthüllt, wird das uns schützende Gestrüpp glücklicherweise immer dichter.

Als wir das knurrige Gemurmel der Knochentrinker weit hinter uns gelassen haben, beruhigt sich auch Leya wieder. Hinter der Anhöhe kommt mir die Map dann endlich wieder bekannt vor. Da ist das Ufer des Meeresarms. Im Hang des Schieferberges klafft jene Höhle, in der wir unsere Begegnung mit dem Bären hatten, und inmitten der Wellen des schmalen Salzfinger-Gewässers erhebt sich das Dolmentor – unser Exit aus all dem Drama. Wir zwängen uns zwischen eine Gruppe von dornigen Büschen, von wo aus wir einen guten Blick auf den im Mondlicht glitzernden Salzfinger haben.

»Ich bleibe bei euch, bis das Himmelsauge über die Berge kommt«, raunt Shagga und hockt sich auf einen abgeflachten Felsen, um den das Gebüsch gewachsen ist. »Dann kehre ich zurück in mein Dorf.«

So campen wir lange Zeit wortlos zwischen den dornigen Ästen. Der Wind frischt auf und treibt den Geruch nach Meer zu uns. Grillen zirpen, eine Eule schreit und irgendwo röhrt ein großes Tier – ich hoffe weit weg. Die Fackeln der Mog'Tar kann man von unserem Versteck aus noch gut erkennen. Zum Glück wandert keine in unsere Richtung. Aber erst, als sie sich nach einer gefühlten Ewigkeit von uns entfernen, können wir etwas chillen.

»Sie gehen«, sagt Shagga und zeigt mit dem Kinn dorthin, wo der Meeresarm vor den Hängen der grauen Berge ausläuft. »Dort hinten, dort hausen die Mog'Tar.«

Tatsächlich kann ich in der Dunkelheit weitere Feuerscheine erahnen. Je länger ich hinschaue, glaube ich, die Umrisse von Hütten zu erkennen.

Nochmals blicke ich zu den Steinpfeilern im Meeresarm. Bis hierher kann ich hören, wie die Wellen gegen die drei Steine mit der fetten Deckplatte klatschen. Hat der Tsunami den Dolmen am Ende zerstört?

»Es stimmt nicht«, sage ich leise.

»Was? Was stimmt nicht?« Leya horcht sofort auf.

»Wenn das Tor auf dieser Seite genauso funzt wie in der Nordsee, müsste es dann nicht, sollte es dann nicht …?«

»Du hast recht.« Leya keucht auf. »Das Geräusch, dieses eigenartige Sirren, wir glaubten, es käme von … vielleicht sogar *aus* den Steinen.«

»Genau. Aber hörst du was? Nix, Nada!«

»Es war in meinem Ohr«, meldet sich Shagga zu Wort. »Als wir euch fanden. Gesang. Gesang wie von vielen Pelzfliegern. Nun aber treibt der Wind nichts von dort an mein Ohr.«

»Und das Wasser ist auch anders«, ergänzt Leya.

»Hä?«

»Erinnerst du dich nicht mehr, Lex? Da war etwas Leuchtendes *im* Wasser.«

»Stimmt. All diese Würmer und Krebse. Die haben krass blau geleuchtet. Wie hast du das noch mal genannt?«

»Biolumineszenz. Kommt oft bei Meerestieren vor. Phytoplankton, Zooplankton, Algen, Leuchtkrebse, vielleicht hängt die Öffnung des Dolmen damit zusammen.«

Ich nicke meiner Schwester zu. »Gut. Dann näher ran!«

»Wie bitte?« Sie ringt die Hände. »Sicher, dass alle Knochentrinker abmarschiert sind? Sollten wir nicht noch etwas abwarten?«

»Warten? Worauf? Dass jemand ’nen Bootsverleih am Ufer aufmacht?«

Ich wende mich zu Shagga. Der hat die ganze Zeit mit großen

Augen und verwirrtem Gesichtsausdruck zugehört. Doch bevor ich zu einer Erklärung ansetzen kann, überrascht uns ein tiefer, ultrafieser Schrei. Im selben Augenblick schnellt ein Arm in das Gebüsch und reißt Shaggabug heraus.

Der Mog'Tar ist riesig. Seine nackten Arme sind mit weißer Farbe bemalt und auch seine Gesichtszüge verbergen sich unter einer dicken schlammigen Schicht. Kacke, wo kommt der denn so plötzlich her?

Schon brüllt er etwas in einer Sprache, die wir nicht verstehen, und hält den zappelnden Shagga mit nur einer Hand am Kragen fest. Mein Hirn klinkt aus.

Auf einmal stehe ich vor dem Gebüsch, den Speer in den Händen, und steche ihn in Richtung des Hünen. Doch der sieht die Amateur-Attacke kommen, dreht sich rasch zur Seite, packt den Speer und reißt ihn zu sich. Ich vergesse loszulassen, taumel nach vorn und kassiere einen derben Schwinger gegen meine Glocke.

Aus!

Leya

Ich schreie. Lex geht zu Boden. Shagga zappelt. Schon glaube ich, weitere Rufe von Knochentrinkern über das Wasser schwappen zu hören. Hilfe suchend sehe ich mich nach etwas um, das ich auf den Mog'Tar-Krieger werfen kann. Doch die Äste im Gebüsch sind allesamt zu dürr. Also lasse ich mich fallen, kralle meine Hände in den Boden und schleudere dem Angreifer zwei Ladungen Erde ins Gesicht.

Der Mann schreit auf, fährt sich mit der Hand über die Augen. In diesem Moment beißt Shagga zu. Wie ein tollwütiger Hund versenkt er seine Zähne so tief in den Unterarm des Mannes, dass dieser Shaggabug nicht wegschleudern kann. Wild jaulend springt der Knochentrinker umher.

Ich aber stürze zu Lex, der benommen mit dem Gesicht voran im Gras liegt. »Los, wir müssen weg!«

Ich überlege, ihn zu ohrfeigen, lasse es aber bleiben, um ihm nicht noch mehr zu schaden. Stattdessen wuchte ich ihn hoch. Blut läuft aus einer aufgeplatztzten Augenbraue.

Fast gleichzeitig prallt Shagga winselnd knapp neben uns auf den Boden. Seine Zähne sind blutverschmiert.

Der Mog'Tar brüllt wie von Sinnen. Es klingt kaum menschlich. Aus dem Augenwinkel bemerke ich, wie er das fellumwickelte Bein hebt, um nach uns zu treten. Weil er immer noch

Erde in den Augen hat, geht der erste Tritt daneben. Doch der zweite trifft Shagga voll in die Rippen.

Das reicht. Ich werfe mich zwischen die trampelnden Beine des Mannes und versuche, sie festzuhalten. Ich bin selbst überrascht, dass ich einen dieser wild gewordenen Stampfer erwische.

Für einen Wimpernschlag ist der Mog'Tar überrumpelt. Es reicht, dass Shagga stöhnend wieder hochkommt. Auch er wirft sich zwischen die Beine des Kriegers.

Der Mog'Tar schwankt, taumelt zurück, schüttelt erst mich, dann Shagga ab. Doch der Krieger findet sein Gleichgewicht nicht wieder. Er rudert mit den Armen und kippt rückwärts ins dornige Gebüsch. Dem dumpfen Klatscher nach ist er mit dem Hinterkopf direkt auf den Felsen geknallt.

Der Knochentrinker bewegt sich nicht. Aber am anderen Ufer des Salzfingers tauchen Fackeln zwischen den Bäumen auf.

»Lex! Los!«

Mein Bruder stöhnt und presst sich die Hand vor die Wunde. »Nein, nicht ohne Shagga!«

Wir stützen uns gegenseitig, haken uns unter und hetzen zurück in den Trübwasser-Sumpf.

Das war nichts, denke ich voller Verbitterung, als wir wieder ins Moor stolpern. Jetzt heißt es, den Mog'Tar zu entkommen und in die vermeintliche Sicherheit des Tashi-Dorfes zu fliehen, und damit erneut in Jórunns Arme. Ich hoffe, wir kriegen noch eine zweite Chance, zurück nach Hause, zurück in unsere Zeit zu kommen.

Alif

Ein Wildbeuter braucht scharfe Augen, um die Spur der Beute aufzuspüren und um sie nicht zu verlieren. Er muss wache Ohren haben, denn die Laute des Waldes, der Flüsse und Grasweiten sind wie ein Lied. Auch seine Nase spricht zu ihm, sagt, wo totes oder kraftvolles Wild ist. Und wenn er mit der Hand über die aufgeritzte Holzhaut streicht, so verraten ihm seine Finger, welche Kreatur hier gewandert ist.

Doch was der Wildbeuter am nötigsten braucht, das kann er weder mit seinem Kopf noch mit seinen Händen erspüren: Es ist der Geist, der tief in der Brust sitzt – wachsam, ruhelos, immer hungrig – und der ihm sagt, wenn etwas anders ist als sonst, und ihn so vor Gefahren warnt. Hörst du nicht auf diesen Geist, dann bist du kein guter Wildbeuter. Dann wirst du bald deinen Atem verlieren.

Den ganzen Lauf des Himmelsauges sprach der Geist in meiner Brust zu mir, doch ich wollte ihn nicht hören. Und als das Himmelsauge hinter den Graubergen versank, schlich ich mich in den Schlaf. Shaggabug sang noch vor mir das Traumlied. Ich bewunderte, dass sein Herz nach unserem Streit so ruhig schlafen konnte.

Mit den ersten Rufen der Küstenschreier wache ich auf. Draußen taucht das Himmelsauge kaum aus dem Meer, doch ich weiß sofort, dass etwas nicht richtig ist. Dass ich ein schlechter Wildbeuter bin, weil ich nicht auf den Geist in meiner Brust gehört habe.

Mein Vater grunzt zwischen den Häuten der Graupelze, doch Shaggas Schlafstätte ist leer. Mein Bruder streift oft nachts draußen umher, wenn ihn seine Arme schmerzen. Doch ich fühle, dass es dieses Mal anders ist. Der Geist in meiner Brust schreit, meine Arme und Beine sind angespannt, als wäre ich auf der Hatz.

Eilig schleiche ich aus dem Haus, den Bogen über meinem Rücken, einen Pfeil in der Faust.

Die Tashi schlafen noch. Der See schiebt kleine Wellen ans Ufer. Ein paar Regenpfeifer staksen durch das Dorf. Ich eile zum Zaun. Warum? Ich weiß es nicht. Die Wache dort schaut mir argwöhnisch entgegen.

»Willst du hierher, Alif?«, begrüßt mich der Mann mit den langen Kinnhaaren. Dubal. Er ist meinem Vater und mir freundlich gesonnen.

»Hinterher? Wem hinterher, Dubal?«

»Jórunn. Sie ging aus dem Dorf, das Himmelsauge war noch nicht zu sehen. Ich dachte, du hast davon gehört.«

Ich schüttele den Kopf und spähe in den Grasatem, der sich dicht jenseits der Wege erhebt und die Augen des Wildbeuters trübt. Der Pfad zu meiner Pfeilhand führt zum Meer, der zu meiner Bogenhand in Richtung des Trübwassers.

»Welchen Pfad hat sie …?«, will ich fragen, doch meine Worte bleiben mir im Mund stecken.

Dort hinten, umhüllt vom weißen Grasatem, sehen meine Augen jemanden laufen. Der Geist in meiner Brust schreit erneut auf. Ich kenne diesen Gang.

»Shaggabug!«

Etwas ist anders. Shagga läuft eigenartig, nach vorn gekrümmt. Er hat eine Wunde. Aber ich sehe nicht wo. Da, er strauchelt, steht wieder auf. Schon stürze ich ihm entgegen.

Da taumeln noch zwei Gestalten aus dem Grasatem. Dubal ruft laut. Und sofort weiß ich, dass unser Dorf nun in Aufruhr ist.

»Sie sind geflohen, haben Shaggabug geraubt.«

»Böses Blut, falsches Blut.«

»Erutt wurde von ihnen rücklings niedergeschlagen.«

»Bindet sie, werft sie ins Meer!«

Ich halte meinen Bruder im Arm. Er atmet schwer, krümmt sich, weil grässliche Geister in seiner Brust wüten. Leggs und Ley-La drücken sich derweil wie schüchterne Blasskopfenten hinter mich. Ich weiß, wenn jetzt auch nur ein Tashi der Wut folgt, so wird das hier für uns alle nicht gut enden.

»Still. Still!«, sage ich freundlich, aber laut.

»Jórunn soll sie den Haarhörnern übergeben. Ihre Geister sollen zertrampelt werden.«

»Mog'Tar, sie sind dreckige Mog'Tar! Wir dürfen sie nicht anfassen. Wir müssen sie ertränken.«

»Wo ist unsere Schamanin, wo ist Jórunn?«

Ich sehe in die Augen meines Stammes. Raserei, Feindseligkeit, aber auch Scheu springen aus ihnen. Der Kreis der Meinen zieht sich enger um uns. So muss sich ein Tier fühlen, wenn wir es vor die Felswand oder die Kante einer Schlucht drängen.

»Nein, ich …«, krächzt Shagga auf und windet sich aus meinem Griff. »Hört meine Worte: Ich wurde nicht geraubt.«

»Shaggabugs Geist, er wurde von den Fremdlingen getrübt.«

»Der Argorson soll sprechen!«

»Da, der Häuptling. Dort kommt Argor.«

Ich wirbele herum. Mein Vater eilt mit Makun und Erutt herbei. Dubal ist auch bei ihnen. Erutts Gesicht ist so rot wie der Stein im Speer meines Vaters.

»Lasst meinen Sohn sprechen«, ruft er mit loderndem Blick und stampft mit dem Rotspeer auf. Sofort legt sich Ruhe über die Tashi.

Ich will etwas sagen. Doch da merke ich, dass der Häuptling nicht mich, sondern meinen Bruder ansieht.

»Ich habe sie aus Polkas Hütte befreit«, beginnt Shaggabug. Während er von seiner Flucht mit Leggs und Ley-La aus dem Dorf und quer durch das Trübwasser erzählt, schaue ich wieder in die Augen meines Stammes. Und sehe, wie die kalte Raserei im warmen Licht des aufsteigenden Himmelsauges zerfließt.

»Sie hätten mich am Ufer des Salzfingers zurücklassen können«, endet Shaggabug mit leiser, brüchiger Stimme. Er stützt seinen kurzen Arm noch immer in die Seite. »Doch sie nahmen mich mit. Ley-La und Leggs, sie mögen Fremdlinge sein, aus einem fernen Land, aber sie sind keine Mog'Tar. Ihr Blut ist gut, ihre Geister sind uns wohlgesonnen.« Shagga keucht auf, zittert und schwankt. »Wir sind Tashi. Wir laufen auf dem Wasser. Wir ertränken keine, die anders sind!«

Mit diesen Worten sackt mein Bruder zusammen. Doch ich fange ihn auf.

Lex

Die gute Nachricht ist: Jórunn ist weg. Die schlechte: Jórunn ist weg.

Nun fehlt dem Dorf der »Medizinmann«, jemand, der sich mit aufgeplatzten Augenbrauen, Mörderkopfweh, mit geprellten Rippen und schmerzenden Zähnen auskennt und all die Kräuter dagegen parat hat. Darum kümmert sich jetzt der Häuptling selbst um seinen Sohn. Und auch um mich!

Seit unserer Rückkehr ins Dorf hängen wir im Privathaus von Shaggas und Alifs Vater ab. Das bedeutet fester und vor allem trockener Boden, warme Bären- und Wolfsfelle und gut gefüllte Vorratstöpfe. Niemand hätte gedacht, dass man uns nach alldem so ein Upgrade gönnt.

Nach Shaggabugs Beichte hat sich die Stimmung im Dorf gebessert. Das scheint vor allem daran zu liegen, dass die Schamanin seit dem Morgen, an dem wir zurück ins Dorf sind, verschwunden ist. Wir müssen Jórunn nur knapp verpasst haben. Wo sie hingeschlängelt ist, weiß keiner; sie hat kein Post-it hinterlassen.

Gut, uns droht erst mal keine direkte Gefahr mehr. Unser Hauptproblem aber hat sich kein bisschen gelöst: Wie kommen wir wieder zurück nach Hause?

»Selbst wenn dieser Killer-Knochentyp nicht aufgetaucht wäre«, sage ich zu Shagga, als wir beide auf der hölzernen

Miniterrasse hinter Argor's Haus hocken – meine Schwester sieht Alif dabei zu, wie der seinen Fischfang ans Ufer schifft –, »es hätte vielleicht sowieso nichts gebracht, hinaus zu den Steinen zu schwimmen.«

Shagga wiegt den Kopf. »Diese Steine, du sagtest, sie sind wie eine Tür, eine Tür in euer Land?«

»Ja, aber diese Tür war nun ... anders. Als wäre sie zu, geblockt, so was.«

Nachdenklich legt Shagga den Kopf auf seine Schulter. Dann zeigt er mit dem Kinn in Richtung seines Bruders. Alif hält Leya gerade einen Korb mit noch zappelnden Krebsen unter die Nase und lacht. »Deine Schwester sprach von blauen Krebsen, von blauem Gewürm im Wasser eures Landes.«

»Ja, nice Scheiße. Die Viecher haben mega geleuchtet. So wie der Mond leuchtet. Nur eben in Blau. Verstehst du, was ich meine?«

Shagga macht große Augen. »Ich kenne dies Getier. Sie schimmern, wenn sie zu vielen kommen. Im Meer. Manchmal sieht man das. Aber nur in manchen Nächten.«

»Moment mal, Shagga-Man. Heißt das, diese Leuchtkrebse kommen auch im Wasser des Salzfingers vor?«

»Nur manchmal. Nur wenn der Mond ganz rund im Himmelsmeer schwimmt. Nur dann kann man den Schimmertanz der Krebse sehen.«

Ich springe auf. »Shagga, Bruder. Das isses, das muss es sein! Ehrenmann, ich küss dein Auge!«

Ich muss lachen, als Shagga mich anstarrt, als sei ich verrückt geworden. Auch Alif und Leya haben meinen Aufschrei gehört und sehen zu uns hoch.

Biolumineszenz im Wasser. Der leuchtende Tanz der Krebse. Vieler Krebse. Einmal im Monat. Bei Vollmond! Das ist es, was wir damals (oder später, in unserer Zeit) im Wattenmeer gesehen haben, was Shaggabug und Alif auch bei den Seeschlangen, von denen sie uns nun erzählen, entdeckten. Ich bin ganz hibbelig. Das ist der Cheat! Die Magie des Dolmentors wirkt nur dann, wenn sich diese leuchtenden Meeresorganismen zu Scharen versammeln, angelockt vom Vollmond.

»Wir waren zu früh. Viel zu früh. Wir müssen einfach nur beim nächsten Vollmond bei den Steinen sein, um nach Hause zu surfen«, rufe ich und bin total happy.

»Ja, bei Vollmond.« Leya will sich scheinbar nicht von meiner Euphorie anstecken lassen. »Lex, du weißt schon, dass es den nur einmal im Monat gibt und wir erst seit drei Tagen hier sind?«

Shit! Leya hat recht. Wieso muss Leya immer recht haben? Sofort stürzt mein Happiness-Level wieder in Richtung null.

»Ich verstehe nicht all eure Worte«, sagt Alif mit ruhiger Stimme, »doch ich weiß nun, was *meine* Worte sein müssen.« Er steht auf und macht 'ne stolze Pose. »Ich gab euch meine Hand, sprach große Worte, dass ich euch zurückbringe. Aber ich tat es nicht. Denn Jórunn wollte nicht, dass diese Worte wahr werden. Noch immer tut dies weh in meiner Brust. Doch Jórunns Atems weht nicht mehr durch unser Dorf. Und daher sage ich meine Worte erneut: Ich gebe euch meine Hand! Wenn der Mond wieder rund und hell wie ein weißer Stein im Himmelsmeer schwimmt, dann führe ich euch zurück zum Salzfinger.« Er sieht meine Schwester mit festem Blick in die Augen. »Bis dies geschieht, werde ich euch schützen und euch zeigen, wie man in unserem Land nicht den Atem verliert.«

Leya

»Maa-Mutts! Maa-Mutts!« Der Ruf treibt uns frühmorgens aus den nach Hund riechenden Fellen. Sofort höre ich unter dem wispernden Riedgrasdach, dass es draußen noch immer regnet.

Vieles hat sich in den letzten beiden Tagen verändert. Wir sind nun angekommen in Doggerland, so richtig angekommen. Zwar starrt man uns noch immer hinterher, wenn wir, meist mit Alif und Shagga, durch das Dorf laufen, aber die Gesichter sind jetzt freundlicher. Der Stamm der Tashi wirkt irgendwie erleichtert, dass Jórunn fort ist. Wobei niemand sagen kann, wo sie hin ist. Und vor allem nicht, wann sie wieder hier auftaucht.

Zu Hause bei Alif und Shagga lebt es sich natürlich viel angenehmer als in der feuchten Eierdieb-Hütte. Das sorgfältig gebaute Binsendach hält den Regen ab, wir tragen halbwegs neue Klamotten, haben genug zu essen (köstliche brotähnliche Fladen) und sind vor Raubtieren in Sicherheit. Es geht uns also gut – soweit man das von zwei Kindern aus dem 21. Jahrhundert, die 8000 Jahre vor ihre Geburt katapultiert wurden, überhaupt sagen kann.

Dass sich unsere Eltern in diesem Moment allerdings die Augen aus dem Kopf heulen, daran mag ich gar nicht denken. Lange habe ich mit Lex gerätselt, wie wir ihnen ein Lebenszeichen senden können. Vielleicht eine Flaschenpost? Glas gibt es hier nicht. Und auch kein Papier. Auch kam uns die Idee, an einem der Bäume eine Botschaft einzuritzen, tief unten bei den Wurzeln und deutlich genug. Vielleicht kann dieser Baum mit seiner Nachricht dann später (sehr viel später!) als Teil von Noahs Wäldern im Watt der Nordsee gefunden werden – vielleicht, ganz großes Vielleicht.

Aber selbst wenn dieses große Vielleicht eintrifft, wie wahrscheinlich ist es, dass der Baum ausgerechnet dann gefunden wird, wenn wir verschwunden sind? Und nicht erst in zehn Jahren oder schon zehn Jahre vor unserer Geburt?

Wir haben es aufgegeben.

Dass wir so gar nichts tun können, um unsere Eltern irgendwie zu beruhigen, tut weh. Doch nun heißt es abwarten. Abwarten bis zum nächsten Vollmond.

»Maa-Mutts!« Wieder erschallt der Ruf durch das morgendliche Dorf. Jetzt verstehe auch ich die Nachricht.

Ich laufe hinaus in den Regen und auf die kleine Terrasse vor Argors Haus. Von hier aus habe ich einen guten Blick über das Dorf. Überall kommen Tashi aus ihren Häusern. Sie umringen zwei Männer. Keuchend und pitschnass stützen sich die beiden *Wildbeuter*, wie Alif und Shagga die Jäger immer nennen, auf ihre Speere.

Zusammen mit Lex laufe ich zur Häuptlingshalle, wo sich die Tashi versammeln. Die Aufregung ist ansteckend. Der Regen scheint vergessen.

»Wo, Dugal, wo?«, höre ich, als wir in respektvoller Entfernung zu der Menschentraube stehen bleiben.

»Beim Warmland! Wieder beim Warmland«, ruft der Mann atemlos. Jetzt erkenne ich, dass es der Wächter des Palisadenzaunes ist.

»Wie viele? Wie viele Tiere?«

»Eine Familie. Eine Leitkuh, einige Kühe und ein Kalb.«

»Taaaaashiiiii!« Häuptling Argor erscheint auf der Plattform seines Hauses. Er kam noch nicht dazu, sich komplett anzuziehen. »Tashi. Dankt den guten Geistern der Grasweite. Wir werden wieder Maa-Mutts hetzen.«

Ein Jubel geht durch das Dorf. Fäuste und Speere stoßen in den Regen.

Aus irgendeinem Grund schaue ich zu Lex. Er zwinkert Alif zu und der zwinkert zurück. Oh nein, das ist jetzt nicht ihr Ernst!

Alif

Meine erste Hatz auf Maa-Mutts! Jórunn ist nicht im Dorf, sie kann nicht Worte dagegen sagen. Rasch suche ich nach meinen besten Pfeilen, umwickle den Griff meines Bogens mit frischen Blättern des Flussgrases. Shagga sieht mir zu.

»Sei auf der Hut!«, sagt er.

Ich weiß, dass auch er gerne dabei wäre. Doch es ist zu gefährlich. Auf dieser Hatz kann ich ihn nicht behüten.

»Und du gibst auf Ley-La acht«, rufe ich ihm zu, schon wieder auf dem Weg aus dem Haus.

Mein Herz klopft, meine Haut ist warm. Im Dorf geht es zu wie bei den roten Kleinläufern, die emsig unter den Bäumen umherwuseln. Ein jeder kennt seinen Platz, seine Aufgabe. Dies wird für uns alle ein großer Tag.

Vor dem Haus stoße ich mit Erutt zusammen. Auch er trägt bereits seine Waffen. Regen läuft ihm über das grinsende Gesicht.

»Das Himmelsmeer schäumt, Argorson. Dies wird keine leichte Hatz.« Erutt strafft die Schultern. »Vor allem für jemanden, der noch nie seinen Speer auf das Maa-Mutt schleudern durfte. Vielleicht solltest du ein paar von den gelben Kappenlingen kauen. Dann sind deine Sinne schärfer und dein Lauf schneller.«

»Ich werde auch ohne falsche Geister auskommen, Sileggsson.

Wenn du Kappenlinge brauchst, dann achte darauf, dass du nicht in deinen eigenen Speer stürzt.«

Erutt schnaubt. »Und du nimmst diesen dünnen Bogen mit? Die Sehne ist jetzt schon nass.«

Ich beiße die Zähne aufeinander. »Auch dieser Regen wird vorüberziehen.«

»Aber es sind Maa-Mutts. Keine Langohren.«

Ich schnüre den Lederriemen meines Köchers fester über die Schulter. »Wir werden sehen, wozu mein Bogen taugt.«

Erutt macht ein seltsames Gesicht. Doch da drängen zwei Wildbeuter an uns vorbei und Erutt springt lachend mit ihnen davon.

Leya

»Bist du jetzt völlig übergeschnappt?«

»Mach dich locker. Ich werde auf Abstand bleiben. Bin doch kein Vollhonk.« Lex zeigt mir einen seltsam geformten Knochen. »Das nennt man Speerschleuder. Das Teil hat 'ne super Reichweite. Damit komme ich gar nicht erst in die Nähe der Mammuts.«

Ich schaue ihn noch immer entgeistert an. »Lex, das ist kein Spiel. Das sind prähistorische Elefanten. Die zertrampeln dich.«

»Jetzt hab dich nicht so. Eine Mammut-Jagd, Leya! Meine Homies werden ausrasten, wenn ich ihnen davon erzähle. Schade, dass ich davon nichts online posten kann.«

»Und hat dein Zwergenhirn mal darüber nachgedacht, dass du dabei helfen willst, ein Tier zu killen? Ein echtes Tier, Lex, keines aus Pixeln!«

»Leya, jetzt chill mal d…«

»Komm mir nicht wieder mit dem Spruch. Willst du allen Ernstes hier und jetzt bei der Ausrottung der Mammuts helfen?«

»Mann, ein totes Mammut macht den Braten auch nicht mehr fett.« Damit schwingt er sich angeberisch über die Brüstung der hölzernen Terrasse.

Da ist er wieder: Lex' oberflächlicher digitaler Narzissmus. Ich habe gehofft, er wäre nicht mit uns in die Steinzeit gereist.

»Du und ich, wir können bei der Farbe helfen.« Shagga taucht so unverhofft hinter mir auf, dass ich zusammenzucke.

Shagga und ich schlagen uns durch das Gewusel der Tashi. Unzählige Rufe schwirren durch den verregneten Morgen. Die Fröhlichkeit und die wachen Gesichter der Doggerländer scheinen das schlechte Wetter wegzulachen.

Selbst die Kleinsten helfen. Fast stolpere ich über ein kleines Mädchen mit roten Zöpfchen, kaum älter als fünf. Sie trägt die Arme voller kurzer, angespitzter Pflöcke. Als sie mich sieht, erschrickt sie und lässt ihr Bündel fallen.

»Komm, Ley-La!«, ruft Shagga und schenkt der Kleinen eine lustige Grimasse.

Dann umrunden wir eine Gruppe von Wildbeutern. Die Männer werfen sich gerade in Schale. Zwei binden sich gegenseitig Greifvogelfedern um die Oberarme. Es sind dieselben schwarzweiß gestreiften Federn, die auch an Shaggas Armen baumeln. Ein Jäger – so muskulös, als könne er ein Auto anheben – kniet und umwickelt mit spitzen Fingern seine Schuhe mit getrockneten Binsenblättern, als würde er ein Geschenk einpacken. Die anderen unterhalten sich mit großen Gesten.

Ich bleibe fasziniert stehen. Einer der Wildbeuter ist eine Frau. Sie ist genauso gekleidet wie ihre männlichen Kollegen, trägt einen Speer, der mehr eine Lanze ist, und bemerkt nun meine neugierigen Blicke. Ihre Augenbrauen schieben sich zusammen und als sie etwas zu den anderen Wildbeutern sagt, ziehen die ihren Kreis sofort enger. Der Muskelbepackte jedoch zwinkert mir zu und zeigt mit dem Kopf auf Shaggabug, der schon vorgelaufen ist.

Shagga tritt gerade zu einigen Frauen und Kindern, die unter einem aufgespannten Ledersegel hocken. In ihrer Mitte, auf einem Holzgestell, hängt ein großer Ledersack. Ich wage mich nur zögerlich heran, denn unter den älteren Frauen erkenne ich auch zwei, die Lex und ich bereits gesehen haben: Drei-Streifen und Wilde-Zöpfe.

»Die Himmelsgeister sind uns nicht gewogen«, höre ich Drei-Streifen sagen.

»Wie gut, dass wir die Blätter schon zerdrückt haben«, antwortet Wilde-Zöpfe.

Da fällt ihr Blick auf mich. Sofort erstirbt ihr Gerede.

»Sie soll helfen«, kommt Shagga, der hinter den Frauen hockt, weiteren Worten zuvor.

Wilde-Zöpfe rollt theatralisch mit den Augen. »Dann wollen wir sehen, was die Fremdling-Kleinfrau kann.«

Während ich mich zu dem großen Ledersack setze, greift sie hinter sich und holt zwei braune faustgroße Bälle hervor.

Pferdeäpfel, kommt mir sofort in den Sinn und ich zucke zurück. Doch der auffordernde Blick der alten Frau mit den drei blauen Streifen auf der Stirn lässt mich einen der Bälle in die Hand nehmen. Es ist keine Tierkacke, sondern es sind irgendwelche getrockneten Blätter, wie mir Shaggabug erklärt. Wilde-Zöpfe schnaubt herablassend über meine Unwissenheit. Sie, die anderen Frauen und die Kinder zerbröseln die Bällchen und zerreiben die Brocken dann mit Steinen zu einer Art Pulver.

»Wir machen Blau«, erklärt Shagga, der geschickt seine Füße zum Zerreiben der Bällchen nutzt.

Ich muss grinsen. Aha, daher also kommt das.

Die Kinder sehen mich aus großen Augen an und ich spüre, wie mich auch die alten Frauen verstohlen beobachten. Ich gebe mir viel Mühe, doch mehrmals flutscht mir der Stein zum Zerreiben der getrockneten Pflanzen weg. Unter meinen Fingernägeln zeichnen sich langsam grünblaue Ränder ab.

Während wir Bällchen um Bällchen zerbröseln, wuseln die anderen Stammesmitglieder um uns herum durch den Regen. Ich sehe Männer und Frauen, die hölzerne Schlitten herbeiziehen und Werkzeuge aus Stein und Holz und Knochen in große Lederstücke einwickeln. Scheinbar sollen die erlegten Mammuts noch an Ort und Stelle zerteilt werden.

»Ist es gefährlich?«, versuche ich die angespannte Ruhe aufzulockern.

»Gefährlich?«, fragt Drei-Streifen, ohne von ihrer Arbeit aufzusehen. »Du meinst, ob jemand seinen Atem verlieren wird?«

Ich nicke und zerstoße tapfer den nächsten Blattball.

»Nicht alle Wildbeuter werden beim nächsten Lauf des Himmelsauges zurück ins Dorf kehren«, antwortet Wilde-Zöpfe. »Doch ihre Geister werden in den blutgetränkten Boden dringen und die Gräser stark für die nächsten Monde machen. Und wir werden viel Fleisch haben. Fleisch, das uns über viele Monde neuen Atem gibt.«

Ich verkneife mir weitere Nachfragen und suche mit den Augen meinen Bruder im Gewusel des Dorfes. Ich kann Lex nirgends entdecken. Zum ersten Mal, seit wir hier angekommen sind, bin ich ohne ihn – ein seltsames Gefühl.

Das Pflanzenpulver wird in den Ledersack geschüttet. Darin befindet sich Wasser. Drei-Zöpfe gibt mit wichtiger Miene noch eine Schale mit Asche hinzu.

»Maa-Mutts, sie kommen nicht mehr oft. Vor vielen Monden, erzählen sich die Vor-Alten, gab es große Herden. Sehr große

Herden. Dort, wo sie wanderten, spross für einen Mond kein Gras mehr.« Ihre Stimme wird leiser. »Die Monde der großen Herden sind lange vorbei.«

Ich nicke und denke mir meinen Teil. Laut Wikipedia sind die letzten *Mammuthus primigenius* vor knapp 3700 Jahren ausgestorben, irgendwo auf einer einsamen Insel in Sibirien, deutlich später, als man lange Zeit vermutete. Ob es die Erderwärmung war, die am Ende auch den letzten der sanften Riesen zugesetzt hat, darüber streiten die Forscher. Papa glaubt eher, dass wieder mal der Mensch seine Hand im Spiel gehabt hat. Umso erstaunlicher, dass es hier in Doggerland überhaupt noch Mammutherden gibt. Noch.

»Ist es so weit?« Shaggabug springt auf und tänzelt von einem Bein auf das andere.

Drei-Streifen wirft einen letzten prüfenden Blick in den schlammgrünen Eintopf. »Aye! Auf, ihr müden Krieger!«

Was nun folgt, habe ich nicht erwartet. Ich weiß nicht, was ich tun soll, vor allem nicht, wo ich hinsehen soll … Unfähig mich abzuwenden, schaue ich entgeistert zu, wie Shagga sich geschickt die Hose herunterstreift, seinen Piepmann auspackt und vor versammelter Mannschaft in die Brühe strullert. Freihändig.

Lachend gesellen sich weitere Jungs dazu und pinkeln im Kreis in den Ledersack. Die Frauen kichern, die Jungs freuen sich, niemand schaut weg oder scheint sich zu schämen. Sofort verströmt der Urin den typisch stechenden Gestank, wie ich ihn sonst nur vom Schulklo kenne.

Da kippt Wilde-Zöpfe noch warmen Harz in die stinkende Brühe. Der aufsteigende Dampf treibt mich aus dem Zelt. Shagga packt geschickt wieder ein und folgt mir.

»Nach blauer Farbe sah das noch nicht aus«, sage ich und schaffe es, ihm wieder in die Augen zu sehen.

»Sie muss noch ruhen«, antwortet Shaggabug.

Erst zur Mittagszeit – der Regen hat endlich aufgehört – kommt die blaue Farbe zum Einsatz. Die Vorbereitungen scheinen abgeschlossen, alle Tashi versammeln sich murmelnd am Fuß des Hügels zur Häuptlingshalle. Der Boden in der Dorfmitte ist aufgeweicht, wir stehen im knöcheltiefen Matsch und die Mittagssonne lässt die Grasdächer dampfen. Eine seltsame Spannung liegt über dem Steinzeitdorf – die Ruhe vor dem Sturm.

Endlich sehe ich auch meinen Bruder wieder. Er steht inmitten der Reihe der Wildbeuter, angezogen wie ein Doggerländer und dennoch wirkt er fehl am Platz. Sein Gesicht glüht vor Adrenalin, seine Finger zittern.

Ich will zu Lex laufen, doch Shagga zischelt hinter mir, dass ich bei ihm bleiben soll.

Es haben sich zwei Gruppen gebildet: die 14 Wildbeuter, inklusive Häuptling Argor, und der Rest des Tashi-Stammes. Langsam erstirbt das Gemurmel unter den Versammelten.

Drei-Streifen tritt aus unserer Gruppe hervor. Sie trägt eine Art Hemd aus Knochen und ihr Gesicht ist mit frischer blauer Farbe bemalt. Ist sie jetzt so was wie Jórunns Vertreterin?

Vor jedem der Wildbeuter hebt sie den ausgehöhlten Panzer einer Schildkröte und pinselt den Männern und Frauen singend blaue Farbe ins Gesicht und auf die Hände.

Ich verziehe den Mund. Lex hat keine Ahnung, welche besondere Zutat in der blauen Farbe steckt. Geschieht ihm recht.

Dann geht's in einer Prozession zum Palisadentor. Wieder versuche ich, an Lex heranzukommen – keine Chance.

Und als wäre die Sache mit der Farbe noch nicht eklig genug, toppt das, was am Dorfeingang geschieht, alles noch mal. Auf langen Stangen tragen ein paar Doggerländer zwei weitere Ledertopfsäcke herbei. Andere Tashi stehen mit Wasserkrügen bereit, die sie in die Ledersäcke leeren. Kaum ist das vollbracht, erhebt sich ein fieser Gestank.

»Getrocknet und wieder aufgeweicht«, sagt Shagga, als wäre es das Selbstverständlichste auf der Welt. »So täuschen wir die Witterung der Maa-Mutts.«

Nacheinander treten die Wildbeuter vor, greifen mit beiden Händen in die Ledersäcke und reiben sich mit dem braunen, stinkenden Zeug Kleider und Waffen, Haare und Haut ein.

Ich höre, wie Lex würgt, als er an der Reihe ist. Eigentlich hat es mein idiotischer Bruder nicht anders verdient und dennoch mache ich mir Sorgen. Als hätten wir keine anderen Probleme. Jetzt ist die Mammutkacke am Dampfen.

Lex

Alif, ich und noch drei weitere Jungs (wir fünf sind die Newbies) hocken auf einem Hügel, von dem aus wir einen guten Blick über das grasbewachsene Tal haben. Der unebene Boden ist übersät mit blauen und weißen Blumen. Ein Fluss hat sich tief in die Landschaft gefräst und fließt träge durch eine Schlucht vor sich hin. Am Rand eines Birkenwäldchens wühlt sich eine neugierige Wildschwein-Rotte durch die feuchte Erde.

Es ist still und heiß. Die Sonne brennt mir auf den Schädel, die Farbe auf meinem Gesicht verläuft im Schweiß. Ich und die anderen Jungs, wir stinken bestialisch. Und ich kann nicht durch den Mund atmen, weil mir die ekelhafte Suppe sonst reinläuft. Worauf habe ich mich da nur eingelassen?

Und mit einem Mal sind sie da: Mammuts, echte Mammuts! Ihr Stampfen dröhnt durch das Tal, ihre Rufe zerreißen die Luft. Die Wildschweine flüchten. Und wir, die Jäger, brüllen.

Ich bin geplättet. Die Mammuts sind nicht rotbraun wie im Kino, sondern blond. Straßenköterblond. Zwar haben sie die typischen zotteligen Haare, aber auch die sind bei Weitem nicht so lang, wie ich erwartet habe. Eher wie bei einer Undercut-Frisur. Außerdem kommen mir die Tiere 'ne Spur kleiner und kompakter als gedacht vor. Und dennoch: Die Stoßzähne, die knubbeligen Köpfe, diese fetten Beine und dann immer wieder dieser oberkrasse Trompetensound – eine echte Mammut-Herde in Action ist ein Anblick, den ich nie vergessen werde.

Die Vorhut, der eigentliche Haupttrupp, besteht aus neun tapferen Wildbeutern, auch zwei Frauen sind darunter. Sie alle strotzen vor Mut und Stärke, Erfahrung und noch mehr Narben. Argor hat es sich nicht nehmen lassen, sie anzuführen. Erutt und Makun sind auch dabei. Mit vereinten Kräften versuchen sie, das Jungtier mit brennenden Pfeilen und lauten Speerstößen von der fünfköpfigen Herde zu trennen.

Es gelingt. Aber nur kurz. Die Mammutkuh treibt ihre Familie immer wieder zusammen. Vor allem das Kalb macht ordentlich Alarm. Es schreit, dass mir die Trommelfelle schmerzen.

Bei Alif und den Jungs neben mir geht ordentlich die Pumpe. Auch mein Kopf fühlt sich heiß an, mein Herz ballert, dass ich glaube, es springt mir gleich aus dem Hals, und mein Atem rast, als wäre ich bereits durch das halbe Tal gesprintet.

»Wartet«, sagt Alif mit lauter Stimme.

Die anderen Wildbeuter-Neulinge hibbeln hin und her. Sie wollen auch da runter in den Kampf. Ich merke, wie mich ihre Ungeduld anstachelt.

»Wartet! Das kleine Maa-Mutt ist noch nicht weit genug weg von den anderen.«

»Lof, treiben wir eff fort«, blökt einer der Jungjäger. Ihm fehlen beide Schneidezähne.

»Lasst uns rennen, ja, ja, wir … wir können das, ja ja!«, fordert ein anderer mit rollenden Augen. Der Typ hat sich im Dorf extra noch die Haare mit einem Steinschaber abrasiert und die Glatze blau gefärbt. »Hetzen wir das Kalb zur Schlucht, ja, ja! Und alle, ja, ja, alle werden sehen, was wir können.«

Hat der was genommen?, frage ich mich. Ich getraue mich nicht, ihm genauer in die Pupillen zu schauen.

»Wartet!«, knurrt Alif mit zusammengebissenen Zähnen. Eine dicke Ader tritt aus seinem Hals hervor. »Wir warten. Auf das Signal der Wildbeuter.«

Kaum hat er das ausgesprochen, ertönen zwei einzelne hohe Töne. Makun hat sie ausgestoßen, er hat in ein Büffelhorn getrötet.

Der zweite Ton ist noch nicht verhallt, da stürmen wir vom Hügel. Schreiend. Wie die Bekloppten. Das hohe Gras klatscht gegen meine Beine, der Wind prallt mir ins Gesicht, ich falle mehr vorwärts, als dass ich renne. Neben mir brüllen Alif und die anderen sich die Seele aus dem Leib. Geil, geil, geil – ich bin ein Jäger, ein richtiger Wildbeuter!

Die alte Leitkuh und die drei anderen Mammuts brechen aus und suchen das Weite in dem lichten Birkenwäldchen. Wir stürmen von der Flanke auf das Kalb zu, während es der andere Trupp von vorne auf uns zutreibt.

Doch das junge Mammut wirft sich nach links, schlägt Haken wie einer dieser Riesenhasen.

Schon springen wir über die ersten im Boden steckenden Pfeile. Für einen kurzen Moment bin ich dankbar, dass das Gras durch den Regen immer noch nass ist, sonst würde es längst brennen.

Noch im vollen Sprint legt Alif einen Pfeil auf die Sehne. Auch ich hebe meinen Speer. Doch im Laufen bekomme ich das Teil nicht in die Speerschleuder eingehakt. Maaa!, Alif hatte mir das extra noch gezeigt. Aber gechillt, nicht im Assi-Galopp. Das hier ist ’ne ganz andere Nummer.

Ich werfe das nutzlose Tool weg. Dummerweise fliegt der

Knochen meinem Flügelmann zwischen die Beine. Der Blauschädel stürzt ins Gras, macht einen Purzelbaum. Sorry!

Wir übrigen Wildbeuter sprinten weiter. Unsere Beute flieht brüllend vor uns. Wir treiben sie genau in die Richtung, in der wir sie haben wollen.

Plötzlich höre ich mehrere neue Rufe. Aus den Augenwinkeln sehe ich, wie die Dorfbewohner auf der Bergflanke uns anfeuern. Ein Mega-Feeling. Das ist besser als jeder First-Person-Shooter! Ich bin ein Held!

Die Schnelleren von uns schleudern Speere oder schießen ihre Pfeile ab. Das Mammutkalb stürzt trötend auf die Knie, erhebt sich wieder und humpelt dann tapfer weiter.

Ich verlangsame meinen Sprint, bleibe stehen. Während mein Herz noch immer wummert, ist in meinem Bauch auf einmal so ein komisches Gefühl. Als wäre ich frontal vor eine Wand gedonnert und dann hat mir noch jemand in den Magen gekickt. Ich stütze die Hände auf die Knie und ringe nach Atem.

Argor formiert die Wildbeuter zu einem Halbkreis. Mit Mühe und Not weicht das Tier zurück. Zurück in Richtung der Schlucht. Nackte Angst schreit aus seinen Augen. Es weiß, was ihm blüht. Doch die Schlächter folgen ihm. Langsam und unerbittlich.

Plötzlich herrscht wieder seltsame Ruhe in dem Tal.

Mir ist schlecht. So richtig kotzschlecht. Was zur Hölle mache ich hier?

Ich versuche, an zu Hause zu denken. An mein Zimmer, meinen Gaming-Sessel. Doch die Bilder wollen nicht in meinen Kopf.

Der Schrei des Mammuts holt mich zurück nach Doggerland. Hinter dem Kalb bröckelt der Abgrund. Noch einmal reißt es den Rüssel hoch, sperrt das Maul weit auf.

Ein Speer klatscht mitten hinein. Erutts Speer.

Mit einem grässlichen Pfeifen rutscht das Kalb über den Rand der Schlucht.

Ich fühle nichts.

Kaum ist der tödliche Aufprall verklungen, ertönt ein Schrei, der all meine Knochen vibrieren lässt. Die Leitkuh ist aus dem Birkenwäldchen herausgetreten, die letzten Mitglieder ihrer Familie hinter sich geschart. Und jetzt heizt sie auf uns zu.

FUCK! Schon sprengen die Wildbeuter auseinander. Ich nicht. Ich kann nicht. Ich stehe da, mit flatternder Brust und weichen Knien, und bin nicht in der Lage, auch nur einen Schritt zu tun.

Der blonde Fellberg wälzt direkt auf mich zu, den Rüssel wie eine angriffslustige Schlange vorgereckt. Die gebogenen Stoßzähne sind länger als zwei Männer. Die Erde bebt.

Verkackt! – Mehr kann ich nicht denken.

Der Rüssel trifft mich wie ein Baseballschläger. Ich falle, tiefer als erwartet. *Shield Break*, schreit mein Hirn, und signalisiert mir noch, dass ich gerade ebenfalls über den Rand der Schlucht segle. Panisch suchen meine Hände nach Halt. Gras und Lehm und Stein rutschen durch meine Finger, reißen an meinen Handschuhen. Da, ein Stück Holz, eine Wurzel, die aus der Wand ragt. Meine Rettung.

Mit schmerzenden Armen baumele ich in der Steilwand. Weit unter mir der zerschmetterte Leib des jungen Mammuts. Über mir gellen Schreie. Schreie von Menschen. Angstschreie, Schmerzschreie. Todesschreie. Meine Füße finden in dem bröckelnden Lehm nur schwer Halt. *Mami, Papi – ich will hier weg!*

Da höre ich ein neues Geräusch. Die Mammutkuh brüllt,

wankt zur Seite, ihr Hinterteil schiebt sich über den Rand der Schlucht. Wenn sie abrutscht, dann reißt sie mich mit.

Doch das Mammut taumelt nach vorne, verschwindet wieder aus meinem Sichtfeld.

Erst viele Herzschläge später, immer noch an der Wurzel hängend, merke ich, dass ich mir in die Hosen gemacht habe. So viel zum Thema Helden.

Leya

»Lex!« Mein Verstand will es nicht begreifen, meine Augen wollen es nicht glauben.

Plötzlich merke ich, wie ich die Bergflanke, von der aus ich die Jagd beobachtet habe, herunterrenne. Steine lösen sich, ich stolpere. Hinter mir rufen die Tashi nach mir. Ich springe. Mein Herz droht zu zerreißen. *Nein! Lex!*

Der Boden rutscht unter meinen Füßen weg, ich falle, pralle auf Stein, Schmerz schießt in mein Knie, ich lande im nassen Gras.

Als ich wieder zu mir komme, sehe ich die Gesichter von Shagga und Drei-Streifen über mir.

»Lex!?« Seltsamerweise weiß ich, dass er nicht tot ist.

Zitternd, heulend, mit blutigem Knie und aufgestützt auf Shagga und Drei-Streifen humpele ich zu dem großen Fellberg am Rand der Schlucht.

Im Schatten der toten Leitkuh ziehen die Wildbeuter soeben meinen Bruder aus dem Steilhang.

Ich schluchze auf, reiße mich von meinen Helfern los und stürze auf Lex zu.

Zerschunden und vollgepinkelt und mit einem Gesicht, das den Tod gesehen hat, fällt er mir in die Arme.

»Was hast du dir dabei gedacht?«, herrsche ich ihn an, als wir

Minuten später abseits des Treibens und alleine auf einem Hügel hocken. Das Gras um uns herum ist platt getrampelt und verbrannt. Der Geruch von Blut hängt in der Luft.

Lex' Glieder beben noch immer. Er sieht mich mit leeren Augen an. Ich nehme ihn erneut in den Arm.

»Leya«, wimmert er. »Ich … ich will nach Hause.«

Als wir zurück im Dorf sind, hören wir, dass es ein Todesopfer gegeben hat: Makun. Sein Brustkorb wurde von der Leitkuh zertrampelt.

Mit einem tauben Gefühl im Kopf und schmerzenden Gliedern verkriechen wir uns in Argors Haus. Mein Bruder weint leise vor sich hin. Ich finde keine Worte und auch keine Tränen mehr.

Erst am Abend wagen wir uns wieder hinaus. Über dem Dorf wabert schwarzer Rauch, die Luft schmeckt fettig. Überall sind von Fleisch gesäuberte Stücke Mammuthaut aufgespannt oder hängen zum Trocknen über Feuern. Fett kocht in Lederbehältern und auf Holzgestellen sind die Sehnen der armen Tiere aufgespannt.

Als die Sonne sinkt, gibt es im Dorf ein großes Fest.

Uns aber ist nicht nach Feiern zumute. Abseits schauen wir zu, wie die Doggerländer Lieder singen und um den Schädel der Leitkuh tanzen. Einige von ihnen springen durch ein Tor, das aus den aufgestellten Stoßzähnen besteht. Zwischen das Elfenbein wurde Makuns zerbrochener Speer geknüpft und mit Federn und bunten Bändern geschmückt.

Das Fleisch der beiden Tiere macht an diesem Abend das ganze Dorf satt und wird es auch in den nächsten Monaten tun. In nahezu jedem Pfahlhaus hängen unter dem Dach geräucherte Fleischstücke; außer Reichweite der Ratten.

Ich habe kein Mammut gegessen. Und auch Lex ist mit leerem Magen in die Felle gekrochen. Wir gehören nicht in die Zeit der letzten Maa-Mutts.

Alif

Ich sitze in den Dünen, weit weg vom Dorf meiner Ahnen, und schaue hinaus auf das Meer. Der Mondstein wird wieder runder, er lockt die Wellen weit auf den Strand. Weißer Schaum spült Weichschalen und atemlose Krebse zu mir hinauf. Aber weil der Wind immer wieder Sand in meine Augen wirft, muss ich den Blick abwenden.

Leggs und Ley-La sind anders. Nicht nur fremd, sondern anders. Ihr Stamm scheint kein Volk von Wildbeutern zu sein. Auch keines, das mit Händen Boote oder Häuser baut. Was aber sind sie dann?

Die Schamanin nannte sie *Sternenkinder*. Lange habe ich über dieses Wort nachgedacht. Nun weiß ich, was Jórunn meinte und warum unsere verschwundene Schamanin sie fürchtete. Doch darf ich Ley-La und Leggs das sagen? Soll ich sie dorthin führen, es ihnen zeigen, wohin wir nicht gehen dürfen? Mein Herz und mein Kopf, sie streiten miteinander wie Graupelze um das Langohr.

Leggs und Ley-La, die Fremdlinge aus Deuts-Land, die Sternenkinder, sie gehören nicht hierher.

Lex

Hätte ich einen Skilltree, ich könnte nach all den Tagen hammermäßig viele Fertigkeiten-Points verteilen:

– Boote fahren, Modell *Einbaum*: Check

– Fischreusen ausleeren und wieder ausbringen: Check

– Durchs hohe Gras ans Wild anschleichen: Check

– Bogen schießen, Level 1 und 2: Check

– Ins Gebüsch schiffen, ohne zu sterben: Check

Besonders Bogenschießen ist extrem cool. Krass, was Alifs Habichtfedern-Pfeile anrichten können. Eisen ist noch nicht erfunden, daher benutzen die Doggerländer geschärfte Knochen, Weichschalen (komischerweise der Name für stinknormale Muscheln) und Steine aller Art für ihre Pfeilspitzen. Die ersten beiden Versionen sind leichter und fliegen weiter, während Steinpfeile schon auf kurze Distanz fette Löcher in unsere Zielbäume schlagen.

Die ersten Tage habe ich mir mit der Sehne den halben Unterarm wund geballert, doch mittlerweile habe ich dank Master Al den Dreh raus. Jetzt treffe ich ein Ziel von der Größe eines Fußballs in zwanzig Meter Entfernung (an meinem Rechtsdrall muss ich allerdings noch arbeiten).

Jap, Bogenschießen ist ein cooler Zeitvertreib. Aber nicht, um irgendwelche Tiere abzuballern. Klar, die Doggerländer müssen das machen, um zu überleben – es ist ihr Way of Life. Aber nicht unser Weg.

Die Mammutjagd hat mich verändert. Nicht so, dass ich Vegetarier geworden wäre, aber ich sehe (obwohl's abgedroschen klingt) jetzt vieles mit anderen Augen. Ich bin kein Krieger, kein Wildbeuter. Ich bin ein Junge, der mit seiner Schwester in der Steinzeit gelandet ist. Und der nun auf den Vollmond wartet, um wieder nach Hause zu können.

Leya

»Wohin gehen wir?«, frage ich Alif schon zum dritten Mal, während ich versuche, in dem Birkenwäldchen Schritt zu halten.

Die Morgensonne bricht durch die schmalen, schwarz-weiß gescheckten Stämme und lässt den Tau auf den Blättern glitzern. Kaum einhundert Meter vor mir tritt mit majestätischem Schritt ein Megalocerus, ein Riesenhirsch, aus dem Wald. Er ist nicht ganz so groß wie die Mammuts, aber deutlich imposanter als die heutigen Hirsche. Das stolze Tier, in dessen Geweih Lex und ich bequem sitzen könnten, stört sich nicht an unserer Anwesenheit und weidet seelenruhig das lange Gras ab. Sein rotbraunes Fell und sein Atem dampfen in der Sonne. Ich schaue dem schönen Tier eine Weile zu und spüre ein Gefühl von Glück und Zufriedenheit, von Freiheit in mir aufsteigen.

Erneut bin ich mit Alif unterwegs. Er scheint Gefallen daran zu finden, mir seine Heimat zu zeigen. Nachdem wir viele Male mit dem Einbaum durch die tierreichen Auenlandschaften gepaddelt sind (Knäkenten und Weißstörche – Alif sagt Nagnags und Ganknogs –, Fischreiher, Mäusebussarde und Uferschwalben), scheint Alif sich heute eine ganz besondere Überraschung ausgedacht zu haben.

Ich bin gespannt, freue mich und dennoch bin ich nachdenklich. Irgendetwas ist heute anders. Alif wirkt nervös, gibt sich wortkarg. Ich ahne warum. »Der Mond ist fast wieder rund«, sagte er uns gestern.

Ist das vielleicht unser letzter gemeinsamer Ausflug?

Alif wartet vor einer Höhle. Der Eingang ist anders als bei jener Grotte, wo wir (wie viele Tage ist das her?) die Begegnung mit dem Bären hatten. Hier drängen sich blank gespülte Steine dicht an dicht. An den Wurzeln eines umgestürzten Baumes über dem Loch im Boden hängen zerzauste Flechten und wachsen Pilze (die Alif Kappenlinge nennt). Der schlammige Boden vor dem Höhleneingang erscheint auch für mich Laien zertreten.

Ich zögere. Was mag in dieser Dunkelheit hausen, was die Geschichte vergessen und kein Biologe bisher entdeckt hat?

Alif scheint meine Gedanken zu erraten. Er greift in seine Umhängetasche aus Hirschleder und zieht einen handtellergroßen, abgeflachten Stein heraus. Er besitzt eine große Mulde und mündet in einer Art Griff, weshalb er auf den ersten Blick wie eine Minibratpfanne aussieht.

»Feuer«, antwortet Alif auf meinen fragenden Blick. »Es wird uns schützen.«

Ich streiche über das erkaltete, weiche Tierfett in der Steinmulde. Ob es noch von den Mammuts stammt? »Das ist eine Öllampe, oder? Machst du jetzt die Sache mit dem Ast und der Rinde?«

Ich habe das mit meinem Ziehvater schon mal im Garten versucht. Das Feuerzeug war leer und wir zu faul, zurück ins Haus zu laufen, um Streichhölzer für die Grillkohle zu holen.

Nun ist es an Alif, der nicht versteht. »Ast? Rinde?«

»Das Feuer. Wie machst du Feuer?«

»Sieh her!« Er greift zu einer Art Becher, der aus Birkenholzrinde geformt ist. Schon während unserer Wanderung habe ich bemerkt, wie Alif öfters in diesen würfelbechergroßen Behälter gespäht und ab und zu hineingepustet hat.

Noch bevor er aus seiner Tasche ein Stück Zunderschwamm gezogen hat, weiß ich, was der »Holzhautbecher« enthält: Alif trägt ein verkohltes Holzstück mit sich herum, ein noch glimmendes Kohlenstück – wie cool. Mithilfe des Zunders ist der Docht (ein Stück Hanf im Tierfett) schnell entzündet und wir haben Licht für unsere Höhlenerforschung.

Hier unten ist es kalt und die Luft riecht seltsam süßlich. Schon nach wenigen Schritten fällt mir auf, dass der Gang zwar natürlichen Ursprungs ist, aber mit Werkzeugen behauen wurde. Die Kratzspuren im Gestein sind nicht nur sehr regelmäßig, man hat sich auch die Mühe gemacht, einige Vertiefungen und Vorsprünge mit jener blauen Farbe zu bestreichen, die ich schon selbst mitproduziert habe.

Wortlos zieht mich Alif durch den mannshohen Höhlengang. Der Schein seines Öllämpchens lässt unsere Schatten über die blauen Wände tanzen.

Als wir um eine Biegung gehen, setzt mein Atem einen Moment aus. Ich schaue in das Antlitz eines Dämons. Aus riesigen Augenhöhlen starrt er mich an, Dutzende spitze Zähne gefletscht.

»Alif!«, schreie ich. Das Echo springt wie ein spielendes Kind in die Dunkelheit.

Schon will ich hinausrennen. Aber Alif hält mich zurück und lacht. Was soll das? Ist das so ein doofer Jungenstreich? Ich versuche, mich loszureißen. Aber er hält mich fest.

Es ist kein Dämon, sondern ein Schädel. Der Schädel eines großen Raubtiers. Als Alif weitere Öllämpchen in der Nische, in der der Schädelknochen ruht, entzündet, schwindet der grausige Anblick etwas und mir kommt eine Ahnung.

»Ist das …?«

»Schwarztod, die besten Wildbeuter meines Stammes haben ihm den Atem genommen.« Alif verneigt sich vor dem Bärenschädel. »Argor sandte sie aus, da wart ihr noch in Polkas Hütte eingespeert. Nun bewacht er diese Höhle.« Er reicht mir die Öllampe. »Warte hier, bis ich dich rufe.«

Noch bevor ich etwas erwidern kann, verschwindet er in dem leicht abfallenden Gang und ich bin auf einmal allein.

Ich schmiege mich an die gegenüberliegende Wand und versuche, den Schädel nicht mehr anzusehen. Weiter unten im Gang sehe ich noch mehr Feuer aufflammen.

Erstmals seit Tagen schweifen meine Gedanken wieder zu meinen Eltern – zurück nach Hause, zurück in die Zeit von Handykabeln, albernen Facefiltern, Klimaprotesten und dem heimtückischen Terror neuer Viren. Seltsam, diese Zeit kommt mir mittlerweile so unwirklich vor. Es ist nicht so, dass ich meinen früheren Alltag vergessen habe, aber hier im Dorf der Wasserläufer ticken die Uhren anders. Hier richtet sich das Leben nach dem Stand der Sonne, dem weckenden tji-tji-Ruf des Eisvogels und der Blüte der Haselnusssträucher. Alles wirkt nicht nur langsamer, es *ist* auch langsamer.

»Ley-La, komm und sieh!« Alifs Rufe reißen mich aus meinen Gedanken.

Langsam tappe ich durch den Gang. Er windet sich wie eine Schlange. Alif hat kleine Öllämpchen in Nischen und auf Felsvorsprüngen entzündet. Ich muss zugeben, es sieht schön aus, fast schon heimelig, irgendwie … oje … *romantisch*.

Mein Herz stolpert, meine Knie werden weich. Ich will mich kurz an der Felswand abstützen.

Doch da ist keine Wand.

Ich stürze in die Dunkelheit. Kreische, falle hin. In flaches, aber sehr kaltes Wasser. Die Öllampe gleitet mir aus der Hand und erlischt.

Ich bin allein. In pechschwarzer Finsternis. Selbst den erhellten Gang, aus dem ich gestürzt bin, sehe ich nicht mehr. Panik kommt in mir hoch. Mein Herz schlägt, als säße es direkt neben meiner Zunge. Die Sekunden dehnen sich zu quälend langen Augenblicken. Ich traue mich nicht zu rufen. Wer weiß, was ich hier unten aufschrecke?

Aber ich rappele mich hoch, zumindest auf die Knie. Da fühle ich, dass die feuchtkalten Wände um mich herum gar nicht so weit weg sind. Ich drehe mich im Kreis und taste mit den Händen umher. Und greife wieder ins Leere. Mühsam erkenne ich graue Schemen, höre Wasser tropfen und spüre, dass vor mir ein weiter Raum ist.

»Ley-La?!«

Alif! Endlich. Er klingt ganz nah. Sofort orientieren sich meine Sinne wieder. Alif ist hinter mir.

»Was tust du hier?«

»Ich … ich bin ein Idiot. Ich bin hier reingestolpert. Hab's einfach nicht so mit dem Gleichgewicht.«

»Komm!« Etwas zu grob zieht er mich auf die Füße.

Jetzt erkenne ich, dass ich in einer kleinen kreisförmigen Höhle bin, die sich nach oben turmartig verjüngt. Ich komme mir vor wie auf dem Grund eines Brunnens. Selbst die Wände sind kreisrund. Und sie sind nicht leer.

»Was ist das hier?« Im flackernden Lampenschein entdecke ich Kratzer auf dem Stein. Einritzungen. Ganze Bilder. Sind das Menschen?

»Die Traumlied-Grotte – wir dürfen hier nicht sein.« Alif klingt angespannt. Er zieht das Licht weg und seine Finger klammern sich um meinen Arm.

»Au, du tust mir weh.« Ich reiße mich los.

»Wir müssen gehen. Sie will nicht, dass wir hier sind.«

»Sie?« Ich kann mir denken, wen Alif meint.

»Komm, ich will dir etwas anderes zeigen. Es wird dir gefallen.«

»Hey, ich habe ein Ticket für die komplette Grusel-Tour gebucht.« Ich merke, dass ich langsam entspanne. »Oder will der Guide schon wieder nach Hause?«

Alif starrt mich verständnislos an.

O.k., das war etwas unfair, aber nun sind wir quitt, was das Erschrecken mit dem Bärenschädel anbelangt.

»Ich verrate auch keinem, dass wir hier waren.« Sanft nehme ich Alif die Öllampe aus der Hand. Was die kleine Kerze auf den feuchten Wänden enthüllt, lässt mich aufkeuchen, noch bevor ich alle Zeichnungen in dem Felsenbrunnen erfasst habe.

Lex

»Shagga, jetzt chill mal dein Leben!« Ich klettere den Baumstamm wieder runter. Meine Hände kleben vom Harz, der an vielen Stellen aus der angeritzten Rinde suppt. *Dort oben, Lex! In der Baumhöhle, das Rotnackennest, Lex! Leckere Eier, Lex! Hol sie uns, Lex!* Auch dieser Baum war eine Niete. Mr Hand-Man hat mich erneut geprankt.

Shaggabug Argorson ist ein kluger Kopf und hat echt viel drauf. Nicht nur im Fährtenlesen ist er Spitzenklasse. Er weiß auch zu jeder Pflanze, was man Nützliches damit anstellen kann. Zum Beispiel Kaugummi. Schmeckt zwar nicht so minzig und macht auch nicht den Atem 24 Stunden frisch, aber die schwarzen Kugeln, die ich unter seiner Anleitung aus Baumblut, also Birkenharz gewonnen und die wir beide dann gekaut haben, die waren gar nicht schlecht.

Wo Shagga aufgrund seiner Behinderung nicht mitkommt (zum Beispiel auf Bäume), übernehme ich. Und ich hatte auch nichts gegen einen kleinen Protein-Snack einzuwenden, als er mich auf diesen Klebbaum mit der angeblichen Spechthöhle gejagt hat.

Das Outdoor-Leben macht hungrig. Stundenlange Touren durch Wälder und Wiesen, nasse Kleider vom Durchqueren der Flüsse. Und dann noch die Kletterei. Ich habe auf jedem Zentimeter ’ne Schramme oder einen blauen Fleck. Aber hey, es ist der obergeile Fun. Diese Weite, die grasbewachsenen Hügelketten, die unendlichen Birkenwälder und die vielen Flusstäler – ich vergesse immer wieder, dass all das irgendwann unter dem Schlick der Nordsee liegen wird.

Was zählt, ist das Hier und Jetzt. Und das ist ziemlich cool. Vorhin haben wir zwei Wollnashörner mit ihrer eigenen Kacke beworfen (Shagga benutzt für so was seine Füße, er wäre ein prima Fußballer). Alter, was waren die beiden Oschis sauer. Und rennen konnten die. Die haben uns ganz schön zum Schwitzen gebracht. Gut, dass sie dann keinen Bock auf ein Bad im Fluss hatten.

So ändern sich die Dinge. Erst waren wir ein paar Tage gemutet, dann kam unsere verzapfte Flucht durch den Sumpf und die oberkrasse Sache mit den Mammuts. Yo, daran habe ich noch immer ordentlich zu knabbern, aber so langsam kann ich wieder durchatmen.

Doch ich weiß, dass unsere Zeit in Doggerland abläuft. Alif erwähnte gestern Abend am Feuer, dass der Vollmond naht. Bald werden wir all das hier hinter uns lassen.

Als ich wieder auf der Erde stehe, ist von Shagga nichts zu sehen. Wusste ich’s doch. Die Sache mit dem Vogelnest war nur eine Ablenkung, um meinen nächsten Fährtenlesen-Test ungestört vorzubereiten.

Shaggas Fußspuren führen in Richtung Flussböschung. Als ich ihnen folge, stoße ich auf ein paar wirre Linien in der feuchten Erde. Erst als ich auf den umgestürzten Stamm einer Kiefer steige (die Tashi verwenden die Äste dieser *Weichholzbäume* häufig als Fackeln), erkenne ich, dass sie eine Zeichnung bilden. Zwei

Wildbeuter, der eine hat kurze Arme, der andere hält etwas in der Hand, was entfernt an meine NERF-Armbrust erinnert. Wow, das ist gut getroffen. Aber wie oder vielmehr *womit* hat Shagga das gemalt?

Rasch pirsche ich seinen weiteren Fußspuren nach. Ich will meinen Trainer nicht enttäuschen. Außerdem hat er mir versprochen, dass er mir noch ein Geheimnis verraten will.

Leya

Bis weit über meinen Kopf reichen die Steinzeichnungen in dieser kleinen Grotte. Das oberste Bild zeigt Menschen, viele Menschen, Wildbeuter mit Bögen und Speeren unter einem weiten Sternenzelt. Hinter den Versammelten erkenne ich blasse senkrechte Striche, parallel zueinander angeordnet.

Mein Herz hüpft. Der unbedarfte Betrachter könnte hierin bloß weitere Speere, vielleicht auch Bäume sehen. Doch für mich stellen diese Linien ohne Zweifel etwas anderes, etwas sehr Wichtiges dar. Auch das Bild darunter lässt mein Herz schneller schlagen. Hier fallen zwei Sterne vom Himmel, um sich dann, auf einer dritten Steinzeichnung, in Menschen zu verwandeln (wobei ihnen der Künstler die Sterne wie Kronen auf die Köpfe gesetzt hat).

»Die Dolmensteine«, hauche ich in die kalte Nässe der Höhle. »Und das da sind …«

»Sternenkinder, ja, das seid ihr«, antwortet Alif.

»Wer hat das gemalt?«

Alif zögert. »Es ist ein Traumlied. Ein Schamane hat es viele, viele Monde vor Jórunn gehabt.«

Ein Traumlied, wiederhole ich seine Worte in meinem Kopf und wage, mit den Fingern über die Zeichnungen zu streichen. Hinter mir zieht Alif scharf den Atem ein.

Ich schaue weiter nach rechts, aber da ist kein drittes Bild. Stattdessen wirkt die Oberfläche rauer. Erst als ich die Lampe näher an die Wand bringe, sehe ich, dass das dritte Bild weggeschlagen wurde. Enttäuscht schaue ich Alif an.

»Jeder im Dorf kennt die Geschichte der zwei Sternenkinder«, sagt er leise, als könnte uns jemand belauschen. »Jórunn will nicht, dass die Geschichte weiteratmet. Sie verbietet uns, in die *Traumlied-Grotte* zu gehen. Sie sagt, die Bilder wecken starke falsche Geister.«

Aberglaube und Drohungen. Damit scheint die Schamanin den Stamm unter Kontrolle zu halten. Aber was ängstigt sie so sehr an dieser Geschichte? Ich versuche, mich zu erinnern, was uns Jodi, die Wirtin, erzählt hat. Alles scheint so weit weg. Wie in einem anderen, einem viel früheren (oder späteren) Leben.

»Wie geht sie weiter, die Geschichte der Sternenkinder?«, frage ich ähnlich leise wie Alif. »Wie endet sie?«

»Sieh weit nach unten«, sagt Alif und lenkt meine Hand mit der Ölschale dicht an den Boden der Traumlied-Grotte.

Erst das nahe Licht enthüllt es: Hier wurde noch ein kleines Bild in den Felsen gekratzt. Doch die Kerben sind weniger tief und verlaufen zittrig – sie erinnern mich an die ungeübten Zeichnungen eines Kindes. Die beiden Sternenkinder in diesem Bild gehen nun voran, viele Steinzeitmenschen folgen ihnen, es scheint aber nicht mehr der ganze Stamm zu sein. Sie steigen einen Berg hoch, einen oben abgeflachten Berg, dessen Linien rot gefärbt wurden, während sich hinter den Wanderern die Wellen des Meeres wie gierige Hände nach ihnen ausstrecken.

»Uff«, entweicht mir nicht nur ein Laut des Staunens. »Das also ist es, warum Jórunn so empfindlich auf uns reagiert hat.

Sie glaubt, wir nehmen euch mit … mit nach …« Ich stocke. Ich kann Alif nicht die Wahrheit sagen.

Glücklicherweise kommt er mir entgegen. »Das Traumlied erzählt, dass die Sternenkinder kommen und die Tashi fortführen werden. Fort an ein anderes Ufer. Weg vom Wasser.« Alif sieht mich an, sein Gesicht ist voller Fragen.

Weg vom Wasser. Eine nette Formulierung für die Monsterwellen, die Doggerland irgendwann (hoffentlich nicht allzu bald) überfluten werden. Wieder schwanken mir die Beine. Ist es das? Ist das unser Schicksal? Sollen wir tatsächlich die Steinzeitmenschen vor dem Tsunami retten, indem wir uns mit ihnen davonmachen?

»Jórunn will nicht, dass wir unsere Fischgründe verlassen. In den Bergen gibt es keine Seen. Keine Fische. Dort müssten wir verhungern. Jórunn will, dass alles so bleibt. Dies war schon immer der Weg der Schamanen.«

»Und dennoch hat jemand das vierte Bild wieder hierhin gemalt«, murmele ich nachdenklich.

Alif lächelt. »Shagga mag Geschichten. Und er ist sehr geschickt mit seinen Füßen.«

Noch benommen von der Entdeckung (habe ich gerade wirklich die erste Niederschrift einer Legende entdeckt, die mir eine Wirtin erst viele Jahrtausende später erzählen wird?) tappe ich Alif nach, hinaus aus der Traumlied-Grotte und zurück in den durch Öllämpchen erhellten Gang.

Wir dringen tiefer in den Berg vor. Die Wände weichen allmählich von uns weg. Dafür senkt sich die Höhlendecke mit jedem Schritt tiefer herab, sodass wir irgendwann nur noch in der Hocke laufen können. Doch das, was ich nun über unseren Köpfen entdecke, stellt die kleinen Steinzeichnungen der Traumlied-Grotte weit in den Schatten. Bisons und riesige Hirsche wandern über den Fels, Gruppen von langbeinigen Rehen führen Bocksprünge aus, eine Säbelzahnkatze scheint direkt aus dem knubbeligen Stein zu schleichen, während eine große Herde Mammuts über uns hinwegzieht. Trotz der Kälte hier unten wird mir warm in meinem Inneren. Nie sah ich schönere von Menschenhand gemalte Bilder.

»Es gibt hier noch mehr Herzwärme.« Alif nimmt mich an die Hand und zieht mich weiter.

Am Ende des niedrigen Ganges weitet sich dieser zu einer kurzen, aber umso höheren Grotte. Die rückseitige Wand ist übersät mit unzähligen bunten Flecken. Erst als Alifs Lampe sie beleuchtet, erkenne ich, dass es keine Flecken sind, sondern Hände. Dutzende, nein, Hunderte Handabdrücke sind über die Wand verteilt, große, kleine wie von Kindern, und manche so weit oben, dass man dafür eine Leiter gebraucht hat.

Herzwärme, ja. Eine wohlig warme Welle durchströmt mich. *Wie schön, wie atemberaubend. Das Stammbuch einer großen Familie.*

»Tashi«, sagt Alif. »Alle Tashi. Jene von heute und jene von davor, und davor und davor. Mein Stamm. Meine Familie.« Er legt mir seinen Arm auf die Schulter, sieht dabei aber unvermindert auf die Wand.

Ich jedoch wende mich Alif zu und sehe ihn an. Lange. Ich mag ihn. Sehr. Nein, nicht so, wie man vermutlich seinen Boyfriend mag. Eher wie einen großen Bruder. Mir kommt es vor, als würde ich ihn schon ewig kennen.

»Jetzt wir.« Alif hebt einen Schulterknochen vom Boden auf.

Wo einst der Arm ansetzte, liegt eine schlammfarbene Kugel, wie ein unförmiges Stück Knete.

»Was hast du vor?«

Alif lächelt, kratzt sich eine Portion von dem Lehm ab und schiebt ihn sich in den Mund. Und als ob das nicht schon eklig genug wäre, beugt er sich noch zu einer Wasserlache, die sich nahe der Felswand gesammelt hat. Und trinkt.

»Uhh, was machst du da?«

Alif kneift die Lippen aufeinander und kaut mit vollen Backen. Sein Gesicht ist ernst.

Dann legt er seine rechte Handfläche auf den Felsen und in einer nassen Wolke spuckt und sprüht er die ockerfarbene Farbe auf seine gespreizten Finger. Kurz lässt Alif seine Hand noch liegen, dann nimmt er sie wieder weg. Der rotbraune Handabdruck ist wunderschön.

Herausfordernd sieht mich Alif an. Ich aber balle die Hände zu Fäusten. Ich weiß, was er vorhat. Da ist es wieder, mein altes Leben, mein Leben, in dem ich mich für meine verwachsenen Finger schäme.

»Deine Hand!«, fordert Alif mit rotbraunen Lippen.

Ich zögere. Dann überwinde ich mich und lege meine Handfläche eng neben seine – aber so, dass meine Finger eng aneinander liegen.

Lächelnd zieht Alif meine Finger sanft auseinander.

Als auch ich mich auf der Stammwand der Wasserläufer verewigt habe (Alif hat das mit dem Farbespucken übernommen), erkenne ich, dass sich unsere Hände berühren. Die verwachsene Haut zwischen meinen Fingern ist deutlich zu erkennen.

»Du bist wie Shaggabug«, raunt Alif mit nachdenklicher Stimme. Er zieht mich zu einem Teil der Wand, die nur wenig vom Feuer erhellt wird. Dort sind die Umrisse zweier Hände. Sehr kleiner Hände, die einzelnen Finger sind kaum zu erkennen. Aber es sind Finger. »Wie Shagga einst war.«

Alif

»Shaggabug war klein. Klein und schwach. Ich durfte ihn nur kurz sehen, damals, als der Mond das erste Mal für ihn im Himmelsmeer schwamm. Bloß groß wie ein Langohr, aber mit blassblauer Haut kauerte er an der Brust meiner Mutter, zu schwach, um ihren Weißsaft zu trinken.« Ich wage einen Blick auf Ley-La. Noch nie habe ich mit jemandem über Shaggabugs erste Monde gesprochen. Doch ich spüre, dass es richtig ist.

»Wie waren Shaggas Finger?«, will Ley-La wissen.

»Die Haut zwischen ihnen wuchs bis hier.« An meiner eigenen Hand zeige ich, wie weit Shaggabugs Finger zusammengewachsen waren. »*Hände eines Grasspringers*, das soll mein Vater gerufen haben, als er meinen Bruder zuerst sah. Ich habe über dieses Wort gelacht, doch Argors Gesicht war ernst. Er versuchte, Shaggabug vor den anderen des Stammes zu verbergen. Aber ein so junger Mensch weint und Shaggabug weinte sehr viel. Jeder im Dorf hörte es. Bald wussten alle, dass der Häuptling wieder einen Sohn bekommen hatte. Einen Sohn, den er den Seinen nicht zeigen wollte.«

»Grausam.« Ley-La deutet auf Shaggabugs Handbilder. »Wie lange hielt er ihn versteckt?«

»Es vergingen die Trockenmonde und die Regenmonde. Dann kamen die Weißregenmonde und Jungmonde. Viele Monde sah Shaggabug das Himmelsauge nur aus dem Haus heraus.«

»Mehr als ein Jahr«, flüstert Ley-La.

»Dann wurde das Gerede immer lauter«, erzähle ich weiter, »und Jórunn sah im Wachsen meines Bruders ein böses Zeichen. Denn während mein Bruder von Lauf zu Lauf des Himmelsauges stärker wurde, stieg das Wasser. Das Meer kroch näher als sonst heran, brachte das Salz und Wasser in unsere Wiesen und Flüsse, manch Haus musste aufgegeben werden. Auch die Mog'Tar wurden aus ihren alten Wildgründen vertrieben. Immer häufiger gab es blutige Kämpfe zwischen unseren Stämmen. Ich atmete erst wenige Trockenmonde. Doch schon damals fühlte ich, dass es traurige Monde waren.«

»Aber es ist doch Humbug, dass ein Kind mit Syndakty…, dass ein Kind mit solchen Händen an alldem schuld ist.«

»Was ist Humm Bug?« Ley-La benutzt immer noch Wörter, von denen ich noch nie gehört habe.

»Egal. Was geschah dann?«

Ich schaue sie ernst an. Jetzt kommt der Teil der Geschichte, über den niemand im Dorf spricht, obwohl es jeder weiß. »Die Familie des Stammeshäuptlings muss nicht nur schnell und geschickt wie ein Nussnager sein, vor allem braucht sie die Stärke eines Haarhorns. Shaggabug ist schnell und geschickt. Doch große Stärke wohnt nicht in ihm. Daher wollte Jórunn meinen Bruder dem Meer übergeben.«

»Oh mein Gott, wie barbarisch.« Ley-La sieht auf. In ihren Augen spiegeln sich die Flammen. Sie hat schöne Augen. »Gut, dass es dazu nicht kam. Sicherlich hat euer Vater etwas dagegen gesagt. Oder eure Mutter.« Ley-La runzelt die Stirn. »Was ist eigentlich mit eurer Mutter? Wo ist sie? Ich habe sie noch nie gesehen.«

Ich starre auf die Handbilder meiner Maga. Wann immer ich an sie denke, schmerzt es mich tief in meiner Brust.

»Sie wurde geraubt«, sage ich leise, um die Geister vergangener Monde nicht zu wecken. »So glauben viele und auch ich. Die Mog'Tar nahmen Maga mit, nachdem sie von Jórunn aus dem Dorf gebannt worden war. Ich weiß nicht, ob ihr Atem noch weht.«

Ley-La schlägt den Blick wieder nieder. »Deine Familie hat viel Leid erlebt. Zu viel für ein Leben.«

Ich brumme zustimmend und streiche vorsichtig über Shaggabugs Handbilder an der Höhlenwand. Das Leidvollste habe ich Ley-La noch nicht erzählt.

Lex

Wir snipern durch das hohe Gras am Flussufer. Es ritzt in meine Haut, überall summt und raschelt es. Ich versuche, nicht daran zu denken, was hier Giftiges hocken könnte.

Da stoppt Shagga plötzlich vor mir. Mitten im Schilf ist eine kleine Hütte. Sie besteht aus nichts als geflochtenem Gras und fällt inmitten der anderen hohen Pflanzen kaum auf.

»Hierher kam ich oft, wenn mir einer im Dorf Böses wollte«, sagt Shagga leise und drückt ein paar Halme zur Seite, sodass wir ins Innere der Hütte krabbeln können.

Vertrocknetes Moos bildet den Boden. Ein paar Muscheln blitzen darin auf.

»Auch als die Mog'Tar unser Dorf überrannten, kam ich hierher. Maga, meine Mutter, baute dies einst mit mir und ich habe es immer wieder ausgebessert. Argor weiß nichts davon. Selbst Alif kennt mein Versteck nicht. Obwohl ich glaube, dass er etwas davon ahnt.«

ShaggaSave, das ganz persönliche Versteck meines Freundes. Ich fühle mich geehrt, dass er nach unseren vielen gemeinsamen Tagen nun das Vertrauen in mich hat, es mir zu zeigen. Zugleich aber macht mich dieser Unterschlupf auch wütend. Wie oft hat sich Shagga hier verkriechen müssen?

Wir legen uns auf den Rücken. Die Sonne fällt durch das Blätterdach und sprenkelt den Boden. Wir blinzeln in die warmen Strahlen. Ich habe das Gefühl, dass Shagga noch mehr erzählen will.

»Du warst lange nicht mehr hier, oder?«, frage ich. Das Moos ist nicht mehr frisch und auch die Schilfwände sind vertrocknet. Zudem schwappt das Flusswasser nah an *ShaggaSave* heran. Ich muss schmunzeln. Für solche Details hatte ich früher keine Augen.

Shagga hebt die Arme vor die Sonne, sodass Schatten auf unsere Gesichter fallen. »Meine Maga hat gesagt, dass wir wegziehen sollten. Das ganze Dorf. Nicht nur wegen der Knochentrinker, auch weil das Meer immer häufiger und immer näher kam. Doch die Stimme meiner Mutter war zu leise. Und ihre Worte nicht stark genug.«

Shagga zieht die Nase hoch. Ich liege ganz still und starre weiter auf die flackernden Sonnenstrahlen. Dann schieben sich Wolken vor das Licht.

»Jórunn wollte nicht, dass sich etwas ändert. Immerzu sprach sie davon, dass falsche Geister in meinen Händen wohnten. Geister, die das Wasser anlockten. Jórunn will, dass alles so bleibt, wie es einst war und wie es jetzt ist.« Erneut schnieft Shagga. »Also befahl sie, dass man meine Maga hinter den Zaun bringt, hinaus aus dem Dorf. Mein Vater konnte nichts dagegen sagen.«

Mir kommt eine böse Ahnung. »Deine Hände, hast du sie damals verloren, als deine Mutter rausgekickt … als Maga verbannt wurde?«

Shagga gibt einen kehligen Laut von sich. »Was Jórunn spricht, das geschieht. Niemand stellt sich der Schamanin in den Weg.«

Leya

Mit einem Stein. Mir läuft es eiskalt den Rücken herunter und ich balle die Fäuste. Es ist, als könnte ich den Schmerz fühlen. Auf-geschnitten. Die Schamanin hat die Haut zwischen Shaggabugs Fingern einfach aufgeschnitten. Ohne Betäubung. Mit einem Stein. Mein Magen dreht sich um.

»Und dann haben sich Shaggas Finger entzündet?«, frage ich leise.

Alif runzelt die Stirn. »Gebrannt? Ja, die Wunden gingen nicht zu. Shaggabugs Körper wurde heiß, seine Hände schwarz. Keine Kräuter halfen. Einen halben Mond hat er nur geschrien. Wenn die falschen Geister durch die Schnitte befreit wurden, so dran-gen jetzt andere in seinen schwachen Körper ein. Viele im Dorf glaubten, dass Shaggabug bald seinen Atem verlieren würde.«

Lex

Die Sonne hat sich verzogen. Regen klopft auf das Schilfdach von *ShaggaSave*, als könnte das die abgestorbenen Blätter wiederbeleben.

Shaggabugs Stimme ist leise. Das Lächeln, das sonst in jedem seiner Worte liegt, ist weg. »Und dann nahm Jórunn die Axt. Sie schlug zu. Einmal. Zweimal. Ich sah noch, wie meine schwarzen Hände wie atemlose Fische zu Boden fielen. Dann weiß ich nichts mehr.«

Übel. Das ist ü-b-e-l. Diese Alte … was für ein Horror!

Ich springe auf. Mein Kopf schlägt gegen das Schilfdach. Regen tropft in den Unterschlupf. Schon ist das alte Moos nass. Von wegen *ShaggaSave*. Das hier ist so krank. Und wenn Jórunn wieder da ist, sind wir die Nächsten.

»Jórunn wird euch kein Leid mehr antun«, sagt Shagga leise und streift mit seinem kurzen Arm das Dach seines Verstecks zurück. »Der Mond ist wieder ganz rund. Alif und ich werden euch erneut durch das Trübwasser führen. Bald seid ihr zurück in eurem Deuts-Land.«

Leya

Alif scheint zu fühlen, was in mir vorgeht. Er legt seinen Arm um mich und spricht mit leiser Stimme: »Es ist vorbei. Shaggabug, sein Atem geht noch. Ohne Jórunns Tat wäre das jetzt nicht so.«

Im Gang brennen immer noch die Öllampen. Aber nun ist hier nichts mehr romantisch. Ich komme mir vor wie in einem Albtraum.

Ich stolpere in Richtung Ausgang. Der Schädel des Bären scheint mich auszulachen. Was haben wir uns nur dabei gedacht, diesem Tor im Watt zu nahe zu kommen? Wir Idioten. Wir naiven Idioten! Wir müssen hier weg. Wo ist Lex?

»Ley-La!« Alif holt mich ein, als ich gerade aus dem Höhlenausgang steigen will.

Draußen regnet es wieder.

»Ley-La. Ich … ich habe noch eine Gabe für dich! Zum Abschied.«

»Nein, ich will nichts mehr mit … Was? Abschied?«

»Ley-La, ich wollte dich nicht ängstigen.« Alif steht noch in der Höhle, ich bereits auf der nassen Schwelle. Es schüttet in Strömen, meine Füße versinken im Matsch.

Alif reicht mir seine Hand, reicht mir eine Kette. Ohne genau hinzusehen, schlage ich sie ihm aus der Hand. Sie fällt in eine Pfütze.

»Abschied, Alif? Ja, ich will nach Hause! Aber das hier … Was ist das?«

Ich schaue auf die Kette im schlammigen Wasser. Ein Lederband mit drei Haizähnen. *Oh nein, das ist …* Meine Knie versagen, ich sinke in den Matsch.

»Ich habe sie für dich gemacht«, sagt Alif und seine Zähne knirschen. Er tritt hinaus in den Regen und fischt die Kette auf, macht sie an seiner Hose sauber und streift sie mir dann über.

Ich spüre, wie ich zittere. Das, genau das ist die Kette, die ich als kleines Kind am Strand fand. Die Haizahnkette, die all die Jahre in meiner Wäscheschublade lag. Die ich vor vielen Tagen am Dolmentor verlor und die im Meer versank. Nun ist sie wieder da. Als wollte sie zu mir zurück.

Zurück? Ich bin verwirrt. Ist das hier noch die Vergangenheit? Oder die Gegenwart? Oder meine Zukunft?

Ich taste mit den Fingerkuppen über die scharfen Seiten der versunken geglaubten Haizähne. Es ist falsch, dass diese Kette hier ist, hier um meinen Hals. Es ist falsch, dass ich hier bin, dass Lex und ich hier sind.

Ich will es sagen, aber ich bringe es nicht heraus. Steinzeitjunge trifft Mädchen aus der Zukunft – das kann nicht gut gehen. Die Schamanin wusste das.

Ich sehe Alif an und lege meine Hand auf die Kette. Ein Gedanke, den ich lange Zeit verdrängt habe, steht nun wie ein klares Bild vor meinem inneren Auge. Wir sollten nicht nur die Rückkehr Jórunns fürchten. Wir müssen etwas viel Mächtigeres fürchten. Etwas, das laut Shaggas Kritzelei in der kleinen Grotte durch unsere Ankunft ausgelöst wurde.

Das Wasser, die Wellen, das Meer – der Tsunami wird kommen! Es wird höchste Zeit zu verschwinden. Bevor das Dolmentor überflutet wird, bevor ganz Doggerland im Meer versinkt. Mit all seinen Bewohnern. Und mit uns.

»Ley-La, ich will bei dir sein.« Alif ergreift meine beiden Hände. »Du bist mein Herz-zu-Herz.«

Ich schaue in seine Augen. Sie haben die Farbe von Wasser. Von tiefem Wasser. *Herz-zu-Herz.* Was soll ich tun? Kann ich ihn mitnehmen? Wenn ich das tue, dann muss auch Shaggabug mit. Und was ist mit den anderen Dorfbewohnern – Argor, Erutt, Dubal, Drei-Streifen und Wilde-Zöpfe – können sie alle durch das Dolmentor? Dürfen sie hinüber in unsere Zeit?

Nein, das ist doch Wahnsinn!

Alles um mich herum, der Höhleneingang, die Flechten, die Pilze, die Bäume, alles dreht sich.

»Alif, mein *Herz* ... ich ... ich kann nicht.« Ich lasse seine Hände los und renne hinaus in den Regen.

Lex

Der letzte Abend. Irgendwas zwischen Vorfreude und Wehmut.

Wir sitzen vor Argors Haus – Shagga, Al, meine Schwester und ich (der große Häuptling pennt wieder in seiner Halle). Das Feuer ist runtergebrannt, mit Löffeln aus Hirschgeweih schlürfen wir eine wässrige Wurzelsuppe. Die Steinzeitjungs haben uns ihre Geheimnisse verraten, nun ist es an der Zeit, dass auch wir ihnen endlich die Wahrheit stecken: dass wir aus der Zukunft kommen, dass unser Deuts-Land erst viele, viele Monde später als das Hier und Jetzt existiert.

Dass wir zudem wissen, dass das Land der Tashi und der Mog'Tar untergehen wird, es in unserer Zeit schon lange nicht mehr existiert und es somit höchste Zeit ist, das Dorf aufzugeben und abzuhauen. Möglichst weit weg!

»Baut Boote, viele Boote! Rudert weg! Findet höheres Land!« Ich predige mit dem Löffel, mit dem ich Shagga die ganze Zeit gefüttert habe. Dabei klinge ich wie so 'n Prophet. »Ernsthaft, Leute: Denkt an die Legende der Sternenkinder. Es! Wird! Passieren!«

Shaggabug und Alif glotzen uns an, als wären wir Geister. Ich kann es ihnen nicht verübeln.

Lange Zeit sagt niemand etwas. Das sterbende Feuer grummelt, die Binsen auf dem Dach knistern und das Meer poltert.

Ein eigenartiges Geräusch. Schlagend, rhythmisch. Sind das die Wellen?

»Das Wasser kommt und unsere Heimat versinkt«, sagt Shagga irgendwann tonlos, als hätte er das ganze Gerede, dass Leya und ich aus der Zukunft stammen, gar nicht richtig mitgeschnitten. »Wir wissen es, schon länger. Wir sehen es an jedem Lauf des Himmelsauges. Das Pfahlhaus von Erutts Vater Sileggs war einmal weit weg vom Meer. Nun kommt das salzige Wasser schon bis zu seiner Tür.«

»Das geschieht immer, wenn die Regenmonde herrschen«, meldet sich Alif mit zerfurchter Stirn. Er klingt ungewohnt ernst. »Wir können das Dorf nicht aufgeben. Hier, wo sich der Fluss in das Meer ergießt, hier sind unsere Fischgründe, hier leben wir. Wir leben vom Wasser und wenn es steigt, so stellen wir unsere Häuser auf längere Pfähle.«

»Längere Pfähle?« Ich schaue Alif entgeistert an. So langsam ist meine Geduld aufgebraucht. »Alter, hast du noch alle Latten am Zaun? Dein Dorf, deine Heimat, dieses ganze Land wird absaufen. Da helfen keine *längeren Pfähle*.«

»Was weißt du von unserem Leben, Leggs?« Alif pfeffert seinen Löffel in den Topf. »Du triffst nicht einmal eine Nagnag, wenn sie direkt vor dir zwischen den Binsen hockt.«

»Und wer braucht standardmäßig drei Schuss, um überhaupt was zu treffen?«, poltere ich zurück. »Was los, Bro? Mittlerweile hörst du dich echt an wie dein Vater. Und ich heiße nicht Leeeggs!«

»Jungs! Uns bleibt keine Zeit für so was«, grätscht Leya dazwischen. »Alif, Shagga, ihr müsst auf uns hören. Eure Mutter Maga ahnte es, schon die Schamanen vor Jórunn wussten es und ich glaube, ihr habt das auch schon lange kapiert: Das Wasser wird kommen. Mit aller Kraft. Mit hohen Wellen. Und wir reden hier nicht von ein paar Metern … von einigen Speermaß, denen man mit höheren Häusern trotzen kann.«

Meine Schwester hat sich erhoben und mit lauter und fester Stimme gesprochen. Wow, so selbstbewusst habe ich sie noch nie erlebt.

»Ihr müsst auf uns hören«, ruft sie. »Wir sind die, die euch das sagen, die euch das sagen *müssen*, denn es ist uns vorbestimmt. Wir sind die Sternenkinder, die euch retten, die euch hier wegführen können. Und sei es nur durch unsere warnenden Worte. Der Monstertsunami ist noch nicht gekommen. Aber es kann jeden Tag so weit sein.«

»Wenn wir Boote bauen«, knurrt Alif nach einigen Schocksekunden (er klingt echt genauso streng wie sein Vater), »*falls* wir Boote bauen und das Dorf aufgeben, wirst du, Ley-La, dann mit mir kommen?«

Leya seufzt lang und fasst sich an ihre neue Kette. Dann guckt sie mich bettelnd an.

»Al, das geht nicht«, helfe ich meiner Schwester. »Leya kann nicht hierbleiben, ich kann nicht hierbleiben, wir beide gehören nicht in diese Zeit. Wir müssen nach Hause. Unsere Eltern wissen nicht, wo wir stecken. Sie drehen bereits am Rad – ja, Shagga, das Teil, von dem ich dir erzählt habe, das Teil, das man unter einen Schlitten packen kann, dann fährt er viel besser, ist noch nicht erfunden, wird es aber bald.« Ich bemühe mich, wieder ernst zu werden. »*Wenn* ihr abhaut, *wenn* ihr überlebt. Aber ohne uns. Sorry.«

Erneut herrscht Stille zwischen uns. Shagga malt mit den Füßen und einem Zweig Kreise in die feuchte Erde. Leya fummelt an ihrer Haizahnkette rum, schielt aber immer wieder fragend zu Alif. Der stochert gedankenverloren in der kalten Glut.

Mich hält es nicht mehr am Feuer. Keiner scheint zu wissen, was zu tun ist.

Ein steter Wind lässt das Schilf wispern. Der volle Mond leuchtet zwischen den schwankenden Kiefern am anderen Ufer. Dahinter poltert das Meer.

Nein, dieses rhythmische Schlagen wie von Gewitter kommt nicht aus Richtung Meer. Es kommt aus dem Inneren des Landes. Was zur Hölle ist das?

Auch Alif schaut plötzlich auf. Lauschend dreht er den Kopf in den Wind. Unsere Blicke treffen sich. Die Augen des Häuptlingssohns wirken nicht nur ernst, sondern auch traurig.

Als ich zurück an die Feuerstelle trete, springt die entfachte Glut wieder auf die ersten Zweige über.

»Dann soll es so sein«, sagt Alif mit fester Stimme und klingt dabei erneut wie sein Vater, nun aber in der coolen Variante. »Der Mond ist voll. Euer Weg vermutlich frei. Wenn das brennende Himmelsauge wieder versinkt, führen wir euch durch das Trübwasser zu den singenden Steinen. Doch dazu brauchen wir mehr Speere, *Lex*!«

Alif

»Du magst die fremde Kleinfrau, oder?«

»Sie heißt Ley-La, Erutt, lass deine Zähne zusammen.«

»Du kannst dich nicht in falsche Häute hüllen, Alif. Jeder im Dorf sieht, wie du mit der Kleinfrau umherwanderst.« Mit einem Grinsen in seinem dunklen Gesicht packt er einen weiteren Erdtopf auf den Schlitten.

Erutts Mutter war die Erste, die solche Gefäße aus der hellbraunen Weicherde formte. Mittlerweile lagern auch andere Tashi die seltenen Körner des Langhaargrases in den festen Töpfen – Töpfe, die erst weich, im Grubenfeuer dann aber hart wie Stein reifen.

Ich schaue auf den vollgeladenen Schlitten. Ich gab Erutts Vater meine Hand, dass ich ihm und seiner Familie mit seiner Habe helfe. Sileggs und seine Frau waren immer gut zu mir, und zu Shaggabug.

Ich klettere auf den Schlitten. Von dort geht mein Blick hinüber zum Trübwasser. Auch an diesem Morgen treibt der Wind die Trommeln der Mog'Tar bis in unser Dorf. Etwas hat die Knochentrinker aufgescheucht. Etwas wandelt sich, auch bei ihnen. Unser Weg durch das Trübwasser wird nicht leicht werden. Ich brauche Erutts Speerarm.

»Ley-La und Lex sprechen gute und starke Worte«, versuche

ich es und schnüre das Hab und Gut von Erutts Eltern fest. »Jeder Tashi sollte sie hören. Auch du, *mein Speermann.*«

Erutt schaut zu mir hoch. Seine Augendächer zucken, aber nur kurz. »Auf sie hören, junger Argorson? Deine Zunge klappert wie bei einem Ganknog. Die fremde Kleinfrau hat deine Sinne berauscht. Warst du deshalb bei der Hatz auf die Maa-Mutts so lahm wie ein Kriechfuß, während andere große Beute machten?«

Ich springe wieder vom Schlitten und schlucke meine Worte in meinen Bauch. Ja, Erutts Speer nahm dem Kalb den Atem. Das erzählt er seitdem jedem im Dorf.

»Wo liegt das überhaupt, dieses *Zug'Kunft*?«, will Erutt wissen. »Ich habe noch nie von solch einem Land gehört.«

Gemeinsam stemmen wir uns gegen den beladenen Schlitten. Er ist schwer wie ein Haarhorn. Seine Kufen graben sich in die nasse Erde, immerfort rutscht er zurück.

Erutts Eltern verlassen ihr altes Haus. Es stand nicht wie die meisten auf Pfählen am Fluss, sondern sehr weit vorne am Meer. Nun drängt das salzige Wasser bis über die Rundhölzer hinein.

»Ist ein weiter Weg bis zu eurem neuen Haus«, sage ich, und drehe mich so, dass der Schlitten nicht in den Knochen am oberen Ende meines Armes beißt.

»Dorthin kommt das Wasser nicht mehr so rasch«, gibt Erutt durch seine zusammengebissenen Zähne zurück. »Sileggs und ich haben Pfähle in den Boden getrieben.« Erutts Stimme wackelt etwas. »Und die Erdgeister sanft gestimmt.«

Nicht nur die Erdgeister müssen wir sanft stimmen, denke ich, während wir weiter gegen den Schlitten drücken. Das Holz knirscht. Die Ladung zittert. »Vielleicht sollten wir das Dorf aufgeben. Uns neue Fischgründe suchen. Bald wird das Meer auch bis zu eurem neuen Haus kommen.«

»Sind dies etwa die Worte dieser Ley-La?« Erutt spuckt auf die Erde und verreibt sein Mundnass mit dem Fuß. »Sei froh, dass die weise Jórunn noch immer fort ist.« Auf dem Hang bewegt sich der Schlitten jetzt nur müde. »Würde sie deine Worte hören, sie würde dich mitsamt der Fremdlinge aus dem Dorf bannen. So wie sie es einst mit Maga tat.«

»Schrei nicht ihren Namen!« Ich trete vom Schlitten zurück. Nun schießt Zorn in meine Stirn, obgleich ich weiß, dass Erutts Worte wahr sind.

Er schnaubt und stemmt sich alleine gegen den Schlitten. »Was willst du von mir, Argorson?«

»Ich … ich brauche deinen Speer, Sileggsson, dein mutiges Herz, deine scharfen Arlukaugen.«

»Wozu?« Erutt ächzt wie ein alter Ur.

»Ich will Ley-La und Lex zurückbringen.«

»In ihr Land?«

»So ist es.« Ich helfe Erutt wieder beim Schieben. Zusammen überwinden wir den weichen Hang. »Ich verstehe es nicht alles, aber da drüben, im Salzfinger, da gibt es eine Tür. Eine Tür in ihr Land.«

»Eine Tür? Im Salzfinger? Auf dem Land der Mog'Tar?« Erutt lacht auf. »Beim nackten Maa-Mutt! Diese Ley-La hat wirklich deine Sinne verdreht.«

Ich springe vom Schlitten weg und sehe zu, wie er Erutt mitsamt der Habe seiner Familie zurück zum Wasser schiebt.

»Alif, du musst weiterschieben. Sind deine Augen trüb? Alleine schaffe ich das nicht.«

»Es sind deine Augen, die trüb sind, Erutt. Ihr alle hier habt trübe Augen. Ich werde gehen und Ley-La und Lex in ihr Land bringen. Wenn ich nicht wiederkehre, so wisst ihr, wo ihr mich finden könnt.«

Leya

»Nein, das kann nicht wahr sein!«

»Sheesh, was für eine krasse Baustelle!« Lex puhlt den getrockneten Moorschlamm von seinen Handschuhen und ich reibe mir mit schmerzenden Fingern die Augen, weil ich das, was ich nun vor uns sehe, nicht glauben kann.

Es ist Nacht. Zusammen mit Alif und Shagga liegen wir im Gebüsch auf der Kuppe oberhalb des Salzfingers und starren auf das Unerwartete. Spielen uns unsere müden Augen einen Streich? Gaukeln uns unsere Ohren etwas vor? Und ist das, was wir riechen, wirklich real?

Der Weg durch den Trübwassersumpf fiel uns leichter als beim letzten Mal. Keine fiesen Schnappschildkröten, nicht ein Mog'Tar und die Geisterzäune wirkten im Tageslicht wie die vergessene Deko einer Kirmes-Geisterbahn.

Alif kannte sich in dieser tückischen Umgebung gut aus. Er führte uns über trockene Trampelpfade, Bohlenstege und durch nur knöcheltiefe Tümpel – Wege, die auch Shagga unbekannt waren. Und dennoch werde ich in diesem Leben kein Freund mehr von dieser Landschaft aus schwarzem Wasser, Faulschlamm und traurigen Bäumen.

»Wie kriegt man so was so schnell hin? Ich meine, ohne Bagger und Kräne und so?« Stöhnend schiebt sich Lex ein paar Zentimeter durch das Gesträuch.

Die Nacht ist warm und wolkenlos, der Vollmond und die Sterne werfen ein bleiches Licht auf die unwirkliche Umgebung. Gelbe Rauchschlieren und ein eigenartiger Geruch wehen über das Land.

Der Salzfinger ist weg! Einfach weg. Wo bei unserer Ankunft noch ein Meeresarm war, erstreckt sich nun ein schlammiger breiter Graben mit vereinzelten großen Pfützen, in denen vermutlich kein einziger leuchtender Krebs mehr lebt.

Nicht die Ebbe hat den Salzfinger trockengelegt. An einer Engstelle wurde ein gewaltiger Wall, ein Damm aus Steinen und Lehm und Baumstämmen errichtet. Während auf der Wasserseite noch das Meer über die Ufer tritt und das Riedgras überspült, lehnt auf der trockenen Seite der Staumauer eine Art Stützgerüst aus grob entasteten Birken.

Neben mir atmet Lex gequält aus. »Ich hab da ein ganz mieses Gefühl.«

Auch mein Herz klopft wild. Denn die von unzähligen Fackeln erhellte prähistorische Baustelle ist nicht verwaist. Schatten huschen zwischen den Holzgerüsten umher.

»Mog'Tar!« Lex knirscht mit den Zähnen. »Die haben sich abgeschwitzt, um das Tor trockenzulegen.«

Die drei Dolmensteine mit dem tischplattenähnlichen Deckstein wirken ohne all das Wasser noch viel größer. Um sie herum haben die Mog'Tar ebenfalls Baugerüste errichtet. Und die Arbeiten gehen sogar nachts gut voran.

»Es waren keine Trommeln«, sage ich, während das rhythmische Schlagen von Stein auf Stein über den toten Meeresarm hallt.

»Nope«, stimmt Lex mir zu. »Aber was tun diese Knochenhunde da?«

»Sie treiben Bilder in den Stein«, vermutet Alif.

Mich schaudert beim Anblick so vieler Mog'Tar. Wir zählen mehr als 40. Wenn auch nur die Hälfte von ihnen auf dieser Baustelle schuftet, dann muss ihr Dorf doppelt so groß wie das der Tashi sein. Die, die hier sind, gehen stumm ihrer Arbeit nach. Niemand spricht oder ruft einen Befehl, nur ab und zu dringt ein Husten oder Ächzen in die verrauchte Nacht.

»Hier stinkt was ganz gewaltig. Lass uns mal näher ran.« Lex zeigt auf einen der großen Findlinge, die der öde Meeresarm freigegeben hat. »Da hinten können wir mehr sehen.«

Wir schleichen aus der Deckung. Doch kaum haben wir die Böschung verlassen, bleibt Alif stehen. Nur kurz dreht er die Nase in den Wind, dann deutet er uns hektisch, die Köpfe sofort wieder runterzunehmen.

Sofort spüre ich, dass uns gerade etwas ins Visier genommen hat.

»Hab ich euch!« Die Stimme ist direkt hinter uns.

Lex

Alter! Das war schon wieder nah dran am Herzkasper. Meine Pumpe hüpft noch, als unser Verfolger aus dem Schatten tritt. Trotz des Schlamms auf seiner Haut erkenne ich ihn sofort.

»Erutt?« Auch Alif ist überrascht. »Was treibt *dich* her?«

»Ungeahnt, Argorson? Ich dachte mir, wenn du die Fremdlinge alleine in ihr Land geleitest, schaue ich mir ihre Fischgründe auch mal an. Wer weiß, welche Beute den Tashi sonst noch entflieht.«

Erutt wirft mir einen kurzen coolen Blick zu, aber es ist klar, dass er uns helfen und nicht verpfeifen will.

Shagga stupst mit seinem Arm gegen Erutts Speer. »Sieh, was die Mog'Tar getan haben.«

Der Wildbeuter lässt seinen Blick über das verrauchte Spektakel schweifen. Prüfend saugt er Luft in seine Nase.

»Schlangenhaut«, sagt er nach einer Weile, spuckt auf den Boden und verreibt den Rotz mit der Erde. »Ihr falscher Atem weht hier. Das ist ihr Werk.«

Mit einem Schlag checke ich, woher ich diesen komischen Gestank kenne, der hier die Luft verraucht.

»Jórunn!?« Da sind wir die ganze Zeit froh, dass sie weg ist, und jetzt rennen wir ihr direkt in die Arme?

»Meine Augen können nicht so weit fliegen«, sagt Alif.

»Dort!« Shagga deutet auf eine Silhouette, die weit oben auf dem Gerüst des vordersten Steinpfeilers erscheint.

Alter! Shaggas Adleraugen wieder mal. Wir anderen können zwischen Fackelschein und Rauch nur gesichtslose Schatten erkennen.

Also pirschen wir weiter vor. Wieder zeigt sich, was die Tashi-Brüder draufhaben. Am Ufer des toten Gewässers liegen dicke runde Felsen. In ihren Schatten sind wir hoffentlich vor Entdeckung sicher.

Uff! Shagga hatte recht. Das Geweih auf ihrem Kopf ist kurz, aber das Feuer wirft lange Schatten auf die roten Steine. Inmitten des Baugerüsts, mehrere Meter über dem Bett des Salzfingers, steht tatsächlich Jórunn, diese fiese Hexe. Hier also hat sie sich die ganze Zeit verkrochen.

»Was treibt sie? Warum steht sie im Bund mit den Mog'Tar?« Alifs Stimme geht im Steinegekloppe der Knochentrinker fast unter. Rote Splitter prasseln zwischen den Birkenstämmen herab. Manchmal donnert ein kopfgroßer Gesteinsbrocken abwärts und gräbt sich in den matschigen Boden des Ex-Meeresarms.

»Sie zerstören den Dolmen!«, raunt Leya.

»Heiliges Mammut!«, stimme ich ihr zu. »Das ist es! Diese verfluchte Alte. Weder wir noch irgendein anderer Doggerländer soll die Flatter machen.«

Zähneknirschend und fassungslos starren wir auf die Schamanin. Sie hat sich verändert. Sie trägt eine Kapuze und den unteren Teil ihres Gesichts hat sie weiß angepinselt, dass es im Mondlicht wie ein Schädel aussieht. Außerdem hat sie sich mit Knochen behängt, die von ihren schmalen Armen herabbaumeln. Die Schamanin ist nicht nur übergelaufen, sie hat sich auch dem Style der Mog'Tar angepasst.

Ich glaube die Knochenärmel bis hierher rascheln zu hören, als Jórunn einen handgroßen Holzkasten hervorkramt. Dann pustet sie hinein und eine Flamme im Inneren des Kastens wird größer.

»Eine Laterne?«, wispert Leya neben mir.

Aber nicht Licht, sondern gelblicher Rauch quillt aus dem Teil.

Also daher stammt der ganze Smog hier, will ich sagen, als Jórunn die Rauchfunzel auf einmal vom Gerüst wirft. Schon glaube ich, das Teil wird zerbrechen, doch die Laterne baumelt an einem langen Seil. Jórunn schwingt sie hin und her und treibt mit jeder Bewegung mehr und mehr des gelben Qualmes heraus.

Neben mir keucht Shagga auf und hält sich den Ellbogen vors Gesicht. Die Knochentrinker aber heben die Köpfe und schnuppern wie neugierige Hunde, als wollen sie den Rauch einsaugen.

Keine zehn Sekunden später wabert der eigenartige Harzgeruch auch zu uns herüber. Rasch ziehen wir T-Shirts und Hirschleder über unsere Nasen und Münder und treten den Rückzug an. Was immer Jórunn da zusammengebraut hat, wir wollen das nicht in unsere Lungen lassen.

»Und was nun?«, frage ich in die Runde, als wir wieder in der Uferböschung oberhalb des Salzfingers liegen.

»Wir warten«, sagt Erutt mit knirschenden Zähnen. »Wir warten, bis die Augen und Fäuste der Mog'Tar schwer werden. Dann schleichen wir uns an Jórunn heran, stoßen der falschen Schlange den Speer durch den Leib und bringen ihn unserem Häuptling.«

»Alter, jetzt chill mal dein Leben«, gibt Shagga todernst von sich.

Ich unterdrücke nur mühsam ein Lachen.

»Sie werden nicht die ganze Nacht durcharbeiten«, sagt Leya. »Dann können wir den Dolmen genauer unter die Lupe nehmen. Falls er dann noch steht.«

Alif

Ich pirsche voran, leise, den Leib nahe an der Erde, den Kopf gesenkt. Danach kommt Lex, dann Ley-La. Shagga ist direkt neben ihr, Erutt gibt sich mit der Nachhut zufrieden.

Wir haben lange im kalten Gras gelauert, bis die Mog'Tar ihre Hämmer niedergelegt und von den Gerippen der Schwarzfleckenbäume heruntergestiegen sind. Zusammen mit Jórunn trotteten die meisten an das andere Ufer des Salzfingers, wo die fernen Feuer ihres Dorfes lodern. Andere legten sich gleich unter den roten Steinen zur Ruhe.

Nun schleichen wir von Fels zu Fels, die im atemlosen Bett des Salzfingers ruhen. Der Seetang auf ihnen ist noch feucht. Auch Fische ohne Atem liegen umher und ein paar Krebse suchen Schutz unter den Felsen. Jórunns gelber Rauch fließt über allem. Er lässt die Mog'Tar schlafen. Doch er macht auch unsere Augen schwer. Wir müssen uns eilen. Der falsche Geisteratem der schändlichen Schamanin darf nicht zu lange in unsere Münder dringen.

»Oben auf dem Damm sind noch zwei Mog'Tar«, flüstert Ley-La zu mir. »Und sie schlafen nicht.«

Es macht mich stolz zu sehen, wie scharf ihre Augen geworden sind, wie gut sie gelernt hat, leise zu gehen und sich im Schatten zu verbergen.

Einer der roten Steine ist kaum noch dicker als der Stamm

eines alten Weichholzbaumes, so sehr haben die Hämmer der Mog'Tar gewütet. Dass der große Stein obenauf noch nicht gefallen ist, ist ein Wunder.

Shaggabug und ich halten mehrere Speerlängen Abstand zu den Steinen. Ley-La allerdings steigt durch die zusammengeschnürten Schwarzfleckenäste furchtlos vorbei an den laut atmenden Mog'Tar, den Blick auf den Grund des Salzfingers gerichtet.

»Alles tot«, zischelt sie. Ihre Worte gelten nicht mir, sondern ihrem Bruder.

»Yo, nix mit Leuchtkrebsen«, raunt Lex.

Ich weiß, was er meint. Der Schimmertanz der Krebse – hier wird das blaue Leuchten nicht mehr zu sehen sein.

»Was sucht ihr zwischen diesen Steinen?«, fragt Erutt. Zu laut, sogleich grunzt einer der Mog'Tar in seinem Traumlied.

Lex seufzt leise. »Eine Tür. Zwischen den Steinen. Eine Tür, die man nicht sieht. Und die in unser Land führt.«

»Eine Tür?« Vorsichtig sticht Erutt mit dem Speer in die Luft zwischen den Steinen. »Da ist nichts.«

»Ja, Mann, ist schwer zu kapieren.« Wut schwimmt in Lex' Worten, als er mit den Händen über die geschlagenen Wunden an den Steinen streicht. »Diese Steine singen keine Lieder mehr.«

Erutt macht große Augen. »Das Lied der Sternenkinder. Dies sind die Steine aus dem alten Traumlied!«

»Jap, willkommen im Club der Wissenden. Nützt aber nun auch nichts mehr. Kein Wasser, kein blaues Leuchten. Keine Tür.«

»Es gibt noch eine Hoffnung.« Ley-La zieht das Steinmesser, das ich ihr gab, und deutet auf den Damm. »Wir holen uns Wasser.«

Lex

Die Idee von Leya ist bombe. Wir huschen zu dem Damm. Mit Messer, Speer und Pfeilspitze wollen wir die Leder- und Binsenschnüre, die das Stützgerüst aus Birkenstämmen zusammenhalten, durchtrennen.

Zuerst steigt Erutt die hölzernen Streben hoch. Seine Mission ist, die beiden Wachen auf dem Damm in Richtung Ufer wegzulocken. Ich hoffe, er macht keine Dummheiten.

Gespannt warten wir Übrigen unter dem Dammgerüst auf das Zeichen, mit der Sabotage zu beginnen.

»Und wenn er abhaut?«, fragt Leya.

»Das wird er nicht«, sagt ausgerechnet Alif. »Erutt ist ein guter Wildbeuter. Auch wenn seine Zunge manchmal schneller ist als der Kopf.« Er zwinkert mir zu.

Es vergehen weitere Minuten. Immer wieder schauen wir zu den Knochentrinkern und beten, dass keiner aufwacht.

Dann endlich röhrt etwas der Marke »Geiler Hirschbock« vom Ufer herüber.

Die Wächter auf dem Damm schrecken sofort auf. Sie laufen in Richtung Ufer. Hunger ist eine mächtige Waffe, erst recht in der Steinzeit.

Kaum sind die beiden Mog'Tar weg, beginnen wir mit der Kletterei. Shagga bleibt derweil unten und behält das Ufer mit den nächtlichen Lagerfeuern sowie die restlichen schlafenden Knochentrinker im Auge.

Auf dem Birkengerüst haben wir einen guten Halt, aber das Holz knarrt und ächzt, als würde es sich beschweren. Stumm gestikuliere ich zu Alif und Leya, jeweils andere Streben zu benutzen, um das Gewicht zu verteilen.

Auch müssen wir im oberen Bereich der Dammkonstruktion darauf achten, die richtigen Verschnürungen zu kappen, sonst klappert uns das gesamte Gerüst auf einmal weg, das Meer bricht durch und dann ist hier richtig Alarm.

Leyas Schrei reißt mich aus meiner Arbeit. Mist! Sie ist abgerutscht, konnte sich aber noch halten.

Wir verharren und lauschen in die Mondnacht. Wenn auch nur einer der Knochentrinker vom Ufer in unsere Richtung schaut, wenn auch nur einer der hier Schlafenden ein Auge aufmacht, dann gibt's richtig Beef.

Aber – *lit* – keiner bemerkt uns.

Wo ist eigentlich Erutt?

Oben angekommen branden die Wellen in unserem Rücken laut und gierig gegen den Damm. Mit bloßen Händen graben und wuchten wir einen Teil der Staumauer weg. Das kostet Kraft und lässt uns ordentlich schwitzen. Laute Geräusche sind nun unvermeidbar. Schon kollern die ersten Äste und Felsbrocken herunter und Shaggabug muss wegspringen.

Jetzt kommt der gefährlichste Part. Reißen wir zu viel ab, macht das einen Heidenlärm und schreckt die Mog'Tar zu schnell auf. Kloppen wir aber zu wenig weg, läuft das Wasser nicht bis zum Tor. Und wir brauchen Wasser und wenigstens ein paar leuchtende Viecher darin, um die Magie unseres Zeittors zu wecken.

Leya

Ein kleines Rinnsal schwappt über den Damm. Es wird zu einem breiten Bach, der sich seinen Weg bahnt. Schon regen sich grummelnd die ersten Knochentrinker.

Dann trifft das Wasser auf die von Seepocken übersäten Dolmensteine.

Die Steine bleiben dunkel und stumm.

Lex flucht. Ich fluche.

Von oben sehen wir, wie Shagga zu der Wasserlache springt. Und vorsichtig seine Fußspitze hineintunkt. Ein hellblauer Kreis leuchtet auf. Na, also!

Ich schaue Lex an. Er nickt mir erleichtert zu. Dann gleitet mein Blick zu Alif. In seinem Gesicht steht eine Frage.

Nein, Alif, ich kann nicht bleiben. Es tut mir leid.

Kaum habe ich das gedacht, reißt die Kraft des Wassers einen großen Stamm aus der Staumauer. Er rutscht in das Birkenholzgestänge. Verkeilt sich. Das Holz ächzt. Dann gibt es knackend nach. Weitere Erdmassen lösen sich. Der Bach wird zu einem Wasserfall. Der Damm erzittert. Wir müssen hier schleunigst runter!

Wir klettern, wir springen, eigentlich stolpern und fallen wir mehr herab. Lex stöhnt auf, als er mit dem Knie auf einem großen Ast landet. Ich will ihm aufhelfen, da ist Alif schon zur Stelle.

Am Ufer ertönen Rufe. Fackeln tauchen im Schilf auf und im Salzfinger erheben sich schlaftrunken die ersten Mog'Tar. Sie starren uns an, als wären wir Geister.

Das war's. Wir sind aufgeflogen.

Zum Tor. Irgendwie. Schnell!

Ein Knochentrinker, der sich zum Schlafen gegen das Gerüst am Fuß des Dolmenpfeilers gelehnt hat, ist schon auf den Beinen. Irritiert starrt er auf das immer schneller heranfließende Wasser, bemerkt das blaue Glimmen und taumelt mit ängstlichem Schrei weg, als es immer größer und heller wird. *Ja, es funktioniert!*

Doch dann bemerkt der Mog'Tar, dass Lex und ich in seine Richtung rennen. Lex humpelt an ihm vorbei, ich täusche links an, der Mann greift nach mir, ich entwische zu seiner Rechten. Ohne mich umzudrehen, höre ich, dass sich Alif auf den feindlichen Krieger wirft.

Weitere Mog'Tar werden wach. Sie greifen zu ihren Waffen. Auch vom Ufer eilen Knochentrinker herbei. Kehlige Rufe gellen über die Baustelle. Das Loch im Damm wird von Sekunde zu Sekunde größer. Das leuchtende Wasser nährt das Tor. Die Geister des Wassers, die Natur, das Schicksal – was auch immer –, es ist auf unserer Seite.

Noch zehn Meter bis zum Tor. Das Sirren der Steine wird immer lauter, ihr Leuchten strahlender. Jetzt kriechen blaue Blitze aus dem Wasser über den Dolmen und verbinden sich zu einer leuchtenden Wand.

Lex ist bereits bei Shaggabug. Gebannt starren sie auf das magische Schauspiel.

Auf einmal hechten zwei Mog'Tar auf mich zu. Die Knochenkette um den Hals des einen rasselt auf seiner nackten Brust. Aus dem Augenwinkel sehe ich, wie der andere Krieger die Hand zum Schlag hebt.

Da werde ich umgerissen. Lande im Matsch. Mit Alif. Der Schlag der Knochenaxt drischt in die Luft, dort, wo ich soeben noch gestanden habe.

»Auf!«, brüllt Alif mich an und schleudert im selben Augenblick seinen Bogen zwischen die Beine des Angreifers. Der Mog'Tar strauchelt. Doch der mit der Knochenkette hechtet herbei. Und noch mehr Krieger stürmen auf uns zu.

»Zum Ufer!« Alif stößt mich fort.

»Nein, das Tor …«

Alif funkelt mich mit solch wildem Blick an, dass ich erschrecke.

»Leya!«, höre ich Lex da rufen.

Er und Shagga werden von vier Mog'Tar eingekreist. Die Knochentrinker schwingen Speere, Keulen, Äxte, doch irgendwie schafft es Shagga, an ihnen vorbeizuschlüpfen.

Lex ist nicht so flink. Ein Mog'Tar springt ihn an und drückt ihn mit dem Gesicht zuerst in den Schlamm. »Ley…«, erstickt sein Schrei.

»Lex!« Ich will zu ihm, aber da kommt mir Shagga entgegen und drängt mich das Ufer hoch.

Auch Alif erreicht uns. Stumm zieht er mich zwischen einer Gruppe von Weiden zurück ins Trübwasser. Ich höre, wie Lex ein drittes Mal nach mir ruft. Dann ist es still.

Alif

Wir sind Beute, doch wir laufen schnell, laufen weit – Ley-La, Shaggabug und ich. Wir laufen zuerst, wie eine Bogensehne geformt ist, und dann zurück, wie das Holz des Bogens wächst. Nun sind wir wieder dort, wo wir zuerst vor den Mog'Tar flohen. Hier vermuten sie uns nicht, denn hier haben sie uns schon gesucht. Wir sind Beute, doch wir sind klüger als die Knochentrinker.

Ley-Las Körper zittert. Auch mein Bruder atmet schwer. Wir sind weit gerannt, weiter als Speere fliegen können. Jetzt sind unsere Beine schwer, unsere Gesichter nass und unser Atem beißt. Und doch atmen wir.

Wir verharren zwischen den langen Uferblättern, halten unsere Zungen ruhig. Wir hoffen, Erutt ist irgendwo da draußen und tut das Richtige. Wir hoffen, Lex atmet noch.

Ley-La schluchzt. Ich weiß, diese Wunde ist *in* ihr drin.

Langsam kriecht das Himmelsauge in unserem Rücken aus dem Meer, verwischt das Schwarz zu Blau und webt dann Rot hinein, ein Rot wie das Blut eines Dolchzahns.

Da bläst einer der Mog'Tar, die uns nicht nachgejagt sind, in das Horn eines Breitstirnbullens. Der klagende Ton ruft alle Mog'Tar zu den roten Steinen.

Lex ist nicht unter ihnen.

Es macht mein Herz leicht und doch frage ich mich, was die Knochentrinker mit ihm getan haben. Dass wir ihn nirgends entdecken, ist ein gutes Zeichen. Die Mog'Tar trinken das Innere der Knochen, um an das Geschick zu kommen, an dem es ihnen mangelt. Aber die Mog'Tar sind auch träge wie die Haarhörner. Sie nehmen gern Gefangene und machen sie zu ihren Sklaven.

Jórunn tritt hinaus auf die obere Plattform der Schwarzfleckenstämme.

Ley-La krallt ihre Finger in meinen Arm. »Alif, was ist mit Lex? Wir müssen etwas tun.«

Sie hat recht, aber was können wir von hier aus ausrichten? Ich habe keinen Bogen mehr, Ley-La nur das Steinmesser und Shaggabug bloß seine Füße. Nein, wir müssen zurück ins Dorf. Hilfe holen. Ich hoffe, Erutt ist schon dort.

Die falsche Schamanin hält wieder ihr Holzlicht hoch, bläst mehrmals hinein und lässt es dann erneut an dem Bastseil herabbaumeln. Und wieder fällt der falsche gelbe Atem über den Salzfinger und die Mog'Tar laben sich an ihm und kehren zurück an ihre wütende Arbeit.

Und Jórunn beginnt zu singen. In einer fremden Zunge. Die der Mog'Tar. Wie viele Monde besucht sie das Dorf unserer Feinde schon?

Stein trifft auf Stein, schneidet und bricht rote Splitter und große Brocken heraus. Schlag um Schlag verliert die Steilsäule weiter an Stärke und zwischen jeden Schlag dringt Jórunns giftiger Gesang. Ich spüre, dass mit jedem Schlag etwas schwindet. Etwas Großes, Machtvolles. Und als Shaggabug neben mir aufschluchzt und seine Arme hinter seinem Rücken versteckt, weiß ich, was ihn quält.

»Schaut! Die Steine, sie wackeln.« Ley-La reckt den Kopf so weit vor, dass ich sie zurückziehen muss.

»Jórunns Lied tönt gegen das Traumlied«, sagt Shaggabug mit trauriger Stimme.

Da erzittert der obere Stein. Jórunns Gesang wird lauter. Immer schneller, immer härter schlagen die Mog'Tar auf die roten Steine.

»Alif, die Steine ... ich weiß, was geschehen wird.« Ley-Las Worte sind voller Angst.

Ich schweige. Nur wenige meiner Pfeile sind mir geblieben. Einer von ihnen gegen das Holzlicht mit dem gelben Rauch und dann ... Doch ich habe keinen Bogen mehr.

Da hallt ein lautes Knacken durch den Morgen. Die Strahlen des Himmelsauges ergießen sich zugleich über den roten Stein, als er zu rutschen beginnt. Ley-La schreit auf. Die Hammerschläge, das Knirschen des Steins und Jórunns Gesang übertönen alles. Die Säule schwankt, stürzt zur Seite, der obere Steindeckel verliert den Halt, donnert herab und bleibt wie ein steiler Berghang liegen. Schreie flattern auf, Jubel brandet darüber und Schlamm spritzt. Dann ist es plötzlich so still wie im kalten Herzen einer Höhle.

Leya

Zusammengebrochen! Das Dolmentor ist nicht mehr. Der einzige Weg zurück, in unsere Zeit, in unser altes Leben. Unser Weg nach Hause: Zerstört!

Und Lex: Von Knochentrinkern gefangen!

Wir werden hier sterben, unser Atem wird in Doggerland verwehen. 8000 Jahre vor unserer Geburt.

Lex

Gefangen. Schon wieder. Dieses Mal nicht in einer fauligen Hütte, sondern in einem Käfig. Einem Käfig aus Knochen. Vermutlich Mammut, was ’ne Ironie.

Mir ist saukalt. Die ganze Nacht konnte ich mich weder richtig hinlegen noch hinsetzen. Immer hat mir was von dem Tiergerippe in den Rücken gedrückt. Außerdem hämmert mein Schädel, als hätte ich zu viele Energydrinks getrunken. Liegt vielleicht an dem Schlag, den mir einer der Mog’Tar-Wächter verpasste, bevor er mich in den Käfig schubste. Mit dem Ende seiner Knochenkeule. Ich schwöre, wenn ich hier rauskomme, dann gibt’s richtig Ärger.

Jetzt, am Tag, sehe ich zwar mehr, aber was ich sehe, chillt mich auch nicht unbedingt. Während Alifs und Shaggas Leute in Pfahlhäusern leben, hausen die Mog’Tar in Hütten aus Ästen und Leder. Und Knochen. Aus meinem Käfig, der mit der Rückseite an einer Felswand klebt, kann ich einen hohen Zaun aus Palisaden sehen. Auch der ist mit Knochen geschmückt. Sogar ein paar Schädel, eindeutig menschliche Totenköpfe, ragen auf Speeren aus dem Zaun hervor.

Irgendwann am Morgen schiebt mir die Wache endlich was zu beißen in meine Knorpelzelle. Der Geruch lässt mich würgen. Aber die Fliegen stürzen sich sofort auf die Holzschale mit *Faulige Früchte an Knochen, mit einem Hauch von Fleischrest.*

Ich muss an unsere Eltern denken. Haben sie überhaupt noch Hoffnung, dass wir am Leben sind? Und haben wir noch eine Hoffnung, je wieder zurückzukommen?

Bevor mich die Knochentrinker aus dem Salzfinger wegzerrten, konnte ich noch sehen, wie das Tor in sich zusammenbrach. Scheiß die Wand an, das sah übel aus, aber waren die Steine des Dolmen nicht schon bei uns, in der Zukunft, genau so auseinandergefallen?

Alif

»Du willst ihn aufgeben? Ihn dort versauern lassen?«

Schon wieder eines dieser Wörter, die ich nicht verstehe. »Was soll ich noch tun, Ley-La? Ich bin hier, bei dir. Shaggabug läuft alleine zurück durch das Trübwasser, um Argor von alldem zu berichten. Und um Speere zu bitten.«

Ich spreche es nicht aus, doch ich hoffe, der Häuptling hört auf seinen anderen Sohn. Vielleicht kommen die Tashi mit ihren Speeren. Wenn nicht wegen Lex, dann um Jórunns Verrat zu ächten.

Es war nicht leicht, einen Weg zu wählen. Einen Weg zwischen meinem Herzen und dem, was ein guter Häuptling für seinen Stamm tun muss. Gerne wäre ich mit Shaggabug und Ley-La zurück in unser Dorf gelaufen und hätte den Kleinmann, der von den Sternen kam und bei den Knochen blieb, vergessen. Doch ein unsichtbares Band verbindet Ley-La und Lex. Ein Band, das nicht so leicht zerschnitten werden kann. Ich wünsche, das Band zwischen Ley-La und mir wäre auch so stark.

»Wir brauchen eine List, wenn wir Lex befreien wollen«, sage ich und zerreibe Erde zwischen meinen Fingern.

Noch immer hocken wir im Flussgras am Salzfinger. Die Steine sind gestürzt, die Mog'Tar haben ihr schändliches Werk zurückgelassen und sind wieder in ihr Dorf gekrochen. Die alte

Schamanin hat uns alle betrogen, hat sich viele Monde lang in falsche Häute gehüllt. Nun braucht mein Volk eine neue, eine junge Schamanin.

Ich schaue zu Ley-La.

Falsche Häute, eine junge Schamanin – das ist es!

Lex

Tag 2 meiner Gefangenschaft. Der Hunger killt mich. Zwar gab's wieder eine neue Portion Matschobst (dieses Mal ohne Fleischrest). Aber als auch Ameisen und Bienen zum Buffet kamen, habe ich die Schale beim Verscheuchen dummerweise rausgekickt.

Am Abend feiern die Knochentrinker irgendwas. Sie hocken zusammen, machen Musik auf Trommeln und Flöten. Aber die Party wird durch Regen gestört. Immerhin kann ich Wasser aus einer Pfütze saufen.

Am dritten Tag meiner Gefangenschaft bekomme ich endlich Besuch. Jórunn erscheint mit klimpernden Knochen. Sie bringt Essen, frisches Essen: Riesenhirsch.

Ich hab den Braten schon gerochen, als er über dem Feuer brutzelte. Die ganze Zeit hatte ich Sorge, dass sie mich damit nur pranken wollten.

Bevor die Alte es sich anders überlegt, stürze ich mich auf die Schale. Jórunn starrt mich an. Egal.

»Großes Verlangen für ein Sternenkind.« Die Schamanin lächelt. Trotz ihrer braunen Zähne und der grünen Augen, die aus dem mit Weiß zugekleisterten Gesicht hervorstechen, wirkt sie für einen Augenblick wieder wie eine nette Oma; eine Oma mit einem super Braten.

Ich wische mir den Mund mit der Hand ab. Mein Magen grummelt. Er kommt mit der schweren Mahlzeit nicht klar.

Dann kauert sich die Schamanin mit knackenden Gelenken vor meinen Käfig.

»Du und deine Schwester«, beginnt sie mit sanfter Stimme, als würde sie mir was vorlesen, »ihr bleibt im Land der Mog'Tar, der Tashi und vieler anderer Stämme. Ihr bleibt, bis euer Atem nicht mehr weht!«

Ich halte ihren grünen Augen stand, antworte nicht. No fear, no surrender. Mein armer Magen gibt weitere knurrende Kommentare ab.

Aus einem Beutel zieht Jórunn ein paar getrocknete Blätter hervor, spuckt darauf und beginnt, sie zu einer Kugel zu formen. Ihre Fischschuppen-Handschuhe knistern dabei.

Erneut rumort es in meinem Bauch und dann – verflucht, was läuft hier? – fährt ein heißer Stich in meinen Magen.

»Mag das Sternenkind nicht sprechen?« Jórunn rotzt erneut in ihre Handflächen, um die eklige Kräuterkugel weiter zu formen.

»Erspar mir das Sternenkind-Gelaber.« Ich merke, wie ich auf Angriff wechsle. »Das ist nur eine Legende, eine Geschichte. Ich heiße Lex, okay? Und wenn ich hier rauskomme – und ich schwör', das werde ich –, dann krempeln meine Schwester und ich dieses Land so was von auf links, darauf kannst du Gift nehmen!«

Mit Genugtuung sehe ich, wie die Augenlider der Schamanin flattern und ihre Mundwinkel abstürzen.

»Oh, weder du noch jemand sonst wird je wieder durch die singenden Steine schreiten. Ich werde nicht dulden, dass ihr Wandel in mein Land tragt.«

Ein weiterer Magenkrampf hindert mich, Kontra zu geben.

»Du brauchst das, wenn es aufhören soll.« Jórunn hält das fertige Pflanzenbällchen hoch. »In dir tanzen falsche Geister.«

Auf einmal begreife ich. *Gift!* Hat mich die Hexe etwa mit dem Hirschbraten vergiftet? Ich Idiot! Und nun soll ich um das Gegenmittel betteln.

»Was willst du?«, presse ich hervor und strecke zitternd eine Hand durch das Knochengitter.

Jórunn weicht zurück. Ich recke auch den anderen Arm durch die Lücken zwischen den Knochen. Mein Magen zieht sich schmerzhaft zusammen. »Gib mir das Zeug! Bitteeeee!«

Mit einer flinken Bewegung, die ich der Alten nicht zugetraut hätte, packt sie meine Handgelenke. Ihre Finger sind kalt und knochig. Ich versuche, meine Hände zurückzuziehen. Himmel, woher nimmt die Hexe ihre Kraft?

Da lässt Jórunn mich plötzlich wieder los. Bevor ich das checke, greift sie blitzschnell zu einem der Tierknochen und verkeilt ihn rasch in dem Käfiggitter.

Ich stöhne auf. Hat nicht wehgetan, aber meine Arme sind jetzt eingeklemmt. »Was soll das?« Ich rüttle am Käfig.

Bringt nichts. Festgekeilt hänge ich im Gitter.

Mühelos zieht Jórunn mir meine Handschuhe von den Händen. »Ich ahnte es.« Die Schamanin spreizt meine Finger brutal auseinander. »Flossenhände. Schon wieder.«

Alif

Schweigend eilen Ley-La und ich am Ufer des atemlosen Salzfingers entlang. Das Land der Mog'Tar ist anders, die Weichholzbäume wurzeln auf steiniger Erde, das Gras ist weniger grün als in den Fischgründen meines Volkes. Hier gehöre ich nicht hin.

Ley-Las Geist ist in Aufruhr. Immer wieder huschen ihre Augen zu den gefallenen Steinen im Salzfinger zurück. Ley-La hat sie und diese Tür noch nicht losgelassen. Sie wirkt unsicher. Was geht in ihrem Kopf vor?

Oder ist es unsere List, die sie ängstigt? Sie ist ein großes Wagnis, vor allem für Ley-La, und noch haben wir dafür nicht alles bereit.

Lex

Flossenhände. Ja, Jórunn, nicht nur Leya hat diese Kack-Mutation. Bei mir haben meine Eltern allerdings damals der Operation zugestimmt. Bei meiner Schwester haben sie es nicht gewagt. Wir waren beide Frühchen, aber ich war kräftiger als Leya. Seit dieser OP habe ich Narben an den Fingern. Und trage darum immer Handschuhe.

»Flossenhände.« Jórunn hält meine Finger noch immer fest. Da meine Arme zwischen den Knochen eingeklemmt sind, kann ich nichts dagegen tun. Der süßlich-rauchige Atem der Schamanin schlägt mir ins Gesicht. »Falsche Geister, mit dir sind sie zurückgekommen. Zurück in mein Land.«

»Was willst du von mir?« Ich zerre an meinen Armen, trete mit den Füßen gegen das Knochengitter. Der Käfig hält.

»Ich werde diesen Fluch ausrotten. Ob Tashi, Mog'Tar oder Sternenkind – niemand nimmt mir meine Welt.«

»Was? Ey, jetzt mal langsam. Ich habe nicht vor, dir irgendwas wegzunehmen.« Noch immer kneift mein Magen.

Aus dem Schatten ihrer gehörnten Kapuze sieht mich Jórunn an. »Mit dir kommt der Untergang. Ich habe es in den Flammen gesehen, ich habe es in der Erde geschmeckt, die Wellen haben es mir zugespült und in der Luft lag ein schrilles Lied.« Jórunn rollt mit den Augen. »Die Sternenkinder, gleich und gleich, ihre Finger verbunden, sie werden kommen und mit ihnen das Ende.«

Oha, schon wieder diese Geschichte: Die beiden Sternenkiddies, die sich am Himmel langweilen und runter auf die Welt wollen, nur mal schauen, was da so abgeht. Den Boss macht das tierisch sauer, er wirft den Blagen ganze Planeten hinterher. Bumm, Apokalypse, Weltuntergang.

Untergang … das ist es, was die Schamanin stresst! Der Tod allen Lebens. In Leya und mir sieht sie diejenigen, die den Tsunami verursachen. Wir, die Sternenkinder, wir bringen den Untergang Doggerlands. Und den will Jórunn verhindern. Kacke, sie will *uns* verhindern.

Aber warum eigentlich wir? Richtig, die Sache mit den Händen. Jodi, die Pubwirtin, erzählte von *an den Händen halten*. Jórunn spricht von *verbundenen Fingern*.

»Deshalb also hast du Shagga die Hände abgehackt«, werfe ich ihr ins Gesicht. »Du hattest Schiss vor seinen Fingern! Du wolltest nicht, dass die Geschichte wahr wird, dachtest, Shagga wäre vielleicht so ein Sternenkind. Er könnte den Untergang bringen. Aber bei allem hast du übersehen, dass immer von zwei Sternenkindern die Rede war.« Ich merke, wie mich meine eigenen Worte stark machen und dabei sogar die Magenschmerzen wegpushen.

»Und jetzt sage ich dir noch was, *Frau Jórunn.* Du kannst mir nix. Egal, was du mir antun willst, die Zukunft, der Morgen, nenn es, wie du willst, das alles steht schon lange fest. Du kannst den Morgen weder aufhalten noch ändern – nicht durch Verbote von alten Geschichten, nicht indem du Steine zertrümmerst, Leute wegsperrst oder verstümmelst.«

Schlagartig verblasst das Lächeln auf Jórunns Gesicht. Hab ich's der Alten doch noch gegeben?

Für einen langen Moment herrscht Schweigen. Dann heftet Jórunn ihren Schlangenblick wieder auf meine vernarbten Finger. »Falsche Geister, sie nagen schon lange an meiner Sippe. Nicht nur an Shaggabug, auch an Tashi, die nicht mehr unter uns sind. Und sie nagen auch an dir, Sternenkind, obgleich deine Flossen durchschnitten sind.« Sie schlägt gegen den Tierknochen und meine Hände sind plötzlich wieder frei. »Der Morgen wird kommen, Sternenkind. Aber er kommt ohne dich!«

Leya

Je näher Alif und ich dem Dorf der Mog'Tar kommen, desto nervöser werde ich. Doch trotz aller Gefahren wächst eine neue Hoffnung in mir. Ich sah es bei all dem Stress bisher nur nicht klar genug: Die Steine des Dolmentores sind zusammengebrochen, doch genauso sahen sie damals (also eigentlich später) im Watt der Nordsee aus. Der Zauber, der uns mitriss und nach Doggerland brachte, funktioniert vielleicht jetzt wieder!

Jórunn und die Mog'Tar haben die Steine zu Fall gebracht und die Magie damit womöglich erst befreit. Die Tür zurück in unsere Zeit könnte also wieder einen Spalt offen stehen.

Doch darum kümmere ich mich später. Zunächst muss ich meinen Bruder retten. Mit einer List, die uns beide das Leben kosten wird, wenn sie fehlschlägt.

Lex

Ich werde hier draufgehen. In Doggerland. Tausende Jahre vor meiner Geburt. Big epic fail. Und warum? Wegen eines beschissenen Gens und irgendeiner Geschichte, die ein paar Wald- und Wiesendruiden und eine durchgeknallte Steinzeit-Oma unter Drogen geträumt haben.

Meine Lage ist noch verzweifelter als zuvor. Viele Minuten habe ich versucht, mit einem Stein einen anderen Stein so zu behauen, dass er scharfe Ränder erhält. Bei Alif sah das immer so leicht aus. Ist es aber nicht. Ich kloppte mir mehrmals auf die Finger. Sogar Mog'Tar-Kinder lachten über mich.

Als sie sich ausgelacht hatten und mich nicht mehr beachteten, begann ich, mit dem Stein eine Kerbe in einen der fetten Knochen zu ritzen. Nach dem Stand der Sonne zu urteilen, hat es über zwei weitere Stunden gebraucht, bis mir gelang, den Knochen rauszubrechen. Das allerdings war zu laut. Ein Knochentrinker kam her und zerrte mich schimpfend aus dem Käfig.

Seitdem bin ich zwar draußen, aber gefesselt. Mit dem Rücken an einen Stamm. Vom Kerker an den Marterpfahl. So ein Mist.

Kein Plan, wie lange ich hier schon angebunden hocke. Immer wieder fallen mir die Augen zu. Bin wahrscheinlich total unterzuckert. Essen gibt's keins mehr. Sie wollen nix an denjenigen verschwenden, der das Unheil über alle bringen wird.

In der Nacht steht auf einmal wieder Jórunn vor mir. Ich blinzele. Was will sie schon wieder? Ihr komisches Geweih hat sie abgelegt. Auch wirkt sie größer.

Nein, das ist nicht Jórunn! Aber all die Knochen, das abgeranzte Tierfell über dem Kopf, das mit weißer Farbe zugekleisterte Gesicht – das ist ’ne Schamanin, aber eine viel jüngere Version.

Meine Kehle fühlt sich an, als hätte ich ein Glas Sand getrunken. Meine Zunge ist wie eine Fußmatte, meine Lippen wie Schmirgelpapier.

Die Schamanin sieht mich mit schräg gelegtem Kopf an. Sie zieht ein Steinmesser. Ich straffe mich. Jetzt also passiert’s. Jórunn ist sich sogar zu schade, den Stecker selbst zu ziehen.

Die junge Schamanin tritt hinter mich. Ich reiße an meinen Fesseln, bringe einen unartikulierten Laut hervor.

»Shhhh, du Idiot!«

Noch während sich in meinem ausgetrockneten Hirn der letzte Fetzen Verstand wundert, dass das Wörtchen *Idiot* scheinbar viel älter als 2000 Jahre ist, spüre ich einen Ruck an meinen Händen.

Meine Fesseln fallen ab. Ich bin frei!

Ich will aufstehen, meine Beine gehorchen mir aber nicht.

»Ich hab dich«, sagt die junge Schamanin mit warmer Stimme und zieht mich hoch.

Als mein Kopf an ihrer Schulter liegt, rieche ich es trotz Fellumhang und Schlamm: Leya!

Leya

Lex kann kaum laufen. Er ist viel zu schwach. Irgendwie schaffe ich es, ihn hinter einen großen Felsen unweit des Baumes zu schleifen, an den er gefesselt war.

Erst hier werfe ich mein Kostüm ab. Alifs Idee, mich als eine junge Knochentrinkerin zu verkleiden, mehr noch, als eine Schamanin aufzutreten, war ein dreister, aber cooler Plan.

Lex sieht echt mitgenommen aus. Aber es tut gut, so unfassbar gut, meinen Bruder wieder in die Arme zu schließen.

Ich gebe ihm etwas Wasser aus dem mitgebrachten Tierhautschlauch. Lex trinkt gierig. Blut läuft aus seinen aufgeplatzten Lippen. Er prustet und hustet. Ich muss ihm den Schlauch entreißen, damit er sich nicht verschluckt und wir nicht doch noch auffallen.

»Jórunn, sie wollte … sie …« Lex ist noch ganz heiser.

»Jetzt nicht. Wir müssen hier weg«, flüstere ich. »Alif wartet nur hundert Meter entfernt im Trübwassersumpf.«

»Sie glaubt … wir … der Untergang.« Lex spuckt blutig aus.

»Schon gut. Ich weiß, was du mir sagen willst. Aber jetzt komm, die Zeit drängt.«

So humpeln und stolpern wir in Richtung des Trübwassers.

Alif

Wieso dauert das so lange? Ich horche in das Dunkel. Keine Ley-La, kein Lex.

Ich hätte mit ihr gehen sollen. Aber es gab nur eine löchrige Graupelzhaut und die alten Knochen von einem Geisterzaun. Es reichte nur für eine Vermummung.

Ich muss näher an das Dorf heran. Auch auf die Gefahr hin, dass mich die Wachen der Mog'Tar sehen.

Kaum bin ich ein paar Schritte gelaufen, höre ich den Tumult. Fackeln tauchen zwischen den ertrunkenen Stämmen auf, wütende Stimmen gellen durch die Dunkelheit.

Ihr guten Geister, sie wurden entdeckt.

Lex

Und wieder hocke ich im Käfig. Dieses Mal aber angekettet an meine Schwester.

Wir haben unsere Flucht voll verkackt. Daran war hauptsächlich ich schuld. Und diese Fallgrube. Eine Grube, für Tiere, heimtückisch inmitten der Bohlenwege platziert. Noch jetzt ärgert mich, dass ich die Warnung mit den Geisterzäunen links und rechts des Weges nicht gecheckt habe. Aber wenn man um sein Leben rennt, achtet man nicht auf seine Füße. Glücklicherweise war die Fallgrube weder tief, noch besaß sie diese bösen angespitzten Äste. Nur wenige Augenblicke später zogen uns die Mog'Tar aus dem Loch.

Mann, sind wir Luschen. Und was Jórunn mir schon angedroht hat, gilt nun auch für meine Schwester: Dies ist unsere letzte Nacht in diesem Land. Die letzte Nacht unseres Lebens.

Wenn man mit zwölf erfährt, dass man am nächsten Morgen draufgeht, macht einen das verflucht fertig. Leya und ich haben die ganze Nacht kein Auge zugetan. Wir haben vor Wut gebrüllt, vor Angst geweint, vor Panik gekotzt und sogar hysterisch gelacht. Jórunn macht Ernst. Game over!

Leya

Im Morgengrauen (wie passend ist dieses Wort!) schiebt nur noch ein Mog'Tar Wache vor unserem Käfig, und der nickt immer wieder ein. Niemand sonst nimmt Notiz von uns. Unser Schicksal ist besiegelt. Bald werden sie unsere Knochen trinken, um unser Wissen aufzusaugen. Mögen ihnen meine Schulbildung und Lex' Gamer-Skills im Hals stecken bleiben!

Ich zucke zusammen. Ein Geräusch, hinter unserem Käfig. Sofort habe ich die Hoffnung, dass das Alif ist. Doch nur ein Eichhörnchen klettert kopfüber die Steine herunter, glotzt uns blöd an und huscht dann durch eine Lücke in der Palisade.

Da, wieder ein Geräusch. Schritte. Schlurfende Schritte. Jemand kommt. Eine Frau, sie geht gebückt und unsicher. Es ist nicht Jórunn, aber sie wirkt auch nicht wie eine Mog'Tar.

»Lex, wir haben Besuch.«

Schniefend versucht mein gefesselter Bruder an meiner Schulter vorbeizusehen. »Vielleicht bringt sie uns die Henkersmahlzeit. Einmal große Pommes mit Mayo, bitte.«

Aber die Frau trägt kein Essen. Stattdessen hält sie eine rote Decke eng um sich geschlungen, als wolle sie sich damit vor der Außenwelt abschirmen. »Wieso seid ihr hier?« Die Stimme der Frau klingt komisch. »Ihr seid am falschen Ufer.«

Die Mog'Tar-Wache schreckt wieder hoch. Sofort bemerkt der

Mann unsere Besucherin. »Geh weg, Fremdling! Oder ich schleife dich zurück in den Pfuhl, in dem du haust.«

Die Frau lässt sich davon nicht einschüchtern. Langsam, aber mit schwankendem Gang nähert sie sich unserem Käfig. Da rieche ich es: derselbe süßlich-verbrannte Geruch, der auch an Jórunn klebt.

Der Mog'Tar erhebt sich schlaftrunken und will sich der Frau in den Weg stellen. Doch irgendetwas an ihr scheint ihn nervös zu machen. »Sei gewarnt. Diese da in den Knochen bringen das Unheil. Wechsle nicht zu viele Worte mit ihnen.« Dann zieht er sich brummelnd zurück, bleibt aber in Sicht- und Hörweite.

Die Frau steht nun direkt vor uns. Sie hebt den Kopf aus den Falten der roten Decke und presst ihr Gesicht durch die Knochenstäbe. Ihre Augen liegen in tiefen Höhlen, ihr Blick zuckt wie bei einem gehetzten Tier hin und her und ihre Zähne … Ich ahne, warum der Mog'Tar-Wächter so angespannt auf sie reagiert hat.

»Wer … wer bist du?«, wage ich zu fragen.

Der wirre Blick der Frau verändert sich. Kurz bleibt er an mir hängen. »Einst hatte ich einen Sohn. Er war anders. So wie ich. Das ängstigte mein Volk.«

»Yo, was hältst du davon, uns hier rauszulassen?«

»Lex!«, zischle ich ihm zu. »Wir müssen das sanfter angehen.« Ich schenke der Frau ein Lächeln. »Du hattest einen Sohn, sagst du? Erzähl uns, was mit ihm passiert ist.«

»Ich musste ihn zurücklassen.« Sie schluchzt auf. Hoffentlich hört sie keiner.

»Du hast ihn zurückgelassen? Wo hast du ihn zurückgelassen? Und wieso?«

»Ich warnte vor dem Wasser. Doch er hörte nicht auf meine Worte. Er durfte sie nicht hören. Er darf nur hören, was sie spricht.«

»Hä? Leya, was labert die?«

Auch ich bin verwirrt. »*Wer* durfte deine Worte nicht hören? *Wer* darf nur hören, was sie spricht. Wer ist *sie*?«

Das Kinn der Frau beginnt zu zittern. Spucke läuft ihr aus dem Mund. »Mein Mann, er musste gehorchen. Zwar trägt er die Haut des Graupelzes und führt den Rotspeer, doch die Speerkopfkrone sitzt auf dem Kopf von *ihr*.«

Mich durchzuckt es wie ein Stromschlag. »Dein Mann? Graupelz, Rotspeer, Speerkopfkrone? Du meinst …«

»Argor«, fährt Lex dazwischen, »der Häuptling der Wasserläufer ist dein Mann?!«

»Dann bist du Maga«, füge ich hinzu. »Alifs und Shaggabugs Mutter. Erst von Jórunn verbannt, dann von den Mog'Tar gefangen genommen. Wir kennen deine Söhne. Wir sind Freunde von ihnen. Bitte, Maga, bitte hilf uns hier raus!«

Die Frau sieht mich aus ihren wirren Augen lange an. Dann beginnt sie wieder unkontrolliert zu zucken und ihr Atem geht stoßweise. Sie wühlt unter ihrer Decke nach etwas. Es sind kleine rote Beeren. Sie stopft sie sich fahrig in den Mund, kaut, schluckt. Sofort beruhigt sich ihr Atem und ihr Gesicht entspannt sich.

»Ihr seid Sehende. Es ist gut, dass es noch Sehende gibt. Mein weiser Vater Al'Va sah auch mehr als viele unseres Stammes. Er las in den Kräutern, hörte auf den Wind und das Plätschern des Wassers.«

»Dein Vater?« Lex versucht sich wieder umzudrehen.

»Still!«, fahre ich ihn an. »Lass Maga aussprechen.«

»Al'Va sah es, ich sah es, Alif sah es und ihr seht es auch: Das Wasser kommt und wir müssen das andere Ufer aufsuchen. Doch wo ist es, wo?« Sie hustet und spuckt roten Beerensaft. »Sein ganzes Leben hat mein Vater nach dem roten Ufer gesucht.«

Mir läuft ein Kribbeln über den Nacken. Irgendetwas an Magas Worten fasziniert mich.

»Al'Va hat das rote Ufer längst erreicht, er ist nun frei.«

»Super Stichwort und hey, danke für deine rührende Familiengeschichte«, raunt Lex, aber viel zu laut. »Nur wir hocken immer noch hier drin!«

»Nun, fort! Fort!«, bellt unser Wächter.

»Kleinmann, du bist wie mein Alif, wild und mutig«, sagt Maga und hüllt ihren Kopf wieder in ihre rote Decke. Für eine Sekunde kann ich dabei gut ihre Finger erkennen. Ein Schauder läuft mir über den Rücken. Magas Finger sind verwachsen! Wie bei Shagga, wie bei mir und einst auch bei meinem Bruder.

»Jórunn will uns morgen umbringen«, rufe ich ihr noch hinterher, als sie wegschlurft.

Doch Maga wendet sich nicht zurück. Sie überlässt uns unserem Schicksal.

Lex jammert auf. Der Mog'Tar lacht wie eine Hyäne. Und ich frage mich, ob diese Begegnung nur ein Traum gewesen ist.

Lex

Nicht nur ich und meine Schwester, denke ich, *auch ihr werdet alle draufgehen.*

Ich wage einen Blick in die weiß bemalten oder von Schädeln maskierten Visagen. Das gesamte Dorf ist an diesem Morgen an den grauen Hängen der Schieferberge versammelt. Sogar Kinder sind unter den Schaulustigen.

Wir stehen auf einer Plattform aus Birkenstämmen, unweit des Dorfes, und versuchen, unserem Schicksal so cool wie eben möglich zu begegnen; im letzten Level dieses Hardcore-Games.

»So nimmt die Geschichte der Sternenkinder ihr Ende.« Jórunn spricht mit lauter Stimme. »Sie schlichen sich in dieses Land, brachten falsche Geister mit, Geister, deren Rufe unsere Sinne verwirrten.« Sie breitet die Arme aus und lässt die Knochenketten in bizarren Bewegungen zucken.

Ich versuche, ruhig zu atmen und Jórunns krankes Gesülze irgendwie auszublenden. Von der Plattform aus können wir bis zu dem ausgetrockneten Meeresarm und dem zerstörten Tor schauen. Wir glauben, es könnte noch immer funktionieren, schließlich liegen die Steine jetzt genauso wie später im Wattenmeer unserer Neuzeit-Nordsee. Doch was bringt uns diese Erkenntnis jetzt noch?

Ein kühler Wind trägt den Salzgeruch des Meeres mit sich. Der

Himmel ist wolkenlos, ein Seeadler zieht seine Kreise über uns und die ersten Bäume färben sich rot – der Herbst hat Doggerland erreicht. Wird es der letzte sein?

Jórunn faselt weiterhin irgendwas von falschen Geistern und gefallenen Sternen. Ich schaue auf meine Füße und die Plattform. Die miteinander verbundenen Birkenstämme ruhen auf langen Stelzen, die in einer tiefen Erdgrube münden. Und diese Grube hat's in sich: Zwei Tiere, zwei fette, langhaarige Tiere stampfen hier im Kreis herum. *Haarhörner* nannten Shagga und Al sie, wir kennen sie als Wollnashörner. Ihr warmer Atem und das dampfende Zottelfell schicken stinkende Wolken in die kalte Morgenluft. Die Grube ist eindeutig zu klein für die Nashörner. Grunzend stoßen die beiden Oschis immer wieder aneinander.

»Doch ihr könnt unsere Herzen nicht länger vergiften«, schreckt mich Jórunns schrille Stimme auf. »Wir werden die falschen Geister aus euren Körpern befreien.« Jórunns Gesicht verzerrt sich zu einer hässlichen Fratze. »Die Haarhörner werden nicht nur eure Leiber zermalmen, sie werden auch eure falschen Geister fressen, auf dass sie nicht mehr über unsere Lande wehen können. Und dann werden die Mog'Tar eure Knochen trinken.«

Ich spüre, wie mir das Herz in die Hose rutscht. Doch ich versuche, mich weiterhin cool zu geben. Diesen Triumph werde ich der Terror-Alten nicht gönnen.

»Deine Tage sind gezählt, Jórunn«, rufe ich und richte mich dabei auch an die Mog'Tar. »Hier ist für euch alle bald Game Over!«

So! Damit wäre dann alles gesagt. Hilfe suchend drehe ich mich zu meiner Schwester um.

»Er wird kommen«, sagt sie leise. Ihre Augen suchen den Rand des Trübwassersumpfes ab. Noch immer verhüllt der Morgennebel die Sicht.

Oha, ihre Zuversicht möchte ich haben. Aber ich geb ihr recht: Al muss kommen, sonst war's das für uns.

Alif

Der Nussnager richtet sich auf die Hinterläufe auf und sieht mich an. *Das hier ist mein Land*, sagen seine schwarz glänzenden Augen. *Du bist nur ein Störenruh.*

Langsam streife ich den erbeuteten Bogen ab und drücke mich flach auf den Felsen. Das rotbraun gepelzte Tier hat sich zwischen den aufgeschichteten Ästen verborgen. Jetzt spitzt es die haarigen Ohren und schnuppert furchtlos in meine Richtung.

Im blauen Schutz der Morgendämmerung gelang es mir, mich in das Dorf der Mog'Tar zu schleichen. Keine Wache hütete das Tor, schwere Traumlieder klangen aus den Hütten und von den Feuern. Weil die Knochentrinker nicht wissen, dass das Gemüt des Graupelzes zu zähmen ist, witterte mich weder Tier noch Mensch. Auch der Nussnager entdeckte mich erst, als ich auf den einsamen Felsen inmitten des Dorfes geklettert war und dabei auf die Äste des Wachfeuers stieß, das die Mog'Tar hier oben errichtet hatten.

Noch einmal schaut mich das neugierige Tier an, dann springt es davon und klettert kopfüber den Felsen herab. Ich sehe ihm nach und schiebe mich dabei bis an den Rand des Felsens. Ein paar kleine Steine lösen sich und rieseln herab. Ich muss achtsamer sein. Nur wenige Speerlängen unter mir, eingepfercht wie Tiere, darben Ley-La und Lex. Ich höre ihren Atem, ich rieche ihre Furcht.

Nur ein Mog'Tar kauert in der Nähe ihres Knochenkäfigs, doch er beginnt immer wieder, sein unruhiges Traumlied zu singen.

Da nähern sich Schritte. Eine Frau, ihr Gang ist schwer, sie hüllt sich in ein Webtuch. Ein rotes Webtuch.

Mein Herz schlägt schnell und laut. Ist das … kann das sein? All ihr guten Geister, singe auch ich gerade ein Traumlied oder sind meine Augen wach wie auf der Hatz?

Maga, meine Mutter! Sie lebt! Wie wir es uns dachten, war sie all die Monde hier, im Dorf der Mog'Tar. Ihre Gefangene, eine Sklavin der trägen Knochentrinker.

Der Wächter vor dem Käfig erwacht wieder. Er ruft böse Worte, doch meine Maga schreckt nicht vor diesen. Ich kralle meine Finger in den Felsen. Zu gern würde ich den Stein zerreißen und auf die Mog'Tar schleudern.

Als Maga vor dem Käfig steht, sehe ich, dass ihre Haut müde ist und ihre Augen voller Unruhe. Doch sie trägt noch immer das Tuch, das sie selbst gewebt hat. Das rote Tuch, das sie trug, als Jórunn sie aus dem Dorf bannte. Aber ist sie noch die, die sie einst war?

Leise spricht Maga mit Ley-La und Lex. Der Mog'Tar lässt sie gewähren. Er scheint meine Maga nicht berühren zu wollen. Ist sie vielleicht krank? Trägt sie falsche Geister in sich? Von meiner Lauer aus kann ich nicht hören, was sie für Worte wechseln. Lex zieht an seinen Fesseln, Ley-La ist ruhiger. Doch ich glaube, meinen Namen zu hören.

Ich hadere, weiß nicht, was ich tun soll. Soll ich mich hinter den Krieger schleichen, ihn niederringen? Er ist ein großer Mann und ich nur ein junger Wildbeuter. Gelingt es mir nicht, so wird das ganze Dorf erwachen.

Und da ist noch etwas anderes, was mich sorgt und meine Glieder schwer macht. Was, wenn meine Maga mich nicht mehr erkennnt, wenn ihr Geist trüb ist? Oder sie mich nicht erkennen will?

Als Maga wieder geht, schlägt mein Herz noch immer laut und schnell. Der Mog'Tar läuft wieder zum Käfig und verhöhnt Ley-La und Lex. Sie sind nun seltsam still. Schon schaut das Himmelsauge über die Spitzen der Grauberge und viele der Mog'Tar kommen wie Kriechfüße aus ihren fauligen Hütten.

Es drückt mir schwer auf der Brust, aber hier kann ich nichts tun, ohne meinen und den Atem von Ley-La und Lex in Gefahr zu bringen. So muss ich mich wie der Nussnager zwischen den Hölzern des Wachfeuers verkriechen, muss darauf hoffen, dass Shagga mit seiner Bitte erhört wurde und Argor Speere senden wird.

Leya

Wo ist Alif? Lauert er im Trübwasser, verborgen im Morgennebel? Oder ist er bereits hier? Verkleidet, versteckt? Wartet er nur auf eine Gelegenheit? Wird er uns erst in letzter Sekunde retten?

Erneut lasse ich meinen Blick über die Mog'Tar gleiten. Viele Gesichter sind von Tierschädeln vermummt. Erst jetzt entdecke ich, dass Maga auch unter den Zuschauern unserer »Geisteraustreibung« ist. Ihr Blick wirkt irgendwie abwesend – eine Sklavin der Mog'Tar, gefügig gemacht durch Jórunns Kräuter.

Jórunn schwingt noch immer große Reden. Ich aber denke an meine Eltern, an mein altes Leben. Ich bin zwölf Jahre alt, Schülerin mit guten Noten, habe einen kleinen YouTube-Channel und einen »Fight-for-the-Future«-Infostand. Nach dem Schulabschluss wollte ich ins Ausland gehen, studieren, die Welt bereisen. Es ist also keine Untertreibung, wenn ich sage, dass ich noch vor einigen Tagen felsenfest daran geglaubt habe, mein Leben noch vor mir zu haben. Aber das Schicksal, der liebe Gott, die Würfel, die Magie des Universums, die Geschichte der Welt, irgendwer oder -was hat wohl etwas anderes vorgesehen.

Als ein Raunen durch die Menge geht, ist meine Aufmerksamkeit wieder im Hier und Jetzt. Zwei Knochentrinker treten an den Rand der Grube, in den Händen tragen sie gefüllte Tierblasen. Die Männer holen aus und schleudern die Schläuche gegen die Stelzen. Dort zerplatzen sie und eine Flüssigkeit ergießt sich über den Stamm. Die Mog'Tar jubeln auf.

»Was ist das?«, höre ich Lex fragen.

Da reagieren die Wollnashörner bereits. Schnaufend heben sie ihre hornbewehrten Köpfe, schütteln ihr zotteliges Fell und rollen mit den Augen.

»Festhalten!«, kann ich noch brüllen.

Schon donnert das erste Nashorn gegen die Stelzen. Die Birkenstämme erbeben.

Wir werfen uns zu Boden, umklammern die Stämme. Durch die Spalten zwischen ihnen kann ich sehen, wie die schnaufenden Tiere immer wieder gegen die Stelzen rammen. Ein stechendscharfer Geruch wallt zu uns hoch.

»Was für eine Scheiße ist das?«, ruft Lex.

Ja, fast. Ich ahne, was in den Schläuchen war. Pipi, Urin von Nashornkühen, rinnt an den wackeligen Stelzen herab und macht die beiden Bullen schier wahnsinnig.

Der nächste Rumms ist so hart, dass wir nach oben geschleudert werden. Ich schlage mit dem Kinn auf die Stämme, meine Zähne knallen aufeinander. Auch Lex ist übel gelandet. Er hält sich das rechte Ohr.

»Balance!«, brüllt er und stellt sich breibeinig hin.

Ich mache es ihm nach.

Da, der nächste Aufprall. Wieder stürzen wir.

Dann hören wir das Geräusch, das ich schon die ganze Zeit erwartet habe: Das Holz bricht.

Und die Mog'Tar jubeln.

Lex

Der Jubel der Mog'Tar geht in einen rhythmischen Gesang über. Trommeln werden geschlagen. Das Tam-Tam treibt die Wollnashörner nur noch mehr in den Rant. Aber wir, die Finsmanns, wir geben nicht auf! Wir passen uns an, lernen dazu. Survival of the fittest.

Jedes Mal, wenn eines der Biester ein paar Schritte zurückgeht, schreie ich Leya ein »Jetzt!« zu. Dann stellen wir uns so breitbeinig wie möglich hin.

Wenn die Plattform einbricht (und sie wird einbrechen!), dann müssen wir springen, uns bleibt keine Wahl, sonst platschen wir zu diesen wild gewordenen Biestern in die Grube. Falls wir den Sprung schaffen, fliegen wir allerdings geradewegs in die Arme der Knochentrinker.

»Jetzt!«, brülle ich wieder, als der größere der beiden Terrorbullen zum erneuten Rammstoß ansetzt.

Mit einem Knirschen splittert eine Birkenstelze weg, als wäre sie bloß eine Spaghettinudel. Die Plattform ruckt ein ganzes Stück tiefer, gerät in Schieflage, die drei anderen Stelzen ächzen wie ein alter Mann.

Wir halten inne, bewegen uns nicht. Die blutgeilen Knochentrinker überschlagen sich mit ihren Jubelrufen.

Doch die Plattform hält. Noch.

Leya

Gejohle und Getrommel ersterben mit einem Schlag. Alles sieht hoch. Auch Lex und ich. Ein brennender Pfeil sirrt über den Himmel und rauscht in einem Bogen auf uns zu. Die Knochentrinker sind nur kurz irritiert, dann hasten sie auseinander.

Der Pfeil trifft, schlägt ein mit einem widerlichen, endgültigen Geräusch. Der Mog'Tar mit der Wolfsmaske ist tot, bevor er auf den Boden prallt.

Tumult bricht los. Alles rennt und schreit. Jórunn ruft Befehle, die Hände erhoben.

»Vom Salzfinger!«, brüllt Lex und dreht mich um.

Aus dem Uferschilf stürmen Menschen hervor, viele Menschen, schreiende Menschen mit Speeren und Bögen. Ihre Gesichter sind mit blauer Farbe bemalt, Ketten aus Muscheln und Federn schwingen um Hälse und Oberarme. Die Tashi sind gekommen.

Ein Jubelschrei bricht aus mir heraus. Die Nashornbullen antworten auf ihre Art. Zornig donnern sie weiter gegen die Baumstämme.

»Ist Alif dabei?«, rufe ich Lex gegen das Chaos aus schreienden Wasserläufern und Knochentrinkern zu.

»Ich seh ihn nicht. Aber da ist Erutt. Und sein Vater Sileggs. Und diese beiden Wildbeuter da kenne ich auch.«

Einige Wasserläufer kämpfen sich bis zur Grube vor. Allen voran ein schmächtiger Kämpfer, dessen komplettes Gesicht blau angemalt ist. Wie ein Wilder wirft er sich auf eine Gruppe von drei Knochentrinkern, tritt um sich und teilt Kopfstöße aus. *Alif?*

Erst als der Mutige unter den Schlägen der Mog'Tar zu Boden geht, sehe ich, dass er keine Hände hat.

»Shagga!«, freut sich Lex. »Der Teufelskerl hat's tatsächlich geschafft.«

Er läuft zum Ende der Plattform. Das lässt sie stark schwanken. Drohend senkt sie sich zur Seite. »Wir springen. Packst du das?«

Es ist weit, ziemlich weit. Wenn wir nur die Kante der Grube erwischen, wird sie abbröckeln und wir stürzen zu den wütenden Nashornbullen. Aber Shagga wird allein nicht gegen drei Mog'Tar bestehen.

Wir nehmen Anlauf. »Du zuerst!«, rufe ich Lex zu.

Doch mein Bruder zögert. Mit offenem Mund starrt er auf einen heranrasenden großen Tashi. Das schwarze Fell wölbt sich um breite Schultern, der rote Speer leuchtet in der Morgensonne. Argor hat die Grube erreicht, an seiner Seite die beiden Wolfshunde.

Sofort lassen die Mog'Tar von Shaggabug ab und stellen sich Häuptling und Hunden entgegen. Argor bewegt sich schnell, viel schneller, als ich es von ihm erwartet habe. Noch bevor der erste Mog'Tar die Axt hebt, schickt ihn Argor mit einem raschen Speerstich in die ewigen Wildgründe. Der andere Knochentrinker wird von den Wolfshunden niedergerissen. Der dritte Mog'Tar nimmt Reißaus. Doch auch er kommt nicht weit. Argor ist ein starker Krieger.

»Tod der Schamanin!«, brüllt der Häuptling und nimmt sich den nächsten Gegner vor. »Bringt mir ihren Kopf!«

Da taumelt auf einmal Maga zwischen den Kämpfenden hervor. Ihr Blick findet zuerst den brüllenden Argor, dann sieht sie Shaggabug.

Für einen kurzen Moment spüre ich, wie inmitten der blutigen Kämpfe etwas Schönes aufkeimt.

»Shagga!« Lex' Ruf holt mich zurück. Erneut setzt er zum Sprung an. Doch ein weiterer Stoß gegen die Stelzen fegt uns beide wieder von den Beinen.

»Springt!« Shagga sieht, was wir vorhaben, und reckt uns seine Armstümpfe entgegen.

Plötzlich spritzt Erde auf. Zentimeter neben Shaggas Füßen zittert ein Pfeil im Boden. Der Junge fährt zurück und sieht den Pfeil mit den braun-weiß gestreiften Federn verwundert an.

»Hau ab!«, rufe ich. »Wir schaffen das alleine.«

»Nein, habt keine Angst.« Seelenruhig tritt Shagga ein paar Schritte zur Seite und hebt die Arme in unsere Richtung.

Da zischt der nächste Pfeil heran. Er schlägt weiter entfernt von Shaggabug in den Boden, aber nahe des Grubenrandes. Shagga rührt sich nicht. Verdammt, was soll das? Will er sich treffen lassen? Ich suche, woher die Pfeile kommen. Um uns herum tobt das Chaos. Aber niemand nimmt Notiz von Shaggabug und den todgeweihten Sternenkindern aus der Zukunft.

Da, wieder ein Sirren. Ein dritter Pfeil fliegt in hohem Bogen auf Shagga zu. Sofort weiß ich, dass dieser Pfeil trifft, dass unser Freund ihm nicht mehr ausweichen kann.

»Shagga!«, schreie ich.

Der Pfeil schlägt mit einem satten *Flock* durch Haut und Fleisch und bleibt im Knochen stecken.

Shagga jault auf.

Vor Freude.

Der Pfeil ist um Haaresbreite an ihm vorbeigeglitten, hat sich in die Grube gesenkt und ist durch das Auge eines Nashornbullens gedrungen.

Ohne einen Laut klatscht das Tier wie ein nasser Sack auf den Boden. Der andere Bulle weicht zurück, verzieht sich mit ängstlichem Gebrüll in den hinteren Grubenteil.

Zwischen der Plattform und der steilen Wand aus Erde liegt nun ein großer dampfender Wollberg. Wenn wir auf ihn springen, braucht es bis zum Grubenrand kaum mehr als eine Räuberleiter.

Doch bevor ich Lex das zurufen kann, geschieht etwas völlig Unerwartetes.

Lex

Ein Jahrhundertschuss. Jetzt sehe ich, woher die drei Pfeile kamen. Der Schütze steht auf diesem einzelnen Felsen inmitten des Dorfes, ungefähr da, wo unser Käfig stand. Wow, das sind über 200 Meter.

Habichtfedern. Nun wird mir alles klar. Der dritte Pfeil, natürlich, erst er hat getroffen. »Leya, das ist Alif!«

Ich winke ihm zu. Alif winkt zurück. Doch dann lässt er auf einmal die Hand sinken und fuchtelt stattdessen hektisch mit beiden Armen umher. Was zur Hölle will er uns sagen?

Plötzlich flattern Vögel aus dem Sumpf und von den Schieferbergen auf. Nicht nur ein paar, nein, ganze Schwärme erheben sich schnatternd, kreischend, pfeifend. *Muss was Gigantisches sein, das sie aufgescheucht hat*, denke ich noch, da heulen Argors Wolfshunde auf, lassen von ihren Opfern ab und hechten davon. Aus Richtung der Berge dringt ein vielstimmiges Schnauben und Hufgetrappel. In krasser Panik bricht eine Schar Rehe über die grauen Hänge. Das letzte Wollnashorn geht wieder steil. Es stellt sich auf die Hinterbeine und versucht mit aller Kraft, aus dem verfluchten Erdloch zu entkommen.

Alter, was geht denn hier ab? Ob Tashi oder Mog'Tar, alle lassen die Waffen sinken und starren auf die flüchtenden Tiere.

Noch mehr Vögel eilen über den Himmel, zwischen den Hütten hetzen Kaninchen und Eichhörnchen und Biber durch, hinter der Dorfpalisade galoppiert ein Riesenhirsch vorbei.

Jetzt spüre ich ein leichtes Vibrieren. Die Birkenstämme der Plattform zittern, die Erde am Rand der Grube bröckelt.

Das kommt nicht von dem panischen Nashorn, das ist was viel Größeres! Das Vibrieren schwillt von Sekunde zu Sekunde an. Bilde ich mir das ein oder wackeln sogar die Kiefern am Dorfrand?

Da peitscht ein Wind zwischen die Hütten, als hätte jemand in einem Flugzeug die Luke geöffnet. Staub und Gras, Lederfetzen und Blätter wirbeln umher. Tiere und Menschen schreien auf.

Oh mein Gott, es ist so weit!

»Leya!!!«, brülle ich. Doch mein Brüllen wird von Donner übertönt – Donner wie bei einem Gewitter, aber nicht ein einzelner Knall, sondern ein langes, fettes, lautes Grollen.

Lex, formen Leyas Lippen meinen Namen. Ihr Gesicht ist kreidebleich.

Ich drehe mich in Richtung des Meeresarms.

Und sehe die Welle.

Leya

In Panik rammt das Wollnashorn auch die letzten Stützen der Plattform um. Sie knicken wie Salzstangen ein.

Während wir abstürzen, läuft alles wie in Zeitlupe ab. Vogelschwärme flattern über unsere Köpfe, das Nashorn wühlt sich in die Grubenwand, Lex hält mich fest. Ich höre Schreie. Nicht mehr die Schreie des Kampfes, sondern Schreie der nackten Angst.

Ohne das Wasser zu sehen, weiß ich, was gerade geschieht: Der Tsunami ist da. Der Untergang Doggerlands hat begonnen.

Die Plattform stürzt, Äste und Holzsplitter fliegen umher. Ein Grollen wie von einem entfesselten Drachen hallt über das Land.

»Raus! RAUS!«, schreit Lex und packt meine Hand.

Die teilweise zerstörte Plattform ragt wie eine Rampe in der Grube auf.

Wir hasten die Schräge hoch. Mein Fuß verkeilt sich zwischen den Resten der Birkenstämme. Lex zieht weiter an meiner Hand. Ich bekomme meinen Fuß nicht frei.

Da schwappt das Wasser in die Grube. Schlammbraune Fluten, Äste, Steine, Blätter, das lederne Dach einer Hütte, all das hagelt auf uns nieder.

Ich hole tief Luft, klammere mich an den Resten der Plattform fest. Holzsplitter stechen in meine Haut. Das Nashorn brüllt, wie ich noch nie ein Tier habe brüllen hören.

Wasser. So viel Wasser.

Meine Hand krallt sich in die meines Bruders. Das Rauschen und Donnern wird lauter, erstickt seine und meine Schreie.

Mit der Flut klatscht irgendetwas Schweres in die Grube, schlägt hart gegen meinen Rücken, bleibt an meinen Beinen hängen; es lebt, will mich herunterziehen. Hilfe! Ich trete aus. Es lässt nicht los.

Ich rutsche tiefer herab, ein stechender Schmerz fetzt durch meine Schulter. Ich schreie, schlucke Wasser, kann nichts mehr sehen, halte Lex fest. Ich will nicht ertrinken!

Lex

Wegducken. Festhalten. Den Atem anhalten. Überleben! Die braunen Wassermassen donnern auf uns nieder. Die Grube füllt sich. Drückt den zerfetzten Stamm, an den wir uns klammern, hoch. Ich lasse Leya nicht los.

Auf einmal wird es hell, das Trommeln des Wassers lässt nach. Ich kann wieder Luft in meine brennende Lunge pumpen.

Sofort reißt uns die Strömung mit. Auf den Resten der Birkenholzplattform treiben wir durch das überflutete Mog'Tar-Dorf.

Wasser, überall Wasser, so weit wir schauen können. Es fließt über Hütten, rauscht um Bäume und Felsen, die vereinzelt aus der braunen Suppe ragen. Nur die Gipfel der Schieferberge trotzen den Fluten. Überall treiben Äste, Stämme, Blätter, Leder, Knochen, Tiere. Und Menschen – schreiend oder ganz still.

Unser Floß verkantet sich, reißt sich wieder los, dreht sich, schlägt gegen die wenigen Kiefern, die dem Wahnsinn trotzen. Wir sind dem Höllenfluss machtlos ausgeliefert.

Da, ein Speer, zwischen zwei Bäume verkeilt. Ich ergreife ihn, ziehe ihn zu mir. Die Steinspitze leuchtet rot. Argors Waffe, der Speer des gefallenen Häuptlings! Vielleicht wird er uns noch nützen. Weniger als Ruder (keine Chance bei dieser schnellen Strömung), mehr zum Abstoßen.

Die schlammigen Wellen tragen uns weiter. Wir geraten von einem Strudel in den nächsten. Unser Floß dreht sich, schwankt. *Festhalten, Leya, nur festhalten!*

Ein Megalocerus-Hirsch mit gewaltigem Geweih paddelt plötzlich neben uns, seine Augen sind weiß vor Panik. Er versucht, auf unser unförmiges Floß zu klettern, nutzt sein schaufelartiges Geweih als Haken.

Leya schreit auf. Wir weichen zurück. Schon kippen die Birkenstämme in Richtung des großen Tieres. Dann gibt es einen Schlag und das Floß dreht sich. Mit einem traurigen Laut rutschen die Hufe des Tieres ab und es verschwindet aus unserer Sicht. War dieser Riesenhirsch der Letzte seiner Art?

Wir erreichen die Reste der Palisade. Eine Handvoll Überlebender klammert sich an die Pfähle und Knochen. Wasserläufer, Knochentrinker, Männer, Frauen und Kinder. Als sie uns bemerken, recken sie ihre Hände. Einer springt ins Wasser, und wird sofort von den Fluten fortgerissen.

Mit einer Hand halte ich Leya, mit der anderen strecke ich den Menschen Argors Speer, so weit ich kann, entgegen.

»Packt ihn!«, rufe ich.

Leya stemmt sich gegen das Holz des Floßes und ich kugele mir fast den Arm aus. Nur ein paar Meter.

Da dreht sich das Floß und die Strömung reißt uns an den Hilfesuchenden vorbei.

Wieder erfasst ein Strudel das Floß und wir lassen das ertrinkende Dorf hinter uns. Die Wassermassen dringen noch immer dort ein, wo die Mog'Tar das Meer im Salzfinger durch einen Damm ausgesperrt haben und – ich muss schwer schlucken – wo wir ihn sabotiert haben.

Die Baustelle, die traurigen Reste des roten Steintors, nun ist es alles weg, als wäre es nie da gewesen.

Der Strömung ausgeliefert treiben wir in Richtung der Berge. Sie sind plötzlich viel näher.

Gurgelnd dringt das Wasser in eine Höhle im grauen Fels. Ich kenne diese Höhle, hier sind wir dem Schwarztod begegnet.

Schon erfasst uns das wirbelnde Wasser, wir schießen auf den fast überfluteten Höhleneingang zu. Das wird übel. Entweder rauschen wir mit unserem Floß ins Dunkle oder wir zerschellen an der Felswand.

Ich suche Leyas Blick. Ihre Augen sagen es ganz deutlich: Nein, nicht so! Nicht hier und nicht heute!

Alif

Das Wasser hämmert gegen den Fels, auf dem ich noch immer stehe – den Bogen in der Hand, meinen Augen nicht trauend. Um mich herum kämpfen Menschen gegen die Fluten an. Köpfe tauchen aus dem Schlammwasser auf und gehen wieder unter. Ob Mog'Tar oder Tashi: Die bösen Geister des Meeres wollen alle in die Tiefe ziehen.

Ley-La und ihr Bruder konnten sich auf Totholz retten. Doch ich kann nicht zu ihnen, sie sind zu weit weg. Ich rufe, schwenke den Bogen, aber sie hören mich nicht. Bald entschwinden sie meinen Blicken.

Wo ist mein Vater, meine Mutter, wo Erutt? Wo ist mein Bruder Shaggabug?

Da! Ich sehe seinen nassen Kopf. Er klammert sich an einen Schwarzfleckenbaum, dort, wo einst die Grube war. Der Stamm schwankt, biegt sich. Er wird nicht lange halten.

Ich springe. Tauche unter. Faulige Schwärze schlägt über mir zusammen. Doch ich kann mich mit den Füßen abstoßen und komme wieder hoch. Die fauchenden Wogen reißen mich mit, als wäre ich nur ein Schilfhalm. Ich klammere mich an meinen Bogen, lege mich breit auf das Wasser und werfe mich gegen das Gieren seiner Geister. Ich bin stark, ich bin ein Wildbeuter. Das Wasser ist meine Beute.

Doch die Beute wütet, sie wirbelt mich herum, zwingt meinen Weg. Zerbrochene Äste, gefallene Blätter, Mensch und Getier ohne Atem, alles rauscht an mir vorbei oder prallt gegen mich. Ich werfe den Bogen über meine Schulter. Ich werde kämpfen.

Ich sehe den Baum nicht kommen. Er schlägt mir in den Rücken, presst mich unter Wasser. Ich atme das faulige Nass.

Ich versuche, wieder hochzukommen. Doch das Wasser hat seinen eigenen Willen. Ich strample, winde mich. *Nein, so soll es nicht enden.* Schwärze drückt auf meine Augen.

Plötzlich. Ein Schlag. Mit einem Mal gibt mich der Baum wieder frei. Ich tauche auf, atme gierig Luft.

Shaggabug!

Ich bin ganz nah. Doch trübe Wasser reißen weiter an mir.

Eine große Wurzel rauscht heran, treibt genau zwischen meinem Bruder und mir vorbei. *Oh, welch Gabe guter Geister.* Ich erkenne sie! Schon einmal retteten wir uns auf dies Stück Totholz.

Meine Arme und Beine schmerzen, während ich auf die Wurzel zuhalte. Ich werfe meine Arme weit auseinander. Die Wurzel treibt vorbei. Ich schnelle vor, ergreife sie, ziehe mich hinauf.

»Shaggabug, ich komme!«

Er hört mich nicht, sieht mich nicht.

Das Totholz schlägt gegen etwas unter Wasser, bleibt hängen, reißt sich wieder los, und ändert seinen Weg. Nein, ich werde an Shagga vorbeitreiben.

Ich lasse meine Beine zurück ins Wasser gleiten, versuche, das tote Holz zu steuern. *Ihr Geister des Wassers, helft mir und ich bringe euch ein mächtiges Opfer dar!*

Die Wassergeister hören meine Bitten, das Totholz dreht sich wieder. Nun halte ich direkt auf meinen Bruder zu.

»Shagga!«

»Alif!«

Er sieht mich. Doch noch liegt zu viel zwischen uns.

Wieder verkeilt sich das Holz. Lässt mich nicht näher heran. »Du musst springen, Shagga!«

»Ich kann nicht.«

»Doch, du kannst. Du bist ein Vogel, ein Arluk. Ich fange dich auf!« Ich lehne mich weit vor, recke meinem Bruder beide Arme entgegen. Braunes Wasser strömt über das tote Holz.

Shaggabug stemmt die Beine gegen den dürren Schwarzfleckenbaum, drückt sich ab.

Und fliegt.

Nein! Die Federn an seinen Armen sind zerrupft, kleben nass auf seiner Haut. Es wird nicht reichen.

Ich springe. Unter mir sackt die Wurzel weg.

Ich fliege.

Shaggabug fliegt.

Er und ich, wir sind Arluk.

Meine Finger streifen seinen Arm, bekommen ihn nicht zu fassen. Unsere Blicke treffen sich.

»Bruder!«

Shaggabug fällt. Ich falle. Wir schlagen auf das Wasser auf, gehen unter.

»SHAGGA!« Ich komme wieder hoch.

Shaggabug nicht.

Leya

Ich schaue in den Himmel. Er ist blau, grenzenlos blau. Lex liegt keuchend neben mir. Erneut sind wir den gierigen Fingern des Wassers entkommen. Nie war das Gefühl von kaltem und trockenem Stein in meinem Rücken schöner.

Wir sind gesprungen. Bevor das Floß im Höhleneingang verschwand. Und hatten Glück. Nur weil sich das Holz im Eingang kurz verkeilte, bevor es auseinanderbrach, war der Sog des Wassers in die Höhle weniger stark. Wir haben uns gegenseitig festgehalten und sind gemeinsam an den Hang des Berges geschwommen.

Ich weiß nicht, wie lange wir hier schon liegen. Fröstelnd. Nass. Schlammüberzogen. Erst als das noch immer steigende Wasser an unsere Füße schwappt, rappeln wir uns auf. Meine Schulter schmerzt, meine Beine, meine Arme, alles ist so schwer, dass ich nur noch schlafen möchte.

Doggerland ist nicht mehr. Die fruchtbaren Wiesen, Flusstäler, die Seen und Wälder, all das liegt unter dem Meer. Nur die Berge ragen noch aus dieser tödlichen Suppe heraus.

Wir leben. Doch was ist mit …? Ich will weinen, aber die Tränen wollen nicht kommen. Ich fühle mich so leer.

Stöhnend legt mir Lex einen Arm um die Schultern. »Leya, wir wussten, dass es so kommt.«

»Ja, ich weiß, es musste geschehen. Der Lauf der Geschichte. Aber es ist was anderes, darüber zu lesen, als …« Ich kann nicht mehr sprechen. Nun brechen doch noch Tränen aus mir heraus.

Alif und Shaggabug, Argor und Maga, Erutt, Wilde-Zöpfe und Drei-Streifen, all die anderen Tashi, auch Jórunn und der Stamm der Mog'Tar, Maa-Mutts und Riesenhirsche, Grasebenen und Birkenwälder – das Leben, weggerissen an einem einzigen Morgen. Und die roten Dolmensteine unerreichbar unter der Nordsee begraben.

Wir bleiben lange, sehr lange an dem Hang aus Schiefergestein sitzen. Lex stützt sich auf Argors roten Speer. Wir werden die Waffe in dieser ertrunkenen Welt kaum brauchen.

Als der Abend hereinbricht, ist es um uns herum gespenstisch still. Das Leben ist aus Doggerland verschwunden.

Lex macht Feuer, schlägt Stein auf Stein, um die letzten trockenen Moose des Berges zu entflammen. Es dauert, doch Lex gibt nicht auf.

Dann springen die Funken in die Nacht. Das Licht, das Knistern, die Wärme tun gut. Irgendwo erklingt das Klagen eines einsamen Graupelzes. Das Wolfsgeheul ist schaurig-schön. Für einen kurzen Moment fühle ich so etwas wie Dankbarkeit. Dieser grausame Tag konnte nicht alles Leben zum Verstummen bringen.

Nachdem wir wieder etwas Kraft gesammelt haben, verlassen wir unser Feuer und machen uns auf. Weiter nach oben, den grauen Schiefergipfeln Doggerlands entgegen.

Lex

Es ist Nacht. Viele Stunden sind wir über lose Schiefersteine durch eine apokalyptische Welt gestolpert. Ich habe Hunger, mir tut der Rücken weh, mein Kopf brummt und meine Zunge könnte ’nen Schluck sauberes salzfreies Wasser vertragen. Schon bilde ich mir ein, ich rieche Gebratenes. Stimmen mischen sich in den auffrischenden Wind. Eine fiese Halluzination. Kein Wunder nach all dem Stress.

»Lex.« Leyas Stimme ist brüchig. »Da sind …«

Gott sei Dank, sie hört sie auch: Menschen, hier in den Bergen! Noch treibt nur der Wind ihre Stimmen herbei, aber nun wissen wir, dass wir nicht die einzigen Überlebenden der Katastrophe sind. Dass wir nicht alleine sind.

Ich zähle 22 Menschen. Sie stehen oder sitzen in einer Senke zwischen den grauen Berggipfeln. Aus Ästen und einem eingerissenen Lederstück haben sie sich einen kleinen Unterstand gebaut. Zwei Feuer brennen, über einem brät tatsächlich Fleisch.

Als sie uns erspähen, stehen zwei von ihnen auf und kommen mit brennenden Scheiten auf uns zu. Ich werde nervös. Der eine ist ganz klar ein Mog’Tar. Aber der andere ist eine Tashi-Frau. Mein Blick überfliegt nochmals die Gruppe der Überlebenden. Es sind ungefähr gleich viele Mog’Tar und Tashi. Aber ich sehe kein bekanntes Gesicht.

»Ihr seid die Sternenkinder«, begrüßt uns der Mog'Tar. Sein Gesicht ist von den Strapazen gezeichnet.

»Ley-La, Leggs, ihr seid der Flut entkommen!« Die Tashi-Frau hält ihren Arm in einem ungesund aussehenden Winkel. »Mächtige Geister müssen über euch gewacht haben.« Ihr Blick fällt auf Argors Speer. Ehrfürchtig beugt sie den Kopf.

Plötzlich liegen wir den fremden Menschen in den Armen. Und heulen. Dieses Mal so richtig. Die meisten Überlebenden haben Verletzungen. Quetschungen, geprellte Knochen, auch Schnittwunden. Aber viele tragen schon Binden aus Leder- und Blattbändern.

»Sind das alle oder konnten sich noch mehr retten?«, frage ich den Mog'Tar, als er mir ein Stück Fleisch abschneidet. Es ist angebrannt und schmeckt zäh, aber ich bin nicht wählerisch.

Der Mann deutet mit dem Steinmesser zum Ende der Senke. Als ich seinem Blick folge, sehe ich, dass dort oben noch jemand steht. Vor einen Haufen aufgeschichteter Steine, den Kopf gesenkt. Mein Herz macht einen Salto, ich stoße einen Freudenschrei aus und stupse Leya an.

»Alif!« Leya springt auf und rennt zum Ausgang der Senke. Ich folge ihr nicht weniger schnell.

Er hört uns kommen und dreht sich um. Ich aber pralle zurück. Alter, sein Gesicht … es ist … Al sieht aus, als habe er einen Geist gesehen. Nein, das ist es nicht. Mein Freund hat etwas anderes gesehen, etwas viel Schlimmeres. Als ich auf den lang gestreckten Haufen Steine blicke, weiß ich, dass Alif den Tod gesehen hat.

Leya

Ich renne auf Alif zu, falle ihm um den Hals und drücke ihn so fest an mich, wie ich kann. Ich werde ihn nie wieder loslassen. Doch Alif erwidert meine Umarmung nicht. Schlaff baumeln seine Arme an mir herab.

»Alif, du lebst.« Noch immer halte ich ihn, spüre die Blicke der anderen Überlebenden in meinem Rücken.

»Wer ist es?«, fragt Lex.

Ich lasse Alif los und sehe in sein Gesicht. Seine Augen sind ausdruckslos. Das Feuer in ihnen ist erloschen. Schmale, dreckige Spuren in seinem Gesicht zeugen davon, dass er viele Tränen vergossen hat.

»Alif. Wer ist es? Wen hast du begraben?«

Stumm deutet er auf das Kopfende des Grabes. Erst jetzt sehe ich es. Zwischen den Steinen. Das Rot des Stofffetzens ist verblasst. Wirre Fasern wehen im Wind. Hier liegt Maga, Mutter von Alif und Shaggabug.

»Der Atem meiner Familie weht nicht mehr«, sagt Alif irgendwann mit schwacher Stimme.

»Also auch dein Vater?«, will Lex wissen.

Alif zuckt mit den Schultern. »Das Meer hat ihn noch nicht freigegeben.« Kurz huscht sein Blick über den Rotspeer, den Lex in den Händen hält. Es ist ein Blick voller Zweifel.

Eine innere Unruhe steigt wieder in mir auf. Ich wage nicht, Alif zu fragen.

»Wo ist Shagga?«, fragt Lex stattdessen. »Sucht er nach Essen? Kundschaftet er diese traurige Gegend aus?«

Alif hockt sich zum Grab seiner Mutter und schließt eine Hand fast liebevoll um einen grauen Stein. »Wir sind gefallen. Zusammen. Ich … ich kann schwimmen. Shagga, er …« Seine Stimme schwankt. Er drischt den Stein auf einen anderen. Der Stein bricht auf. Das Feuer lässt die Mineralien in seinem Inneren funkeln.

»Das Himmelsauge wird wieder leuchten«, flüstere ich und lege meine Hand auf Alifs Schulter. »Bald.«

Alif

Ich sehe es in vielen Augen, noch bevor der Älteste auf mich zukommt. Sein Gang ist voller Schmerz, seine Haut weich, doch sein Blick hell wie der Himmel – einst gehörte er zu den Mog'Tar.

»Alif Argorson, wirst du uns führen?«, fragt er mit schwerer Zunge.

Alle schauen auf mich. Ley-La nickt mir zu. Auch andere Köpfe sprechen mir zu. Ja, ich wollte den Stamm führen, die Tashi leiten, wenn Argors Atem nur mehr als Wind über die Flusstäler streift. Doch nicht schon jetzt. Nicht so.

»Wirst du uns führen, Alif?«, wiederholt er lauter.

Lex steht auf, in den Händen den Rotspeer, der Speer meines Vaters. Wortlos reicht er ihn mir.

Meine Finger schließen sich um das helle Holz. Die Speerspitze ist blutrot und scharf. Und doch fühle ich nicht den Triumph, den ich erwartet habe, seit es mir zum ersten Mal nach der Waffe des Häuptlings verlangte. Der Rotspeer ist schwer, nicht sorgsam ausgewogen, der Stein viel zu groß für den Schaft. Keine Waffe, nach der man greift, wenn man zwischen den Stämmen der Schwarzfleckenbäume nach Erdwühlern jagt oder Nagnags im dichten Flussgras nachstellt. Ein Speer, um Maa-Mutts und Haarhörnern den Atem zu nehmen, eine Waffe der alten Monde.

Doch die großen Tiere, die tiefen Gräser und eng stehenden Bäume, sie sind nicht mehr.

Ich spreche mit lauter Stimme, dass jeder es hört: »Einst führten wir Speer und Axt und Bogen. Wir liefen auf dem Wasser und tranken Knochen. Der Weg der anderen war uns fremd, ein jeder Stamm wollte den anderen nicht an seiner Seite haben. Jórunn säte falsche Gedanken in unsere Körper. Hoffen wir, dass nicht nur ihr Leib, sondern auch ihr Geist nun unter den Wellen liegt. Lasst ihren Namen nicht mehr über unsere Zunge gleiten, auf dass uns die verderbte Schlange in ihrem nassen Grab niemals mehr hören kann.

Das Wasser nahm uns unsere Speere und Bögen und den Atem vieler, mit deren Herzen wir gingen. Nun sind wir wenige wie einst die Maa-Mutts, doch unser Atem fließt. Wie Fische sind wir geschwommen, uns konnten die Geister der Wellen nicht festhalten. Nun sind wir alle Flossenmenschen.«

Ich richte den Rotspeer gegen das junge Licht des Morgens, dann stoße ich ihn mit aller Kraft zwischen die grauen Steine. Die rote Klinge dringt tief in die alte Erde. Ich reiße den Speer zur Seite, das getrocknete Baumblut der Schwarzfleckenbäume bricht, der rote Stein bleibt im grauen Fels stecken. Ich brauche den Rotspeer nicht. Ich brauche Holz. Holz kann schwimmen.

Mit dem steinlosen Speer deute ich über das weite Wasser. »Ich sage euch, lasst das Himmelsauge noch einmal sinken. Lasst uns noch eine Nacht auf dem Grauberg bleiben und an jene denken, deren Atem nicht mehr fließt. Lasst uns neue Kräfte finden. Und dann, wenn das brennende Himmelsauge wieder erscheint, dann schwimmen wir. Und suchen neues Land.«

Lex

Wir hocken mit Alif am Grab seiner Maga. Das Licht eines kleinen Feuers tanzt auf unseren Gesichtern. Die halbe Nacht haben wir über die Wanderung der Maa-Mutts, über Speerköpfe und Nagnags geredet. Wir haben an das gemeinsame Fischen und Rudern in den Auen gedacht, uns an Handabdrücke in Höhlen und an Fährtenlesetests erinnert und daran, wie alles einst mit unserer Begegnung mit dem Schwarztod begann.

Doch all das ist Vergangenheit und das Leben muss weitergehen. Wo – das ist jetzt die Frage, denn auf diesem kargen Bergrücken können wir nicht überleben. Außerdem wird auch der Rest der Grauberge irgendwann unter der Nordsee verschwinden.

Nordsee – mir kommt ein Gedanke. »Wenn ich das richtig verstanden habe, dann hat der verdammte Tsunami jetzt die spätere Küstenlinie der Nordsee gebildet, richtig?«

Leya nickt. »Zumindest, wenn sich die Wellen und der Meeresspiegel irgendwann beruhigt haben.«

»Okay, dann rudern wir einfach an die deutsche Küste.« Ich schaue Alif an. »Auf nach Deuts-Land.«

»Nein, Lex, das ist zu weit«, gibt meine Schwester mir Kontra. »Und viel zu gefährlich. Wir kennen den Weg doch nicht. Nein, wir brauchen ein Ufer, nicht zu weit entfernt, das wir sicher finden können.«

»Ich weiß von einem anderen nahen Ufer«, mischt sich Alif mit nachdenklichem Blick ein. »Die Tashi waren schon einmal dort und sind es vielleicht noch immer.«

»Moment mal, Al, du glaubst, es gibt noch mehr Überlebende?«

»Al'Va!«, sagt Alif bloß und zum ersten Mal, seit wir hier auf dem Berg hocken, sehe ich ihn wieder lächeln.

»Al'Va? Wer ist das?«

»Al'Va«, wiederholt Leya. »Da klingelt was. War das nicht dein Großvater, Alif? Maga hat davon erzählt.«

»Yo, jetzt läuft meine Festplatte auch wieder an. Nannte sie es nicht ein *rotes Ufer*, das ihr Paps immer gesucht hat?«

Leya kratzt sich hinterm Ohr. »Richtig, ein *rotes* Ufer ... Moment mal, war dieser Berg in den verbotenen Höhlenzeichnungen nicht auch rot gefärbt?«

Alif nickt. »So fügt es sich zusammen. Also werden wir das rote Ufer Al'Vas erreichen.«

»Alter, das klingt optimistisch. Aber warum heißt es rotes Ufer?«

Ein weiteres Lächeln huscht über Alifs Gesicht. Er zieht den Speer seines Vaters an sich und streicht mit der Hand über die Stelle, wo einst der rote Stein klebte. »Ich erzähle euch eine Geschichte.«

Alif

»Einst kam ein Wanderer in das Dorf der Tashi. Der Weißregen war gerade verschwunden und die Geister der Erde gaben die hellgrünen Blätter des Bodens wieder frei. Der Wanderer hatte Haare so schwarz wie die lang glühenden Steine, die man tief in den Höhlen findet, und der Klang seiner Zunge schmeckte wie Gelbsaft, den die Pelzflieger machen.

Er kam von sehr weit her und er brachte viele Dinge mit, Dinge, die unserem Dorf fremd waren: Essen aus Körnern, die bei uns nicht wuchsen, Häute von Tieren, die bei uns nicht grasten, und Stücke von weicher Erde, aus denen man harte Schüsseln und Töpfe formen konnte, und aus denen nichts mehr hinaustropft.

Aber das Eigenartigste war ein großer Beutel voller Steine. Von außen gaben sie sich reizlos, doch wenn man sie geschickt aufschlug, zeigte sich ein roter Kern – manchmal rot wie Blut, oftmals rot wie Feuer, aber stets so hart wie die Zähne der Maa-Mutts. Der Wanderer hatte diese roten Steine von einem Ort mitgenommen, dessen Boden und Berge in derselben Farbe brannten.

Argor mochte diese roten harten Steine und hieß sie nach ihrer Färbung *Feuersteine*. Mit dem schwarzen Blut der Schwarzfleckenbäume klebte er einen an den Stab seines alten Vaters und machte ihn zum Rotspeer der Tashi-Häuptlinge.

Die Tashi gaben dem Wanderer für die Feuersteine viele Häute und Ketten aus Weichschalen. So kam er fortan in jedem Jungmond zum Handel in unser Dorf. Aus einem Fremden wurde ein Wasserläufer. Und aus dem Wasserläufer alsbald ein Vater: Sileggs Vater.

Erst als viele Monde später Sileggs Sohn Erutt sein erstes Himmelsauge sah, wanderte sein Großer-Vater, wie wir die alten Väter rufen, zum letzten Mal zurück zu jenen Orten, an denen er so lange Handel getrieben hatte. Und als er wiederkehrte, erneut viele Feuersteine im Gepäck, da erzählte der Große-Vater dem Stamm vor einer Begegnung, einer Begegnung mit einem Tashi – am Ufer, wo der rote Stein wächst. Hier hat Erutts Großer-Vater einen anderen Großen-Vater getroffen, hier traf er auf Al'Va. Seither wissen wir, dass mein Großer-Vater noch lebt und dass er das rote Ufer gefunden hat.«

»Ziemlich viele Großväter«, ruft Lex in die Nacht, als ich meine Geschichte beendet habe.

Ley-La scheint nachdenklicher. »Ein Ufer der roten Steine. Wo genau liegt das?«

»Dort, wo das Himmelsauge erwacht.«

»Also im Osten Doggerlands«, sagt Lex. »Warst du schon mal dort, Al? Also vor der Flut?«

»Nein, ich kenne es nur aus Geschichten. Sileggs hat seinem Sohn Erutt und allen Tashi viel über das Land seines Vaters erzählt.«

»*Sein* Land?« Lex runzelt die Stirn.

»Ja, sein Land. Voller Stolz nannte Helgon es immer sein Land. Es sei nicht groß, aber aus ihm stammen alle roten Feuersteine.«

»*Helgon*?« Ley-La packt meinen Arm. »Sileggs Vater und Erutts Großvater hieß Helgon?«

»Ja, so riefen ihn alle. Wieso schüttelst du mich?«

Leya

Ich schaue auf das nächtliche Meer. Wolken drängen sich immer wieder vor Mond und Sterne und verhüllen mit schwerer Dunkelheit, was unter dem schwarzen Wasser ruht. Alif hockt neben mir, den Blick ebenfalls auf das schier endlose Wasser gerichtet. Er schweigt, aber ich fühle, wie die vergangenen Stunden in ihm arbeiten. Seine Heimat – für kurze Zeit war sie auch meine – ist versunken.

Doch nicht alles Land liegt unter dem Meer. Dass Al'Va das rote Ufer gefunden hat, ist ein Lichtblick. Vielleicht ist Helgons Land, vielleicht ist *Helgoland* unser aller Zukunft.

Den ganzen Tag lang haben wir Boote und Flöße gebaut. Um Baumaterial mussten wir uns nicht sorgen, die Wellen schwemmten pausenlos Totholz an die schiefergrauen Hänge. Auch Schilfgras zum Zusammenzurren der Boote war reichlich vorhanden. Während Lex und ich gedankenverloren einen Einbaum ausschälten, tauchten Fischer mit neu geschnitzten Harpunen in die kalten Fluten und brachten Fische und Krebse mit – keine Ahnung, wie man es schafft, so tief zu tauchen. Am Abendfeuer dann sangen die Flossenmenschen Lieder und erzählten sich Geschichten. Keine Geschichten von blutigen Stammesfehden oder angeberische Jagdanekdoten, sondern Geschichten über Familie und Freundschaft. Und neue Ufer.

Helgoland, das klingt verheißungsvoll. Es macht Mut, dass die rotfelsige Insel noch in unserer Zeit aus der Nordsee ragt. Ich bin zuversichtlich, dass die Flossenmenschen das rote Ufer erreichen werden und sich dadurch die Prophezeiung aus der Traumlied-Grotte erfüllt.

Und wir? Werden wir doch noch einen Weg zurück in unser Jahrhundert finden? Bei meinem Bruder ist neue Hoffnung aufgeflammt. Er meint, es sei kein Zufall, dass der rote Feuerstein Helgolands dieselbe Farbe hat wie das Dolmentor. Lex glaubt, dass es dort noch ein weiteres Tor geben könnte.

Mir reicht diese dünne Hoffnung nicht. Vielleicht habe ich aber auch zu wenig Fantasie. Stattdessen versuche ich mich an den unglaublichen Gedanken zu gewöhnen, der seit Tagen wie erstickender Rauch über mir schwebt: Helgoland wird der Ort sein, an dem Lex und ich zusammen mit Alif und den Flossenmenschen ein neues Leben beginnen werden. In der Steinzeit. Für immer.

Alifs wasserblaue Augen wenden sich vom Meer ab, als habe er meine Gedanken gehört. »Wenn wir an Helgons rotem Ufer landen«, spricht er in den auffrischenden Wind, der die Wolken von den Himmelslichtern wegscheucht und das glatte Meer wieder erhellt, »wirst du an meiner Seite bleiben, mein Herz-zu-Herz?«

»Ich … ich kann …«, druckse ich herum, doch ich komme nicht dazu, meinen Satz zu beenden. Denn in diesem Augenblick steigen Bläschen aus der Tiefe des Meeres auf. Hunderte Luftbläschen, die leise zerplatzen. *Blaue* Luftbläschen.

Alif und ich springen auf. Die Bläschen werden größer. In der ansonsten ruhigen See können wir genau erkennen, woher sie stammen. Mein Herz macht einen Riesenhüpfer und zugleich werden meine Knie weich. Dort unten, viel näher, als ich erwartet habe, sehe ich den Meeresgrund. Im blauen Schein der unzähligen leuchtenden Würmer, Krebse und Fische mache ich Felsbrocken aus, abgebrochene Baumstümpfe und wogende Grasfelder. Und inmitten eines breiten Grabens schälen sich längliche Formen heraus – Pfeiler, die über und über von blauen Tierchen besetzt sind.

Das Dolmentor! Es ist noch da, liegt nicht weit unter dem Wasser. Und wie ich vermutet habe, funktioniert es wieder.

Lex

Exit open – das ist unsere Chance!

Meine Schwester und Alif umarmen sich, minutenlang, es gibt Tränen und auch mir wird flau im Magen. Ich lasse Al ungern zurück, er ist ein cooler Kerl. Aber wir haben das diskutiert, die krasse Option, echt hart diskutiert. Letztlich war Leya meiner Meinung: Ein Steinzeitjunge im 21. Jahrhundert – das wird nicht gut gehen! Außerdem hat Al hier einen wichtigen Job zu erledigen. Der Chief muss die Flossenmenschen zu neuen Ufern führen. Damit die Sippe überlebt. Damit wir überleben.

Kann nun nichts mehr schiefgehen? Werden wir die letzte Etappe easy-peasy rocken? Das Tor leuchtet nicht weit entfernt unter uns, aber es ist mitten in der Nacht, die Nordsee ist kalt und mit zwei bis drei Schwimmzügen ist es auch nicht getan.

Kein Wunder, dass Leya und mir ordentlich die Düse geht, als uns die Doggerländer hinaus aufs Meer rudern; genau über die Stelle, wo wir das Dolmentor unter Wasser sehen.

»Nimm diesen Bogen«, Al reicht mir jene Waffe, die er aus dem Mog'Tar-Dorf mitgehen ließ, »du kannst ihn in deinem Land sicher noch brauchen.«

Dankbar greife ich zu. Dieses Holz wird für mich mehr sein als nur eine Erinnerung.

»Und die hier«, Alif steckt mir auch noch eine neu geschnitzte

Harpune zu, »wird euch schützen, falls euch auf eurem nassen Pfad eine hungrige Kreatur begegnet.«

Meine Finger zittern, als ich das geschnitzte Stück Hirschgeweih mit den Widerhaken mustere. Ich erkenne das Teil mit den Fisch- und Menschenzeichnungen sofort wieder. Es ist die Harpune, die wir im Wattenmeer bei dem Dolmen gefunden haben, haargenau dieselbe Waffe, an der ich mich Tausende Jahre später in der Nordsee schneiden werde.

»Danke … Bro«, krächze ich, umarme Al ein letztes Mal und lasse mich vom Einbaum hinab ins Wasser gleiten.

Es ist wärmer als erwartet. Aber das Raunen der Doggerländer gilt nicht meiner Tapferkeit. Das blaue Leuchten, es kommt auf mich zu. *Okay, cool bleiben.*

Hellblaue Schlieren, als würde man zu viel Duschgel ins Badewasser gießen, wirbeln um mich herum, schlängeln sich neugierig um meine paddelnden Hände und Füße. Aber nix beißt oder reißt an mir. Im Gegenteil, ich habe das Gefühl, als würden mich all die Minikrebschen und Würmchen *tragen.*

»Ready?«, frage ich meine Schwester, nachdem sie sich auch endlich ins Wasser gewagt hat.

Leya nickt, wirft Alif einen eindeutigen Blick zu und holt tief Luft. Zusammen tauchen wir ab. *Adios, Doggerland!*

Das blaue Leuchten umgibt uns, nimmt uns mit. Mit kräftigen Schwimmzügen machen wir Meter. Der Langbogen auf meinem Rücken stört etwas und der Druck auf Augen und Ohren steigt tierisch schnell an.

Je tiefer wir tauchen, desto klarer wird der Meeresgrund, der vor wenigen Stunden noch Festland war. Ein Schwarm leuchtend blauer Fische huscht zwischen einem versunkenen Wäldchen hervor. *Noahs Wälder*, sie werden die Zeiten überdauern, unsere Welt ist nicht mehr fern.

Feine Wellen schwingen auf uns zu, dann kann ich es hören: Die Steine, sie singen wieder. Exit open – wir packen das.

Leya

Ich schaffe das nicht! Das Wasser, die Kälte, der Druck auf meinen Kopf – schon nach wenigen Metern geht mir die Puste aus

Ich gebe Lex ein Zeichen, aber er schaut nicht zurück. Schon ist er bei dem umgestürzten Pfeiler. Der Spalt zwischen dem Deckstein und den noch stehenden Pfeilern, zwischen rotem Stein und Meeresgrund, er leuchtet hell. Das Tor ist offen.

Reicht mein Atem noch bis dorthin oder sollte ich wieder auftauchen und neue Luft sammeln? Bereits die paar Sekunden, in denen ich mich nicht entscheiden kann, kosten wahnsinnig viel Sauerstoff. Ich merke, wie sich schwarze Vorhänge vor meinen Augen zuziehen. *Ich muss zurück!*

Schon will ich mich umdrehen, als der Schwarm der blauen Fische, der uns die ganze Zeit begleitet hat, schlagartig kehrtmacht. Er gruppiert sich neu, wie zu einem breiten Speer, und hält nun direkt auf mich zu!

Ich schreie auf, vergeude noch mehr Luft und stoße mich ab. *Weg hier, vom Licht zurück in die Nacht.*

Ich schwimme, schlage mit Armen und Beinen, so stark ich kann. Ohne mich umzudrehen, weiß ich, dass die Fische mich verfolgen. Schon sind sie an meinen Füßen. Ich fühle schuppige Leiber, spüre Hunderte Zähnchen in meiner Haut. *Was geschieht hier?* Meine Lunge schreit, mein Kopf wummert. *Lex. Alif!*

Über mir ist das Mondlicht. Noch drei Züge. Die Fische geben nicht auf. Ich drehe mich doch noch um … und blicke in den aufgerissenen Rachen einer Seeschlange!

»Jórunn!?«, brülle ich gurgelnd, recke die Finger zur Wasseroberfläche, schlage ein letztes Mal mit den Beinen.

Und tauche zurück in die kühle und freie Nacht.

»Ruhig! Ruhig!« Alif ist auf einmal bei mir im Wasser und hält meine Hand. »Atme, Ley-La, atme!«

»Ich … ich … kann … nicht«, japse ich und schaue hektisch an mir herab.

Doch da ist nichts. Keine Seeschlange, kein Fischschwarm, nur friedliches blaues Leuchten weit unter mir. Im Zittern des Wassers kann ich Lex' Silhouette vor dem Tor sehen.

»Du musst ruhig atmen«, beschwichtigt Alif weiterhin meine Panik. »Dein Kopf sieht nur falsche Geister.«

»Ich muss … ich will … Alif, ich möchte dir noch etwas sagen«, keuche ich und versuche, nicht an die Blicke der anderen Doggerländer um uns herum zu denken. »Du bist mein Herz-zu-Herz! Aber … ich kann nicht bleiben.«

Alifs Gesicht wird weich. »Ich weiß. Und es ist gut so.« Er lächelt, streicht mir die blaue Haarsträhne hinters Ohr. »Ich helfe dir, gebe dir meine Hand, bringe dich zu dem Tor.«

Unsere Finger verschränken sich ineinander.

»Und nun, *Leya*, nimm so viel Atem aus meinem Land mit, wie du brauchst!«

Als ich tief Luft hole, spüre ich, dass ich Doggerland für immer in mir tragen werde. Mit kräftigen Zügen tauche ich erneut. Alif zieht mich mit sich. Da sind keine Fische mehr, keine Mäuler, die nach mir schnappen.

Wir erreichen den Vorhang aus Licht. Der Spalt zwischen dem Pfeiler und dem Deckstein ist schmal. Lex treibt noch immer vor den Resten des Tores, die Harpune in der Faust. Ich weiß nicht, wie er so lange die Luft anhalten konnte, aber dann sehe ich, dass eine blaue Blase um seinen Kopf wabert.

Ein letztes Mal tauche ich in Alifs wasserblaue Augen. Er nickt, löst seine warmen Finger von den meinen und schiebt mich dann sanft von sich.

Lex schwimmt als Erster unter den Deckstein. Er muss kämpfen, denn der Bogen auf seinem Rücken verkeilt sich zwischen den roten Steinen. Lex strampelt, wirbelt Erde auf und lässt die Harpune los. Sie sinkt in den Schlamm und mein Bruder verschwindet im Licht.

Nun bin ich an der Reihe. Ich drücke mich unter den Stein, blaues Licht heißt mich willkommen. Noch einmal will ich zurückblicken, doch da erfasst mich ein Sog und reißt mich fort – fort aus Doggerland.

Alif

Wir haben alles verstaut, was wir zum roten Ufer von Helgons Land mitnehmen wollen. Es ist nicht viel, doch es ist wertvoll. So wie die langfingrige Blüte des Schwarzfleckenbaumes es mit dem Lebensatem eines Jungbaumes tut, so habe ich sie in mein Herz eingeschlossen: Argor, Maga, Erutt, Makun, Shaggabug und nun auch Lex und Leya – ich trage sie bei mir und hüte sie wohl.

Als wir das große Floß wieder zu Wasser gelassen haben und ich an der Spitze unserer kleinen Flotte in dem Einbaum knie, da höre ich über mir den Schrei eines Arluks. Meine Augen müssen nicht lange im Himmelsmeer suchen, die braun-weißen Federn des Vogels glänzen im neuen Licht des Himmelsauges.

»Shagga«, flüstere ich. Sein Körper mag unter dem Wasser liegen, sein Geist aber fliegt in diesem Arluk. Er wird uns zu neuen Ufern führen.

Ley-La

Der Eiswürfel in meinem Tee aus Bambusblättern schmilzt langsam. Es ist wieder einmal ein heißer, trockener Sommer, doch hier in Old London, in der Nähe der Themse-Auen, lässt es sich aushalten.

»Mum, alles in Ordnung?« Mirai sieht von ihrem Haselnuss-Eis auf.

»Alles gut. Ich habe nur nachgedacht.«

»Über deine Rede?«

»Was?«

»Deine Rede, Mum. Jeder weiß, dass du auf Ashton Kutcher stehst. Bestimmt wirst du dieses Mal wieder rot.«

»Ich bin letztes Mal nicht rot geworden. Außerdem werden neben dem Präsidenten auch andere hohe Tiere im Publikum sitzen. Da darf man schon mal etwas nervös sein.«

Mirai lächelt verschwörerisch und streckt ihre nackten Füße unter dem Cafétisch aus. Mein Blick fällt auf ihre Zehen. In den Leder-Sandalen sieht man nicht, dass sie zusammengewachsen sind, eine leichte Form der Syndaktylie. Das verbindet sie mit dem amerikanischen Präsidenten. Ich kann mich noch gut erinnern, als Kutcher noch Schauspieler war und er in einer Talkshow stolz seine Zehen in die Kamera gehalten hat.

Mein Blick gleitet über die Straße zu der renaturierten Auenlandschaft. Ein Vogelschwarm fliegt zwischen den Birken auf. Das Morgenlicht lässt ihr weißes Gefieder wie Schnee glänzen. Ich atme tief ein und kreise mit dem Zeigefinger über den Rand meines Teebechers. Wie herrlich ruhig es hier ist, trotz all der senseCars, die schnurrend wie Kätzchen über den Asphalt gleiten. Sogar die Magnetbahn mit dem Schilfrohr-Logo meines Bruders, die soeben über das Viadukt saust, ist kaum zu hören.

Ich lege das Tablet mit dem Entwurf meiner Rede wieder auf den Tisch und schiebe es mehr in die Sonne, damit sich die SkyEye-Zellen aufladen. Genug gearbeitet für heute, auch eine Klimaexpertin braucht mal Ruhe.

»Wie war's heute in der Haptik-Schule?«, frage ich Mirai und rühre die Minze in meinem Bambustee um. »Was macht dein Referat?«

»Läuft! Onkel Lex war echt großzügig. Ich darf die Charts aus der Rebirth-Abteilung verwenden und sogar erste Ausschnitte aus dem eigentlich noch ultra geheimen Mammut-Video zeigen. Außerdem will er mir seinen Bogen borgen. Das wird ein megatolles Referat.«

»Wow, sogar den Bogen.« Ich nicke anerkennend. Großzügig von meinem Bruder. Auch wenn er das Zeug nicht persönlich vorbeibringen, sondern per SOMA-Drohne senden wird. Ja, leider sehen wir uns in letzter Zeit nicht mehr häufig. Mein Job bei der europäischen Regierung, seine Rolle als CEO von *ShaggaSave* – es gibt kaum noch Lücken für ein Treffen. *Wir sind keine Kinder mehr.*

Ich schaue meine Tochter an. 16 Jahre und cleverer, als ich es in dem Alter war. Die schwarzen Haare hat sie von meinem Mann

Yuval, ihr Sinn für Wissenschaft aber stammt eindeutig von mir. Außerdem die Haut zwischen ihren Zehen und Fingern.

Die Gruppe der Wattwanderer, die Lex und mich nach unserer Reise in die Steinzeit damals fanden, in unmittelbarer Nähe zu den Überresten des Dolmentores, murmelten etwas von »verrückte Cosplayer«. Unsere nassen, steinzeitlichen Klamotten, die verfilzten Haare und dann noch die prähistorische Bogenwaffe auf Lex' Rücken – wir konnten ihnen ihre Verwunderung nicht übel nehmen.

Die Beamten der hiesigen Polizeistation machten unsere Zieheltern schnell ausfindig. Die *Finsmann-Zwillinge* waren mittlerweile im Internet bekannt, denn nach unserem spurlosen Verschwinden aus dem englischen Fischerdorf hatten Eric und Irene Finsmann sowie das ganze Lost Frontiers-Forscherteam alle Hebel in Bewegung gesetzt, um eine Spur von uns zu finden. Mama und Paps waren überglücklich, uns endlich wiederzuhaben. Dabei galten wir »erst« seit einer Woche als vermisst.

Lex und ich haben über unser Steinzeit-Abenteuer nie öffentlich gesprochen. Wir haben einfach unsere Chucks angezogen, sind wieder zur Schule gegangen und haben Online-Videospiele gezockt oder YouTube-Videos geschnitten. Gemeinsam. Denn seit unserer Zeit in Doggerland denken und leben wir anders. Bewusster. Gemeinschaftlicher. Dankbarer.

Unsere verschlafene Heimatstadt, unser Land, die Welt – das alles war nach unserer Rückkehr noch da. Helgoland und die anderen Inseln der deutschen Nordseeküste ragten weiterhin aus dem Meer, während die große »Insel« des Vereinigten Königreichs am anderen Ufer auf einen neuen Brexit-Tiefpunkt zusteuerte. In den USA saß ein Terrorclown im Oval Office, der

Angst vor anderen Völkern hatte, und zugleich brannte in Südamerika die grüne Lunge unseres Planeten. In Europa machte man sich derweil eher Sorgen, ob man beim Abschalten von Atomkraftwerken zu wenig Strom für das Aufladen von Smartphones und Tablets haben würde, ob Discounter-Burger noch moralisch vertretbar seien und wie teuer Inland-Flüge eigentlich sein müssten, damit sie … na ja, irgendwie »nachhaltig« sind. Die Sorge vor Verlust und Veränderung, die lähmende Angst, dass Macht, Besitz, Traditionen und Gewohnheiten wegbrechen könnten, war weiterhin allgegenwärtig.

Und dann kam das Virus. Eine weltweite Pandemie. Die Menschen sahen sich gezwungen, in ihren Hütten und Häusern zu bleiben, auf frische Luft und andere Luxusgüter wochen- oder gar monatelang zu verzichten und mit ihren Familien enger am Lagerfeuer zusammenzurücken. Auf einmal hatte die Menschheit viel Zeit zum Nachdenken: Was man Gesundes essen kann, ob der Nachbar vielleicht doch nicht so fremdartig ist und was man überhaupt und unbedingt zum Überleben braucht – kurz, worauf es im Leben ankommt und was wirklich wichtig ist.

Das Virus ging, es folgten andere Mutationen, doch die Menschheit blieb. Denn sie hatte dazugelernt.

Zwar dauerte es bis zu dem großen Umdenken noch gute zehn Jahre, doch dann, mit kleinen Schritten, geschah etwas – in Europa, in Asien, Amerika, überall auf dem Planeten. Und heute, im Jahr 2050, hat sich unsere Welt in vielen Belangen grundlegend verändert.

Ich sehe wieder meine wunderschöne und kluge Tochter an. Sie wächst in einer Stadt auf, auf deren Häuserdächern man Äpfel und Blaubeeren, aber auch Linsen, Nüsse und Soja anbaut.

Die gläsernen Türme haben ihren eigenen Wasser- und Wärmekreislauf, kein Rohstoff, nicht ein Quäntchen Energie geht verloren, alles fließt und wird wiederaufbereitet. Plastikprobleme gehören der Vergangenheit an, denn wir essen aus Schüsseln, deren Kohlenhydrat-Verbindungen von winzigen, auf Wasser basierten Mikroorganismen abgebaut werden. (Ja, sie leuchten blau.) Die Medizin kann künstliche Gliedmaßen reproduzieren, die rein äußerlich nicht mehr von organischer Materie unterscheidbar sind. Zum ersten Mal seit 100 Jahren steigt die Artenvielfalt wieder an. Vielerorts wurden Unternehmen gegründet, die sich nicht nur mit der bloßen Genkartierung ausgestorbener Lebewesen beschäftigen, sondern die versuchen, die prähistorischen Tiere, Pflanzen und Pilze aus DNA-Resten zu replizieren – Lex' Firma ist Spitzenreiter auf diesem Gebiet. *Environment*, Umwelt, ist weltweit das Unterrichtsfach mit der höchsten Stundenzahl im Stundenplan der reformierten Haptik-Schulen (dicht gefolgt von *Creativity & Crafts*). Und obwohl meine Stiftung zumindest die Sache mit den Eisbären mehr als hervorragend hinbekommen hat, bereitet uns das Weltklima allerdings noch immer Sorgen. Doch wir passen uns langsam an; was haben wir auch sonst für eine Wahl.

Doggerland, es hat Lex und mich verändert. Inmitten der Flussauen, Grasebenen und Sumpflandschaften haben wir gelernt, was wirklich zählt. Und wir haben diese Veränderungen mitgenommen. In eine andere Zeit. In unsere Zeit.

Alif. Ich denke noch immer jeden Tag an ihn. Er war meine erste Liebe (auch wenn ich das damals noch nicht zu sagen vermochte). Alif hat überlebt. Er hat die Flossenmenschen zu neuen Ufern geführt. Zunächst nach Helgoland und von dort aus an die Küsten des Festlands. Da bin ich mir sicher.

Alif Argorson hatte keine verwachsenen Finger wie seine Mutter und sein Bruder. Jedenfalls nicht nach außen ausgeprägt. Doch er besaß dieses genetische Merkmal in sich. Es hat sein Leben überdauert. In seinen Kindern, seinen Nachfahren. Und so auch in mir, in Mirai und vielen anderen Menschen. Doch wir tragen nicht nur die Gene der Doggerländer in uns. Wir tragen Doggerland in unseren Herzen.

»Ja, er ist … also, er ist frei. Bitte!«

Ich schaue auf. Ein junger Mann zieht den unbenutzten Caféstuhl zum Nachbarstisch und bedankt sich artig bei meiner Tochter. Mirai wird ein bisschen rot. *Doch ganz die Mutter*, denke ich. Wobei es Yuval war, der die Idee mit ihrem Namen hatte. »Mirai« kommt aus dem Japanischen und bedeutet Zukunft.

»Können Sie den Bambustee empfehlen?«, wendet sich der junge Mann an mich.

Ich nicke nur stumm, aber mit einem Lächeln.

»Er ist sweet«, flüstert meine Tochter mir zu.

Ich runzle gespielt die Stirn. Aber Mirai hat recht. Ich mustere den Mann aus den Augenwinkeln. Mit seinen strohblonden Haaren und den wasserblauen Augen erinnert er mich an jemanden.

Dann sehe ich, was sein weißes Hemd nur knapp verbirgt. Er trägt eine Kette um den Hals. Eine Kette mit Haizähnen.

Auf die Zukunft!

Glossar*

Arluk	Seeadler
Baumblut	Harz (z. B. aus Birken u. Kiefern)
Beißblatt	Spitzwegerich
Blasskopfente	Eisente
Bogenhand	links
Breitstirn	Wisent/Europ. Bison
Dolchzahn	Säbelzahnkatze
Erdwühler	Wildschwein
Ganknog	Weißstorch
Gelbsaft	Honig
Glanzschuppen	Lachs
Grasatem	Morgennebel
Grasspringer	Frosch
Graufaucher	Graugans
Graupelz	Wolf
Haarhorn	Wollnashorn
Himmelsauge	Sonne
Himmelstrommel	Donner
Höhlenkriechling	Waldeidechse
Holzhaut	Borke
Kappenling	essbarer Pilz
Kib	junges Reh
Knieblatt-Wiese	Salzwiese mit z. B. Strandquecke
Kriechfuß	Schnecke
Küstenschreier	Möwe

Langhaargras	Getreide, hier Einkorn
Langohr	Hase
Maa-Mutt	Mammut
Nagnag	(Knäk-)Ente
Nussnager	Eichhörnchen
Pelzflieger	Biene
Pfeilhand	rechts
Pfeilkopf	Rochen
Regenpfeifer	typischer Wattvogel
Roter Kleinläufer	Waldameise
Rotnacken	Buntspecht
Salzfinger	Meeresarm, Fjord
Sandrohr	Gemeiner Strandhafer
Schimmertanz	Biolumineszenz von Zooplankton
Schwarzfleckenbaum	Birke
Schwarzpelz	Höhlenbär
Speerkopf	Hirsch
Stachelhornkröte	Schnappschildkröte
Steinkletterer	Bergziege
Strandkneifer	Strandkrabbe
Ur	Auerochse
Weichholzbaum	Kiefer
Weichschale	Muschel
Weißregen	Schnee
Weißsaft	Milch
Weißspeer	Blitz
Weißstern	Bärlauch
Wildbeuter	Jäger

* Diese steinzeitlichen Begriffe entspringen der Fantasie des Autors.

Nachwort

Schickt man als Autor von Abenteuerromanen zwei Kinder in die Steinzeit, wird einem erst mal bewusst, dass vor 8000 Jahren vieles anders war als heute. Doch was ist archäologischer Fakt und was durch andere Geschichtenerzähler überlieferte Fiktion?

Um das herauszufinden, wühlte ich mich durch Stapel von Sachbüchern, streamte TV-Dokus, las Online-Artikel sowie die ein oder andere Geschichte, die in dieser Zeit angesiedelt wurde. Mit jedem Recherche-Schnipsel gewann das Bild von der Steinzeit nicht nur an Kontur, auch wuchs meine Faszination für diese weit zurückliegende und oftmals verkannte Epoche der Menschheit.

Doggerland wird gerne als »Atlantis der Nordsee« bezeichnet – aber im Gegensatz zu dem sagenhaften griechischen Inselreich gab es Doggerland wirklich! Dort, wo heute viel Wasser Deutschland, Dänemark, die Niederlande usw. von Großbritannien trennt, existierte von ca. 16 000 bis 6000 v. Chr. eine riesige Landmasse mit paradiesischer Biodiversität. Ein gewaltiger Tsunami, ausgelöst durch die 800 km lange Storegga-Rutschung an der Küste Norwegens, setzte dem Leben hier jedoch ein Ende. Seitdem liegt Doggerland auf dem Grund der Nordsee.

Es ist unumstritten, dass es in Doggerland weite Grasebenen, Auenlandschaften, Täler und Berge gab und dass beispielsweise Rhein und Themse hier noch in ein gemeinsames Flussdelta mündeten (Ultraschallaufnahmen des Forschungsschiffs RV Belgica brachten im »Lost Frontiers«-Projekt die Topografie erst im letzten Jahr eindrucksvoll zutage). Auch dass hier Menschen siedelten, die sich von der Jagd und in ersten Ansätzen von der Landwirtschaft und Viehzucht ernährten, bestätigen Funde von menschlichen und tierischen Schädeln, von Harpunen und Steinwerkzeugen und zuletzt sogar Getreidekörnern.

Zum Leben in Doggerland wird intensiv geforscht, trotzdem weiß man noch nicht viel darüber. Bei allem Interesse an wissenschaftlicher Genauigkeit sollte mein Buch aber vor allem eines sein: eine packende Abenteuergeschichte! Darum habe ich mir einige Freiheiten erlaubt und ein paar Dinge eingeflochten, die alle in der Steinzeit, aber teilweise zeitlich vor dem Untergang Doggerlands existierten oder erst deutlich später nachweisbar sind:

- Viele Tiere der Steinzeit waren deutlich größer als ihre heutigen Nachfahren – und das Leben mit ihnen war alles andere als ungefährlich. Große Schnappschildkröten gab es nach aktueller Forschung nur in Amerika und die europäischen Arten der Säbelzahntiger haben in Doggerland bereits ein paar Jahrtausende vor der Mittelsteinzeit das Zeitliche gesegnet. Mammuts dagegen sind durchaus plausibler. Immerhin streiften vor knapp 4000 Jahren noch kleine Populationen durch die sibirische Tundra. Dort gab es aber ein viel kälteres und damit angenehmeres Klima für die Ur-Elefanten und zudem weitaus weniger Einfluss durch den Menschen, als es zur Doggerland-Zeit der Fall gewesen sein dürfte. Die Mammuts, die Lex in dieser Geschichte jagt, kann man daher höchstens mit einem seltenen Evolutionszufall sowie dem biologischen Phänomen der Inselverzwergung erklären.

- Pfahlbauten, die bei einer Ernährung von (Süßwasser-)Fischen, Muscheln und Krabben glaubhaft sind, wurden bisher nur in Alpennähe ausgebuddelt und sind etwa 2000 Jahre jünger als der Untergang Doggerlands. Alif & Co hausten möglicherweise eher in zeltähnlichen Grashütten. Dass der Dorfchef Anspruch auf wetterbeständigere Baumaterialien für seine »Halle« erhoben hat, ist wiederum durch Funde verbürgt.
- Die hier dargestellte Technik der Höhlenmalerei und ihre Motive waren um 6000 v. Chr. schon wieder aus der Mode. Für meine Geschichte habe ich diesen Kunststil kurzerhand wiederbelebt.
- Zuletzt sind Brandpfeile zur Großwildjagd eher ungeeignet und sowieso erst eine Spielerei der Antike.

Bei aller Abwägung zwischen Fiktion und Fakten hat meine Arbeit an »Doggerland« vor allem eines bewirkt: Ich schaue nun mit anderen Augen auf die Wellen der Nordsee.

Wenn ihr, liebe Leserinnen und Leser, also das nächste Mal ebenfalls an die Nordsee fahrt (vielleicht sogar nach Helgoland, dem letzten Mahnmal Doggerlands), dann wagt einen neuen Blick hinaus aufs Meer und träumt euch zurück in jenes Land, das einmal das Herz Europas war.

Und wenn ihr mir ein Foto von euch/dem Buch »vor« Doggerland schicken mögt, dann freue ich mich sehr. Genauso wie über eure Meinung zu dieser Abenteuergeschichte.

text@danielbleckmann.de
Instagram: daniel_bleckmann

Danksagung

Neben meiner Frau, meiner Agentin und meiner Lektorin – sie begleiteten mich auch auf dieser Reise mit Geduld, Weisheit und Wohlwollen – wirkten eine ganze Reihe von Menschen auf »Doggerland« ein. Vielen mag ihr Einfluss nicht bewusst sein, doch auch ihnen gilt meine Anerkennung.

Ich danke

- dem Mädchen vor dem niederländischen Supermarkt, das Geld für eine Robbenstation sammelte und dafür selbst gemachte Armbänder verkaufte.
- dem jungen Mann, der meinen PS4-Controller repariert hat, und ich so weiterhin für dieses Buch »recherchieren« konnte.
- der Frau an der Supermarktkasse, die wie meine Tochter heißt und die immer ein großes Lächeln für die Kunden übrig hat – besonders dann, wenn sie Bioprodukte kaufen.
- meinem Neffen sowie einer Schülerin, weil beide Digger mich Noob mit all dem Teenie-Content nice supportet und dadurch der Story viel Ehre gegeben haben.
- meinem Freund und Arbeitskollegen, der mich in die Kunst des Bogenschießens einführte.
- der Bloggerin, die meinen Debütroman einst testgelesen hat und deren Vorname ich in »Doggerland« verewigen durfte.

- ganz besonders der Archäologin aus Österreich, die vieles im Text kritisch anmerkte, mich mit authentischen Steinzeitwaffen versorgte und deren wissenschaftlich korrekten Zeichnungen der damaligen Menschen die erste Inspirationsquelle für dieses Buch waren.
- nicht zuletzt meinen beiden Kindern, weil sie mich jeden Tag daran erinnern, wie kostbar die Natur, das Leben und die Zukunft sind, aber all das bereits in der Gegenwart unserer Anstrengung und Aufmerksamkeit bedarf.

Daniel Bleckmann, im April 2020

Daniel Bleckmann würde gerne in einem Baumhaus im Dschungel wohnen, vergessene Grabkammern erforschen und zu den Wracks versunkener Piratenschiffe tauchen. Glücklicherweise halten ihn seine Kinder, seine Kondition sowie die Angst vor einer antiken Speerfalle (und manchmal auch seine Frau) davon ab, sich in derartige Waghalsigkeiten zu stürzen. So schickt der 42-jährige Bio- und Deutschlehrer lieber andere ins Abenteuer und trinkt seinen Earl Grey in der Familienbibliothek, irgendwo am Niederrhein.

Daniel Bleckmann
Family Quest
Das Amulett des Merlin

256 Seiten
Hardcover
ISBN 978-3-7641-5160-7

Ab 10 Jahre

ebook **Auch als E-Book erhältlich!**

Ein fantastisches Abenteuer!

Schottland, im Herrenhaus der McGuffins: Durch Zufall stoßen Charlotte und Finn auf ein verborgenes Fach mit einem goldenen Amulett. Angeblich führt es zu einem sagenhaften Schatz! Bevor sie etwas unternehmen können, schnappt ihnen ihr Onkel das Amulett unter der Nase weg. Entschlossen heften sich Charlotte und Finn an seine Fersen. Eine gefahrvolle Verfolgungsjagd beginnt, die sie in weit entfernte Länder führt. Sie ahnen nicht, mit wem sie es in Wahrheit aufnehmen – und auch nicht, dass die besondere Magie des Amuletts ihre Wirkung zu zeigen beginnt ...

Perfekte Mischung aus Humor, Action und Magie!

Großbritannien